事先界

쟁선계 15

2014년 7월 22일 초판 1쇄 인쇄
2014년 7월 25일 초판 1쇄 발행

지은이 이재일
발행인 이종주

기획 팀 이주현 이재범 이기헌
책임 편집 백승미

발행처 (주)로크미디어
출판등록 2003년 3월 24일
주소 서울시 용산구 원효로97길 46 5층
Tel (02)3273-5135 Fax (02)3273-5134
홈페이지 rokmedia.com E-mail rokmedia@empas.com

ⓒ 이재일, 2013

값 11,000원

ISBN 979-11-255-6707-3 (15권)
ISBN 978-89-257-3094-3 04810 (세트)

爭先界

쟁선계

15

| 이재일 장편소설 |

ROK
MEDIA

로크미디어

차례

붕악崩嶽(一)　　　　　　7

붕악崩嶽(二)　　　　　　53

중양회重陽會　　　　　　97

태원야太原夜　　　　　　185

담부擔夫　　　　　　253

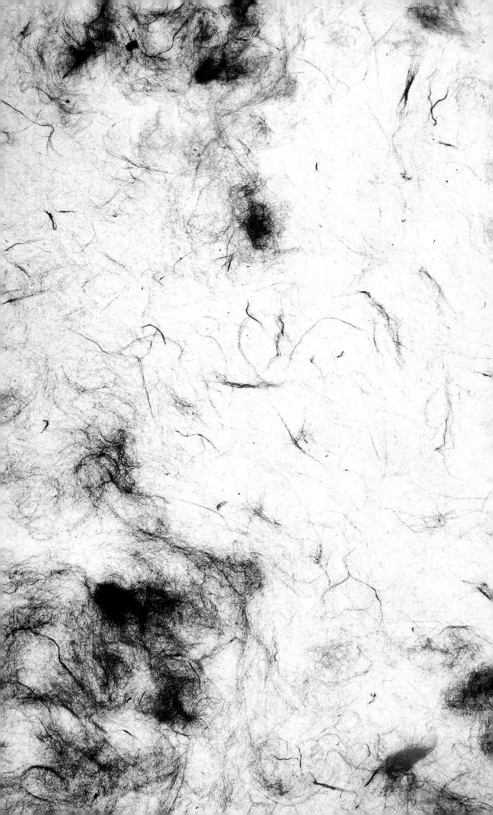

붕악崩嶽 (一)

(1)

그곳은 무척이나 어둡고, 어둠과는 다른 종류의 불명함으로 인해 더욱 흐릿해 보이기는 하지만, 그는 그곳이 자신에게 낯익은 장소임을 알고 있었다. 비록 요즘 들어서는 예전만큼 자주 찾지는 않아도 웬만한 사람의 일생에 해당하는 긴 세월 동안 희로애락을 함께해 준 친숙하고도 고마운 장소를 알아보는 데 이 정도 어둠과 불명함은 문제가 되지 않았다.

그곳에서 그가 겪는 일은 대체로 보편으로부터 동떨어져 있었다. 예를 들면, 난간 아래 펼쳐진 검은 수면은 바람 한 점 없는 날처럼 잔잔해 보이지만 그 위를 맴도는 물소리는 폭풍우가 몰아치는 날처럼 험악했다. 간간이 벼락 치는 소리도 들리는데 그에 따른 섬광은 보이지 않으니 이 또한 기이한 일이었다. 그러나 그중에서도 가장 보편과 동떨어진 것은 '둘째'였다. 둘째가 그 앞에서 울고 있었다.

그의 곁을 가장 오래 지킨 첫째는 감정에 워낙 솔직한 성격이라 어릴 적부터 아프면 아프다 힘들면 힘들다 사부에게 매달려 호소하기에 주저함이 없었다. 눈물이 날 만큼 아프거나 힘들 때면 그 눈물을 사부에게 어떻게든 보여 주지 못해 안달을 내는 웃기는 녀석이기도 했다. 가장 나중에 거둔 셋째는 첫째처럼 괴짜는 아니지만, 그 부친 되는 인물과의 친분으로 인해 돌쟁이 때부터 얼굴을 익혀 온 사이라서 그런지 수련이 고되거나 옛집 생각이 날 때면 사부의 앞이라고 특별히 속내를 감추려 애쓰지 않았다. 그러나 둘째는 달랐다. 무가의 상속자답지 않게 속 깊고 음전한 성격을 지닌 둘째는 아무리 아프고 힘들어도 사부 앞에서 그것을 드러내지 않기 위해 죽을힘을 다하는, 기특하면서도 한편으로는 안쓰러운 외강내유外剛內柔의 제자였다.

그런데 그 속 깊고 음전한 둘째가 울고 있었다. 소나기라도 맞은 것처럼 아니, 물속에서 방금 걸어 나온 것처럼 흠뻑 젖은 몰골을 하고서 난간을 넘어 그의 앞으로 철벅철벅 걸어오더니 이제껏 한 번도 내보이지 않은 닭똥 같은 눈물을 뚝뚝 흘리기 시작한 것이었다.

놀란 그가 둘째에게 물었다.

－왜 그리 슬피 우는 게냐?

둘째는 눈물에 젖은 얼굴로 아니, 그 이전부터 모종의 물기로 이미 흠뻑 젖어 버린 얼굴로 그를 쳐다보다가 입술을 벙긋거렸다. 하지만 소리가 들리지 않았다. 털벌레 무리처럼 주위를 느릿느릿 기어 다니는 어둡고 불명한 공기가 둘째의 말소리를 마른 해면체처럼 빨아 삼키는 것 같았다. 애가 탄 그가 다시 물었다.

　—애야, 뭐라고 했느냐?

　그러고는 잠에서 깼다…….

　초저녁부터 깊은 잠에 빠져 있던 사람답지 않게 침대에 묻혀 있던 상체를 벌떡 일으킨 소철은 한동안 그렇게 앉은 채 망연해 있을 수밖에 없었다.

　"참 괴이하다."

　꿈이었다.

　제자를 거두어 문하를 연 지도 어언 이십 년. 자식처럼 여기는 제자들 중 누군가가 꿈속에 나타난 것이 어찌 이 한 번뿐이겠느냐마는, 깨어난 뒤로도 이런 기분을 남기는 꿈은 이번이 처음인 것 같았다. 그 기분이 너무도 생생하여, 너무도 괴이하여 소철은 자신이 곧바로 잠자리를 이어 가지 못하리라는 것을 알았다. 그는 문 쪽을 향해 외쳤다.

　"밖에 누구 있느냐?"

　날이 갈수록 쇠잔함의 속도를 더해 가는 야속한 노구는 그리 쌀쌀하다 하기 힘든 구월 초순의 밤공기조차도 염려할 필요가 있었다. 때문에 늙은 주군을 배행해야 하는 무영군의 대장 천궁은 가슴과 등판에 두툼한 솜을 누빈 푸한 겉옷을 준비해야 했다.

　침소를 나선 소철은 하늘을 올려다보았다. 구월 상순의 밤하늘은 노인의 마음처럼 뒤숭숭했다. 새카만 어둠의 장막이 때때로 떨어지는 보랏빛 마른벼락에 의해 난폭하게 찢겨 나가고 있었다. 그때마다 사위를 뒤흔드는 뇌성. 꿈속에서 들은 것이 아마도 저 소리겠지 싶었다.

고개를 내린 소철이 천천히 몸을 돌려 등 뒤에 시립한 남자를 쳐다보았다. 늦은 시간과 궂은 날씨를 무릅쓴 밤 산책. 그러나 시간이 언제든, 또 날씨가 어떠하든 늘 철벽처럼 단단하기만 한 무영군의 대장은 전혀 개의치 않는 것 같았다. 일신에는 평상복처럼 입고 다니는 회흑색 무복, 등에는 '헌명獻命'이라는 이름이 붙은 장도, 거기에 방금 잠자리에서 불려 나온 사람이라고는 믿을 수 없을 만큼 정민한 눈빛을 하고서, 무영군의 대장 천궁이 물었다.

"어디로 모실까요?"

어디로 갈지는 이미 정해 두고 있었다.

"호수로 가세."

소철이 대답하자 천궁이 즉시 허리를 숙였다.

"행차를 준비시키겠습니다."

"밤공기나 잠깐 쐬다 돌아올 생각이야. 자네 하나면 족하니 밑에 아이들은 그냥 두게나."

소철이 움직이는 곳에는 반드시 무영군 한 조, 스무 명이 따랐고 여기에는 주야의 구별이 없었다. 호위 집단 없이 주군을 배행하는 것은 상례에서 벗어난 일이라 천궁은 잠시 주저하는 기미를 보였지만, 곧 허리를 다시 숙였다.

"알겠습니다."

자야를 넘긴 호반은 고요하기만 했다. 무거운 어둠을 얹은 금랑호는 을씨년스러움을 느낄 만큼 잔잔했고, 꿈속에서 들었던 험악한 물소리는 들리지 않았다. 현실은 꿈과 달라 보편 속에서 돌아가고 있었다.

"예서 기다리게."

무영군의 대장을 뭍에 대기시킨 소철은 긴 자루가 달린 등불을 손수 들고서 청심각으로 이어진 홍예교에 올랐다. 긴 궁륭을 이룬 다리를 건너 정자 안으로 들어선 그는 곧장 북쪽 난간으로 다가갔다. 꿈속에서 둘째 제자 백운평이 물귀신처럼 흠뻑 젖은 몰골로 넘어온 곳이 바로 이 난간이건만…… . 흑단목으로 만든 난간 대를 슬며시 만져 보았지만 물기 같은 것은 없었다. 다만 호수 위를 얇은 휘장처럼 떠다니는 물안개로 인해 약간의 눅눅함이 느껴질 뿐.

소철은 등불에 달린 고리를 정자 기둥의 걸쇠에 올려 건 뒤 난간 아래를 내려다보았다. 등불 빛을 받아 철판처럼 번들거리는 수면이 정자를 떠받치는 굵은 기둥을 감싸고 음울히 펼쳐져 있었다.

"둘째야, 네가 날 이리로 부른 게냐?"

꿈과 생시가 엄연히 다른 이상 있지도 않은 둘째에게서 대답이 돌아올 리 없었다. 난간 아래 검은 수면을 한동안 내려다보던 소철이 고개를 천천히 흔들었다. 한낱 실없는 꿈에 이토록 마음이 흔들린 자신이 우스웠다.

'나도 참, 둘째에게 무슨 일이 있다고.'

무슨 연유인지는 모르지만, 어울리지도 않는 주정뱅이 흉내까지 내며 여러 날 번민하고 방황하던 둘째였다. 하지만 지금은 모처에서 폐관잠수閉關潛修 하며 마음을 다잡고 공부에 매진 중일 터. 꿈속에 나타난 불길한 모습은 과거 흔들리던 제자를 지켜보며 안타까워하던 사부로서의 마음이 투사된 것이리라.

'그래, 그 때문일 게야.'

그렇게 스스로를 안심시키던 소철의 눈에 뭔가가 들어왔다.

난간 아래 정자 바닥에 떨어져 있는 작은 낙엽 한 잎.

갈나무 잎처럼 보이는데, 뭍에서 멀리 떨어진 이 정자 안까지 어떻게 들어오게 되었는지는 알 수 없었다. 정자를 출입하는 누군가의 몸에 붙어 들어왔을지도 모르고, 아니면 돌풍에 휘말려 허공 높이 솟아올랐다가 바람결을 타고 날아 들어왔을지도 몰랐다.

소철은 허리를 굽혀 낙엽을 주워 들었다. 인지와 엄지 사이로 느껴지는 잎자루의 통통한 탄력이 그의 입가에 작은 미소를 떠올리게 만들었다.

"너도 아직까지는 생기가 남아 있구나."

하긴 갈나무 잎이라면 가지에 붙은 채로 겨울을 나다가 새순이 돋아나는 초봄이 되어서야 지는 경우가 대부분이니, 이처럼 일찍 떨어진 녀석이 특이하다고 할 수도 있었다. 그러나 본체에서 떨어져 나온 이상 녀석의 운명은 결정된 것이나 다름없었다. 잎맥에 담아 놓은 생기를 모두 잃고 나면 결국에는 진흙처럼 말라 바스러질 터. 여름날 초록의 환희를 노래하던 아스라한 기억만을 간직한 채 말이다. 그 종말이 왜 이리 쓸쓸하고 보잘것없어 보이는지. 그러느니…….

흑.

잎자루를 쥐고 있던 소철의 인지와 엄지 사이에서 작고 발간 불꽃이 피어올랐다. 잎맥을 따라 달려간 화사火蛇가 낙엽을 삼켜 재로 만들었다. 소철은 낙엽이 다 타도록 지켜보다가 손가락을 가볍게 털었다. 그러면서 가까운 미래에 낙엽에게 닥칠 쓸쓸하고 보잘것없는 종말을 삼매진화의 절정 신공으로써 벗어나게 해 준 자신의 행동이 어떤 감정에서 연유했는지를 되짚어 보았다.

'아마도…… 동병상련이겠지.'

낙엽과 내가 뭐가 다를까라는 쓸쓸한 감상이 소철의 핏기 잃은 입술을 실룩거리게 만들었다. 그는 시간의 칼날에 담긴 엄연함을 절감하고 있었다. 어느 순간부터 속도를 더하기 시작한 노화는 먼바다로부터 밀려오는 파도처럼 끊임없이 그를 두드렸고, 이제 그는 모든 면에 걸쳐 힘에 부침을 인정하지 않을 도리가 없었다.

'첫째가 돌아오는 대로 전주직 이양을 공표해야겠군.'

이제는 무겁기만 한 전주 자리를 제외하면, 첫째에게는 더 이상 물려줄 것이 없었다. 건정회를 지원하기 위해 첫째와 셋째를 떠나보내기 직전, 소철은 그의 뒤를 이어 북악 신무전을 이끌어 갈 첫째를 따로 불러 무극팔진기의 정수를 넘겨주려고 했다. 그의 마지막 유산이라 할 수 있는 그것을 넘겨줌으로써 그 옛날 그의 양부인 신주대협 소대진이 그러하였듯 여한 없는 임종을 맞기를 원했다. 그러나 함께 연공에 들어 확인한 첫째에게는 이미 독자적인 무극팔진기가 확고히 자리 잡고 있었고, 소철은 이를 대견히 여기면서도 몸 안에 지닌 신공의 일부밖에 넘겨주지 못함을 아쉬워했다.

―헤헤, 좀 더 주셔도 되는데…….

소철이 거궐혈巨闕穴에 가져다 댄 손을 힘겹게 떼어 냈을 때, 도정은 사부의 불그스름한 장인이 찍힌 제 가슴팍을 물끄러미 내려다보다가 뒤통수를 긁으며 그렇게 말했다. 표정이며 말투는 몹시도 뻔뻔스러웠지만, 자신을 향한 첫째 제자의 눈가가 가슴팍의 장인보다 더 붉게 변해 있는 것을 알아본 소철은 땀으로 범벅이 된 얼굴로도 빙긋 웃을 수 있었다. 순후하고 성실한 둘째와 셋째도 물론 좋은 재목이긴 하지만 첫째가 가진 덕목에는

미치지 못했다. 그 덕목이란 다름 아닌 인간적인 광대함. 첫째
는 수많은 질곡과 풍파를 겪은 그의 안목으로도 한계를 가늠하
기 어려울 만큼 큰 인물이었다. 허술함이라든지 투박함 혹은 무
례함, 그 외에 첫째를 따라다니는 모든 약점들이 사람들로 하여
금 오히려 첫째에게 스스럼없이 다가서고 따르도록 만드는 친
화력의 요소로 작용한다는 점을 소철은 잘 알고 있었다.

"말년에 이보다 더 큰 복이 있을꼬."

맹자가 말한 삼락三樂 중 하나가 좋은 제자를 얻어 가르침을
물려주는 것이 아니던가. 하여 소철은 머지않은 미래에 자신을
능가할 첫째 제자를 떠올리며 다시 한 번 흡족히 미소 지을 수
있었다. 전주 자리에서 물러나면 죽는 날까지 달리 쓸 곳도 없
을 신공, 아끼는 첫째에게 몽땅 넘겨주었다 한들 무에 아깝겠
는가.

바로 그때, 천궁의 무거운 목소리가 소철의 귀를 파고들
었다.

"전주님."

짤막한 부름만 있을 뿐, 기다려도 뒷말이 따라붙지 않았다.
소철은 이상하다는 생각이 들었다. 육지와 청심각을 이어 주는
홍예교 부근에서 대기하라는 지시를 받은 무영군의 대장은 항
시 주군에 대해 극존의 예를 다하는 충성스러운 호위였다. 불쑥
불러 놓기만 하고 용건을 말하지 않는 무례는 상상도 못 할 일
인 것이다.

궁금증이 인 소철은 정자 기둥에 걸어 둔 등불을 내려 홍예교
에 연한 천심각의 입구 쪽으로 걸음을 옮겼다. 한데 그렇게 세
발자국이나 떼어 놓았을까. 소철의 발길은 우뚝 멎고 말았다.
단지 발길만이 아니라 몸 안에 있는 모든 기관이 한순간에 정지

해 버린 것 같았다. 호반의 송림 그늘, 그 짙은 어둠을 허물며 홍예교를 향해 다가오는 한 남자의 모습을 발견했기 때문이다.

그 남자는 소철의 전체 시야 속에서 작은 부분밖에 차지하지 않았지만, 물리적인 대소는 그 남자의 비중을 판단하는 잣대가 되지 못했다. 남자는 주위의 모든 물상을 짓누르는 것 같았다. 빠르지도 느리지도 않은 걸음걸이로 단지 뚜벅뚜벅 다가올 뿐 이건만, 남자가 뿜어내는 기세는 마치 큰 범종에서 울려 나온 종소리처럼 수십 장 떨어진 곳에 있는 소철의 심장을 점증적으로 두드려 오고 있었다. 그리고…….

소철은 심장의 고동 소리에 섞인 무엇인가가 고막을 간질이는 기분을 느꼈다. 두 귀로 피가 몰리는 기분. 한데 묘하게도 익숙했다. 이것과 비슷한 기분을 언젠가 느낀 적이 있다는 생각이 들었다.

'……언제더라?'

기억이 아득한 세월을 단숨에 거슬러 올라갔다. 소철의 부옇던 눈동자가 어느 순간 소년의 것처럼 또렷해졌다.

'맞아, 곤륜산!'

곤륜산 무망애의 정상으로 걸어 올라오는 장신의 혈포인을 보았을 때, 소철은 보이지 않는 손에 심장이 틀어잡힌 듯한 우악스러운 압박감 속에서 몸속의 모든 핏물이 두 귀를 향해 치밀어 오르는 것 같은 기분을 느꼈다. 지금이 바로 그랬다. 홍예교를 향해 다가오는 저 남자의 기세는 곤륜지회 당시의 혈포인, 신비혈랑神秘血狼의 넉 자로 대변되는 천하제일의 신비인 혈랑곡주를 떠올리게 할 만큼 강렬했던 것이다.

번쩍―

한동안 잠잠하던 마른벼락이 또다시 야공을 가로지르며 온

천지를 창백한 빛의 그물로 가두었다. 발가벗겨진 어둠 위로 남자의 모습이 또렷이 떠올랐다. 각진 얼굴, 위맹하게 뻗친 구레나룻, 단호한 눈매 그리고 검, 그 검……

남자가 어깨 위로 슥 손을 올려 그 검의 검자루를 움켜쥐었다.

"비켜라."

남자의 앞에는 무영군의 대장이 버티고 서 있었다. 천궁은 남자의 말에 대한 대답으로 등에 멘 장도 헌명을 뽑았다. 저 남자가 설령 이 나라의 황제라 하더라도 소철의 허락이 떨어지지 않은 이상 천궁에게서 들을 수 있는 대답은 그것뿐이리라.

남자는 천궁이 내민 무언의 대답을 확실히 알아들은 것 같았다. 남자가 검을 뽑았다. 천궁이 장도를 치켜들었다. 싸움의 시작을 알리는 어떤 경고도, 기합도 없었다. 남자와 천궁 사이에 두 줄기 섬광이 작렬했다. 남자로부터 한 줄기, 동시에 천궁으로부터 한 줄기.

끼아앙–

섬광으로 시작된 두 사람의 출수는 철판을 찢는 듯한 날카로운 금속성으로 일단락되었다. 천궁이 한 발짝 뒤로 물러섰다. 소철은 천궁의 양어깨가 세차게 떨리는 것을 보았다. 그리고 그의 오른손에 들린 헌명의 도신이 한 뼘 가까이 줄어든 것도 보았다. 반면에 남자는…….

"재미있군."

남자가 얼굴에 붙은 벌레를 털어 내듯 고개를 가볍게 흔들며 중얼거렸다. 남자의 오른쪽 관자놀이 밑에 이전에 없던 실금 하나가 생겨나 있었다. 그 실금이 흘린 붉은 핏방울 한 알이 남자의 턱으로 느릿하게 흘러내렸다.

"덕분에 알았다. 혼자서만 수련하다 보면 실전 감각이 떨어질 수도 있다는 것을."

남자의 말에 천궁은 아무 대답도 하지 않았다. 다만 앞서 물러난 거리를 되찾으려는 듯 남자를 향해 한 걸음 내디딜 따름이었다. 그러나 천궁의 어깨는 여전히 떨리고 있었다. 이는 첫 합의 충격에서 아직 벗어나지 못했음을 보여 주는 증거였다.

소철은 천궁의 무공이 어떤 수준인지 알고 있었다. 비록 외부에는 거의 알려지지 않았지만, 북악이라 불리는 신무전에서도 다섯 손가락 안에 드는 강자가 바로 천궁이었다. 설령 백호대주 이창이 나선다 해도 짧은 시간 안에 제압하기란 쉽지 않을 터. 그런 천궁이 저 남자의 일 검에 비틀거리고 있었다. 천하가 아무리 넓다 한들 천궁을 단 일 검으로 비틀거리게 만들 수 있는 검객이 여럿일 리 없었다.

이제 소철은 저 남자가 누구인지 알 것 같았다.

"죽이고 싶지는 않지만……."

남자가 왼손 엄지손가락으로 뺨의 상처를 문지른 뒤 말을 이었다.

"죽이기 전에는 지나갈 수 없을 것 같군."

이번에는 천궁도 입을 열었다. 그러나 그 입에서 흘러나온 말은 남자를 향한 것이 아니었다.

"오래 막지는 못할 것 같습니다. 달아나십시오."

소철이 천궁에 대해 잘 알듯 천궁 또한 소철을 잘 안다. 늙어도 호랑이요, 썩어도 준치라는 말이 있듯, 근래 들어 노쇠가 부쩍 진행되었다고는 해도 반백년을 강호의 절대자로 군림해 온 신무대종이 한 사람의 적을 피해 달아난다는 것은 있을 수 없는 일이었다. 그것을 모르지 않는 천궁일진대, 주군의 자존심마저 무시한 채 달아나라고 하고 있었다. 그것이 남자에 대한, 남자의 검에 대한 천궁의 객관적이고도 솔직한 평가임을 깨달은 순간, 소철은 천천히 숨을 들이마셨다. 공기에 얼음 가루라도 섞인 듯 배 속이 찌르르 울리고 있었다.

그런데, 묘하게도, 심장 아래가 불룩불룩 뛰놀고 있었다. 그것이 모종의 기대감에서 비롯된 현상임을 소철은 곧바로 알게 되었다.

'기쁜가? 나는 지금 기뻐하는가?'

그랬다. 소철은 지금 기뻐하고 있었다. 눈동자에 정광이 돌아오고, 이미 죽어 버린 것은 아닐까 생각하던 사지의 말단까지 활력이 퍼져 나가고 있었다. 첫째 제자에게 무극팔진기의 전부를 넘겨주지 못한 일이 처음으로 다행스럽게 여겨졌다.

그러는 사이 남자와 천궁 사이에 두 번째 격돌이 시작되었다. 먼저 움직인 쪽은 남자. 남자가 한 걸음을 내디디며 상방으로 치켜 올린 검을 천궁에게 내리찍었다.

우르릉!

두 사람 사이에서 터져 나온 뇌성이 호반과 청심각 사이의 호수 수면을 짓누르며 달려와 소철의 고막을 울렸다. 벼락 줄기처럼 치뻗는 시허연 검광에 갇힌 천궁의 신형이 폭풍 속의 갈대처럼 휘청거렸다.

"이야압!"

천궁이 피를 토하듯 기합을 내지르며 끝이 부러진 장도를 세차게 내저었다. 헌명, 의무를 다하기 위해서라면 목숨이라도 기꺼이 바친다는 주인의 신념을 이름으로 삼은 그 장도가 시퍼런 도기로 벼락 줄기에 맞서 갔다.

둥! 그르르릉!

길고 짧은 뇌성이 연달아 울리고, 소철은 천궁이 가장 심혈을 기울여 완성한 수법이자 소철 본인도 적잖이 감탄한 바 있는 금벽인金壁刃의 도기가 남자의 벼락 줄기 같은 검광 속에서 어떻게 짓뭉개지는지를 똑똑히 보게 되었다. 강철로 쌓아 올린 벽처럼 단단함을 자랑하던 금벽인의 도기가 흔적도 없이 사라진 순간, 남자의 검이 네 번째 뇌성을 토해 놓았다.

우릉!

"크으."

인내심이 강하기로는 누구에게도 뒤지지 않는 천궁의 입에서 마침내 짓눌린 신음이 새어 나왔다. 그 와중에서도 악착같이 버티려 애쓰던 그가 코와 입으로 핏줄기를 뿜어내며 쿵쿵 두 걸음을 물러섰을 때…….

꽝!

다시 한 번 뇌성이 울리고, 사방으로 뻗쳐 나가던 벼락 줄기들이 독 오른 뱀 떼처럼 일제히 고개를 돌리며 천궁을 덮쳤다. 앞뒤로 흔들리던 천궁의 몸이 석상처럼 딱 굳었다.

'벼락…….'

그것은 정말로 벼락이었다. 소철은 호위대장의 육신이 정수리 부분부터 타 붙어 서서히 부서져 내리는 모습을 부릅뜬 눈으로 지켜보았다. 머리가 사라지고, 상체가 사라지고, 두 다리가 사라졌다. 조금 전까지만 해도 천궁이라 불리던 인간에게서 남은 것은 이제는 발목 위로 한 뼘 남짓한 부분이 전부였다. 생전에 못다 한 의무를 그것으로라도 지키려는 듯, 천궁의 두 발목은 홍예교 앞 돌바닥에 깊숙이 박혀 있었다. 그러나 생명이 떠난 육신의 잔해만으로는 남자의 발길을 막을 수 없었다.

돌바닥에 박힌 천궁의 두 발목을 잠시 내려다보던 남자가 벼락 줄기를 내쏘던 검을 검집으로 돌려 넣고 다시 걸음을 내딛기 시작했다.

세 걸음에 천궁의 두 발목을 지나치고, 다시 세 걸음에 홍예교 위로 올라서고…….

둥글게 휘어진 다리의 완만한 경사에 가려 잠시 보이지 않던 남자가 다시 모습을 드러낸 것은 소철이 들고 있던 등불을 정자 입구 쪽 기둥 걸이에 올려 건 직후였다. 홍예교에서 가장 높은 만곡부의 정점에 선 남자가 마침내 걸음을 멈췄다. 소철은 흐릿한 등불 빛을 받고 선 남자를 쳐다보며 생각했다.

'검은 광휘.'

광휘가 어찌 검을 수 있으랴. 하지만 소철은 남자의 등 뒤로 넘실거리는 검은 광휘를 쳐다보는 듯한 이상한 기분에 사로잡혔다. 그리고 남자가 선 자리에서 소철이 선 청심각 입구까지는 십 장에 이르는 거리가 존재함에도, 다리 위를 달려 내려온 이루 말할 수 없이 사나운 검기가 주위의 공기를 엄밀히 조여 들어오는 것을 느낄 수 있었다. 그 점만큼은 마음에 들지 않았다.

'무례한 자는 아닐 텐데?'

소철은 남자가 지금 흥분한 상태임을 알아차렸다. 흥분한 이유에 대해서도 짐작이 갔다. 천궁이 비록 남자의 발길을 가로막지는 못했어도 남자의 피를 끓어오르게 만든 것만큼은 확실했다. 그의 호위대장은 그런 무인이었다. 상대가 누구든 진심을 끌어 올리게 만드는 진짜 무인.

'고맙다는 말도 못 했구먼.'

충직한 수하의 죽음 위로 그제야 슬픔이 덧씌워지는 것을 보니, 나 또한 그리 좋은 주군은 못 된다는 자책이 새삼 들었다.

"쯧."

자책을 털어 내듯 짧게 혀를 찬 소철이 왼손을 들어 가슴 앞에 작은 원을 그렸다. 푸하게 늘어져 있던 그의 겉옷 소맷자락이 손의 회전 방향과 반대 방향으로 말려 올라 손목에 채찍처럼 친친 휘감겼다.

팍.

작은 소리와 함께 남자로부터 쏟아져 나오던 삼엄한 검기의 그물 한 귀퉁이가 터져 나갔다. 남자의 굵은 눈썹이 잠깐 꿈틀거렸다. 하지만 단지 그뿐. 남자는 무심한 얼굴로 소철을 쳐다보다가 천천히 두 손을 올려 얼굴 앞에 모았다.

"결례를 용서하시길. 오랜만에 제대로 된 싸움을 치른 탓에 여운을 추스르지 못했나 봅니다."

그들처럼 대단한 인물들이 대화를 나누는 데 십 장의 거리란 별다른 장애가 되지 않았다. 남자가 소철을 향해 천천히 고개를 숙였다.

"금릉의 연벽제가 북악의 주인이신 신무대종 소 전주께 인사 올립니다."

소철은 새로운 오대고수 중 최강자로 알려진 검왕 연벽제를 향해 마주 포권했다.

"귀하일 거라 생각하던 참이었소. 반갑소."

딱히 준비한 것도 아니건만 정중한 말투가 자연스럽게 흘러나왔다. 나이를 보자면 이십 년 넘게 터울 질 터이나, 강호의 예법에는 민간에는 없는 한 가지 요소가 작용되었다. 무력에 대한 순수한 숭배. 연벽제는 어떤 강호인에게라도 존중받을 자격이 있는 절대적인 검법의 소유자였다.

"좋은 호위를 두셨더군요."

포권을 푼 연벽제가 말했다. 만일 연벽제를 직접 대하지 않았다면 저 말을 스스로의 강함을 뽐내기 위한 공치사 정도로 여겼을지도 모른다. 그러나 연벽제를 직접 대하고 나니 그런 생각은 들지 않았다. 진정한 강자는 하찮은 공치사 따위로 스스로를 치장할 필요가 없기 때문이다.

"그렇소, 이 늙은이에겐 과분할 만큼."

"죽이고 싶지 않았다는 말은 진심이었습니다."

가식을 진심으로 꾸미는 것도 약자들이나 하는 짓이었다. 이를 잘 아는 소철은 고개를 끄덕였다.

"한 가지 묻고 싶은 게 있습니다."

연벽제가 천궁의 잔해가 남은 뭍 쪽을 슬쩍 돌아본 뒤 말을 이었다.

"왜 그의 말을 따르지 않으셨습니까?"

"왜 달아나지 않았느냐고 묻는 것이오?"

반문한 소철이 픽 웃었다.

"내가 귀하의 검을 꺾을 자신이 있어 달아나지 않고 기다렸다고 대답한다면, 귀하는 아마도 비웃겠지요?"

"후배가 비웃을 일은 없을 겁니다. 소 전주께서 그리 생각하셨을 리가 없으니까요."

네게는 내 검을 꺾을 자신이 있을 리 없다는 뜻이니, 저 연벽제는 검에 대한 자부심마저도 진심인 듯했다. 다만 그 진심에 자존심이 상하는 것은 어쩔 수 없었다. 더욱 자존심 상하는 점은 연벽제의 그 진심에 스스로가 공감하고 있다는 것. 소철은 연벽제의 검을 꺾을 자신이 없었다. 전성기라면 모르지만 늙고 쇠약해진 지금은 불가능한 일이었다.

'……아니, 전성기라도 자신하지는 못했을 테지.'

연벽제는 강했다. 상대로 하여금 늙었느니 전성기가 아니니,

구질구질한 조건을 붙이지 못하게 만들 만큼. 소철은 상한 자존심을 목소리에 드러내지 않으려 애를 쓰며 말했다.

"솔직히 말해 달아날까 하는 생각도 들었소. 만일 그랬다면 귀하는 제법 골치 아팠을 거요. 비록 이렇게 골골해 보여도 신법은 아직 쓸 만하거든."

허세였다. 소철은 전력으로 신법을 펼쳐 본 게 언제인지 기억할 수도 없었다. 다행히 연벽제는 노인의 허세를 꼬집지 않았다.

"한데 왜 달아나지 않으셨습니까?"

"왜 달아나지 않았느냐고?"

연벽제의 질문을 작게 뇌까린 소철이 왼손을 들어 인지와 엄지를 내려다보았다. 거기에는 거뭇한 재가 아직까지도 달라붙어 있었다. 잎맥에 담아 놓은 생기를 모두 잃고 결국에는 진흙처럼 말라 바스러질 낙엽의 종말. 그런 쓸쓸하고 보잘것없는 종말은 원치 않았다. 그러느니……

"귀하가 이곳까지 당당히 들어왔다는 것은 본 전에 이미 심상치 않은 변고가 벌어졌다는 뜻일 게요."

연벽제는 긍정도 부정도 하지 않았지만 소철은 개의치 않았다. 어차피 대답을 들으려고 한 것도 아니었다. 어떤 종류의 현상은 너무도 명증하여 그 현상을 포함한 전체 상황을 파악하는 자료로 부족함이 없었다.

"그런 마당에 달아나면 어디로 달아나겠소. 이 늙은이의 마지막이 구차해지기만 할 뿐이겠지. 나는 그러기를 바라지 않소. 하루하루 조금씩 조금씩 죽어 가는 동안, 그런 마지막을 맞지 않기를 간절히 바라고 있었는지도 모르지."

연벽제를 향한 소철의 눈매가 부드러워졌다.

"해서, 나를 지키기 위해 목숨을 바친 호위대장에게는 미안한 얘기지만, 나를 죽이러 온 사람이 귀하라는 것을 알았을 때 기쁜 마음마저 일더구려. 귀하 정도 되는 인물이어야 내 삶의 마지막에 어울린다는 생각이 들었거든."

검왕의 검은 낙엽을 찬란히 사른 삼매진화의 불꽃이 되어 줄 것이다. 소철은 그렇게 믿었다.

"진심이시군요."

소철의 얼굴을 물끄러미 쳐다보던 연벽제가 말했다.

"진심이오. 한데 귀하는 어째 내가 달아나지 않은 것을 아쉬워하는 듯하오."

소철의 말에 연벽제는 잠시 생각하다가 고개를 저었다.

"아닙니다."

소철은 하얗게 센 눈썹 아래로 두 눈을 가늘게 접었다. 이번 대답만큼은 진심이 아닌 것 같았기 때문이다. 그 눈길에 담긴 의도를 읽은 듯 연벽제가 말했다.

"모든 것이 칼로 자른 듯 명쾌하다면 얼마나 좋겠습니까. 세상일이 그런 식으로 이분되지 못함이 아쉬울 따름입니다. 하지만 한 가지 분명히 말씀드릴 수 있는 것은, 제 검이 강자와의 싸움을 간절히 원한다는 점입니다."

연벽제의 말 중에 담긴 '강자와의 싸움'이란 구절이 자갈처럼 덜그럭거리며 머릿속을 굴러다녔다. 소철은 자신에게도 그것을 갈구하던 시절이 있었던 것 같은 기분이 들었다. 너무 오래전의 일이라 언제인지 확실하지는 않지만. 연벽제의 말이 이어졌다.

"과거 저는 어떤 조직에 들어가기 위해 소중한 것을 포기해야 했습니다. 그리고 그 보상으로 강자들과 싸울 기회를 약속받았지요."

검왕 연벽제가 십여 년 전 자신의 매제인 강동의 유명한 검호를 살해한 사건은 소철도 들은 바 있었다. 하지만 그 사건의 배후에 어떤 조직이 도사리고 있다는 이야기는 처음이었다. 소철이 아는 한 그 사건 이후 연벽제의 종적을 아는 사람은 없었다.

"그 조직이란 곳이 이번 변고의 주체겠구려."

"그렇습니다."

연벽제는 선선히 시인했지만 그 조직에 대해 더 이상 밝힐 생각은 없는 듯 보였다. 소철은 잠시 더 기다리다가 포기했다. 신무전은 강북을 대표하는 거대 문파였다. 그런 신무전에 이처럼 큰 변고가 벌어진 이상 제아무리 은밀한 조직이라도 꼬리가 드러나지 않고는 못 배길 일이었다. 비록 소철은 알지 못하더라도, 알지 못한 채 죽음을 맞더라도, 그의 후계자는 모든 내막을 알게 될 터. 그것으로 충분했다. 그는 늙었고, 미래는 다음 세대의 몫이었다. 다만 끝끝내 마음에 걸리는 점 하나는…….

연벽제를 발견한 순간부터 소철의 머릿속에는 하나의 얼굴이 떠나지 않았다. 천둥벌거숭이 같은 손녀딸 소소. 오늘 밤 그 아이에게 닥칠, 혹은 이미 닥쳤을 일을 생각하면 지금이라도 당장 그 아이의 처소로 달려가지 못하는 스스로가 원망스러울 따름이었다. 그러나 지금 소철에게 허락된 일은 그리 많지 않았다.

'미안하구나, 얘야.'

결국 소철은 역불급임을 인정할 수밖에 없었다. 천하의 신무전주가 손녀딸의 안위조차 돌보지 못하는 무력한 신세로 전락했다는 사실을 인정하기란 쉽지 않았지만, 어쩔 수 없었다.

'어떻게든 살아남아 다오.'

이 바람을 끝으로 손녀딸의 안위를 머리에서 밀어낸 소철이 허허롭게 웃으며 연벽제에게 말했다.

"귀하가 받는 첫 번째 보상이 바로 나인가 보구려."

"그렇습니다."

"이거 걱정되는걸. 그 보상이 귀하의 기대를 채워 주지 못하면 이 늙은이의 체면이 영 말이 아니지 않겠소."

연벽제가 검은 콧수염 밑으로 입술을 슬쩍 비틀었다. 여러 가지로 해석할 수 있는 저 미소 하나만을 가지고 신무대종에 대한 검왕의 평가를 읽어 내기란 어려울 것 같았다. 부디 실망시키지는 않았으면 좋겠다고 생각하며, 소철이 두 손바닥을 가볍게 부딪쳤다.

"서설이 너무 길었구려."

"그런 것 같습니다."

연벽제가 가볍게 목례한 뒤, 강호의 예의를 좇아 먼저 등에 맨 철검을 뽑은 뒤 얼굴 앞으로 곧게 세워 보였다. 그 모습을 지켜본 소철의 머릿속에는 '과연!'이라는 감탄사가 절로 떠올랐다. 세상이 저 남자에게 붙여 준 검왕이라는 칭호는 조금도 과한 것이 아니었다. 얼굴을 마주 보며 정중한 대화를 나누던 강호의 후배가 벼락처럼 맹렬한 검기를 뿜어내는 절정의 검객으로 바뀌는 데에는 숨 한두 번 바꿀 시간밖에 걸리지 않았다. 소철은 자신을 향해 천천히 내려오는 검봉에 시선을 맞췄다.

"좋은 검이오."

어둠과 분간하기 힘든 칙칙한 빛깔의 검신이, 그러나 어둠을 찍어 누르는 듯 도드라져 보였다. 연벽제가 그답지 않게 조금 쑥스러워하는 목소리로 대답했다.

"야뢰라고 합니다."

"밤 벼락…… 오늘 밤과 잘 어울리는 이름이오."

지인의 자식을 칭찬하듯 고개를 주억거리던 소철이 허리를 꼿꼿이 세웠다.

　"부끄럽지만 늙은이 티를 조금 내도 괜찮겠소? 몸뚱이를 하도 오래 안 쓰다 보니 본격적으로 움직이기에 앞서 뼈다귀를 풀 필요가 있을 것 같구려."

　"그러십시오."

　소철은 연벽제의 배려를 허투루 낭비하지 않았다. 먼저 양어깨 관절을 신중하게 푼 그가 연이어 허리와 무릎 관절이 부드러워질 때까지 십여 차례 돌렸다. 무릎 관절에서 울려 나온 우두둑 소리가 너무 커서 얼굴을 살짝 붉히기도 했지만, 어쨌거나 괜찮다 싶을 만큼 몸이 풀어진 것을 확인한 그는 춤사위를 풀어내듯 두 손을 좌우 양쪽으로 치켜들어 허공의 여덟 방위를 천천히 짚어 나가기 시작했다.

　부우우— 부우웃—

　겉옷의 푸한 소매가 나팔처럼 둥그렇게 입을 벌리고, 앙상한 손가락 사이를 빠져나가던 가느다란 떨림이 방위를 바꿔 나가는 사이 무럭무럭 자라나더니 이내 청심각 주변의 밤공기를 뒤흔드는 거대한 파동이 되었다. 소철의 신형은 이내 희뿌연 기류에 휩싸였다. 무극팔진기의 정수가 실린 신무대종의 절학, 팔진수가 바로 이것이었다.

　'좋군.'

　모든 근육과 혈관 들이 팽팽히 당겨지는 아릿한 긴장감에 소철은 작게 미소 지었다. 생명의 모든 조각들이 살아 날뛰는 기분. 이런 기분을 느껴 본 게 언제인지 기억조차 나지 않았다. 혹여 그 기분이 흐트러지지 않을까 조심하며, 소철이 연벽제에게 말했다.

"기다려 주어 고맙소. 신주소가의 소철이 이제부터 귀하의 검을 시험하리다."

여덟 방위를 거쳐 온 쌍수가 가슴 앞에서 가볍게 교차되었다. 다음 순간, 청심각의 지붕 밑을 벗어난 소철의 노구는 한 줄기 회백색 빛살이 되어 홍예교를 치달아 올라갔다. 그 질주의 종착점에는 검은 광휘를 두르고 있는 자, 검왕 연벽제가 밤 벼락이라는 이름의 검을 들고 소철을 기다리고 있었다.

아무도 내려가 보지 못한 심연으로 뛰어드는 듯한 짜릿한 쾌감 속에서, 소철은 두 팔을 활짝 펼쳤다.

까가가가각!

횡으로 돌려 그는 좌장에 돌로 만든 난간이 자갈로 으스러져 튀어 나가고, 하방에서 퍼 올린 우장에 바닥에 깔린 세 가지 색깔의 벽돌들이 맹수의 이빨처럼 삐죽삐죽 솟아올랐다. 수평과 수직으로 일어난 경파가 난마로 교차하며 연벽제를 향해 빗질하듯 날아들었다. 오랜만에 펼친 것치고는 만족스럽다 할 만한 팔진수의 절초, 십교삼즐+交森櫛이었다.

그르르르르—

연벽제의 검, 야뢰가 첫 번째 벼락을 뿜어냈다. 십교삼즐의 빽빽한 경파가 무지막지하다고밖에 표현할 길이 없는 검기에 의해 썩은 동아줄처럼 가닥가닥 끊기는 것을 보면서도 소철은 실망하지 않았다. 암, 당연히 이 정도는 되어야지.

소철의 쌍수가 어지러이 교차되며 십교삼즐의 경파가 재차, 삼 차, 사 차로 달려 나갔지만, 그때마다 울리는 뇌성에 번번이 가로막혔다.

둥! 구르릉! 두둥!

연벽제가 줄줄이 뿜어내는 벼락 줄기 같은 검기는 단지 방어

에만 국한되지 않았다. 소철은 전신의 뼈마디를 울려 대는 묵직한 반탄력에 신음하면서도 자신도 모르게 흥이 치밀어 큰 소리로 부르짖었다.

"좋구나!"

연벽제가 선 자리로부터 이 장 전방에서 다리 바닥을 찍고 허공으로 몸을 띄운 소철이 하늘로 들어 올린 두 손을 하방을 향해 홱 뒤집었다. 그 손짓을 따라 일어난 무극팔진기가 주위의 외물을 격렬히 동응同應시키고, 석축처럼 켜켜이 쌓인 공기 덩어리들이 연벽제의 주위를 넓게 찍어 눌렀다. 하방에 둔 모든 것을 압살한다는 이른바 공공층축空空層築의 수법.

연벽제는 검을 머리 위로 들어 한 바퀴 원을 그렸다. 그러자 검봉에서 튀어나온 기다란 벼락 줄기가 소용돌이치듯 뭉치며 공공층축의 압력을 받쳐 올렸다.

"이엽! 이여어어업!"

소철은 남은 수명을 대가로 쥐어짠 정혈 같은 기합을 연발로 토해 내며 무극팔진기의 공력을 거듭하여 하방으로 퍼부었다. 그의 얼굴은 살갗이 벗겨진 것처럼 시뻘겋게 달아올랐고, 덜덜 떨리는 손등 위로는 지렁이 같은 핏줄들이 어지러이 곤두섰다. 북악의 주인이 결사적으로 때려 낸 이 연환 장력에는 코끼리라도 단숨에 짜부라뜨릴 만큼 엄청난 힘이 실려 있었다.

그러나 저 아래 버티고 있는 벼락의 소용돌이는 꿈쩍도 하지 않았다. 그것은 무엇으로도 깨뜨릴 수 없는 불괴不壞의 방패 같았다.

다만, 벼락의 소용돌이는 불괴의 견고함을 지녔지만, 그것을 받쳐 주고 있는 바닥은 그렇지 못했다. 본래 홍예교의 만곡부에는 밑을 받치는 교각이 없었다. 둥글게 휘어진 궁륭의 구조적인

이점이 교각을 대신하여 다리의 하중을 견뎌 주기 때문이다.

공공층축의 공기 덩어리가 벼락의 방패 위로 다섯 층까지 쌓인 순간, 연벽제가 서 있던 자리부터 앞뒤 반 장에 이르는 다리 바닥이 꿩음과 함께 쪼개져 수면으로 무너져 내렸다.

쩌-엉!

딛고 있던 돌바닥이 갑자기 허방으로 변했음에도 연벽제는 당황하는 기미를 보이지 않았다. 상판에서 떨어진 석괴石塊가 호수 위에 검은 물보라를 일으키며 빠져들 때, 그의 신형은 디디고 있던 돌바닥 위에서 퍽 하고 연기처럼 흩어졌다. 그러더니 모습을 드러낸 곳은 두 길 위의 허공. 이어 낙하에서 뒤쳐진 난간 파편을 찍으며 사라졌다가 다시 한 길 위에 나타나고, 다시 한 길 위, 또다시 한 길 위……

소철은 연속하여 내리찍은 공공층축들에 실려 신형을 더욱 높이 띄운 상태에서, 시각의 연속성을 조롱하듯 사라졌다가 나타나기를 반복하며 그가 있는 곳을 향해 쭉쭉 올라오는 무적의 검객을 허탈감이 담긴 눈으로 내려다보았다. 단속적으로 가까워지는 연벽제의 두 눈은, 투지와 냉정함으로 똘똘 뭉친 그것들은, 마치 불타는 얼음을 떠올리게 했다.

"허."

실소밖에 나오지 않았다. 연벽제는 이제껏 방어만 취했을 뿐인데도, 벌써부터 호흡이 탁해지는 것은 공격한 소철 쪽이었다. 노쇠는 문제가 되지 않았다. 전성기의 체력과 기량으로 맞붙었다 한들 저자의 적수가 되지 못하리라는 것을 소철은 뼈저리게 느끼게 되었다. 이에, 소철은 진심으로 탄복했다.

곤륜지회의 오대고수 이후 최강으로 꼽히는 검왕 연벽제!

저자의 거침없는 발길은 누구도 막지 못할 것 같았다.

하지만…….

그래도…….

나는 신무대종 소철! 한 시대를 이끌어 온 거악巨嶽이 아니던가!

"차아앗!"

가슴 앞에 꽃잎처럼 모은 쌍수가 새하얀 광채에 휩싸였다. 석년 곤륜지회에서 평생의 숙적이 되리라 여긴 무양문주 서문 숭마저 곤란에 빠뜨린 바 있는 팔진수 최강의 수법, 용음신주龍吟神州의 백색 강기 덩어리가 연벽제를 향해 내리꽂혔다.

그때 연벽제가 야뢰를 찔러 올렸다.

구르르르르르!

뇌성이 대군처럼 밀려오는 가운데, 하방에서 터진 섬광이 허공의 한 구역을 빛의 반구 속에 가둬 버렸다. 그 반구에 갇힌 채, 소철은 용음신주를 무자비하게 휩쓸고 솟구친 벼락의 비늘들이 눈부신 수의처럼 자신을 감싸는 광경을 지켜보았다. 그것은 낙엽을 사른 삼매진화의 불꽃만큼이나 찬란했다.

소철은 찬란하게 타올랐다.

(2)

상인에게는 일반인에게 없는 그들만의 직감이란 게 있다. 혹자는 '전충동錢蟲動'이라고도 표현하는 그 직감은, 상인이 거래에 임할 때 배 속의 돈벌레가 어떤 방향으로 움직이느냐에 의해 구별된다고 한다. 이를테면 놈이 목구멍 쪽으로 기어 올라오면 손해를 보는 거래, 놈이 항문 쪽으로 기어 내려가면 이익을 보는 거래라는 식이다.

실제로 상인의 배 속에 돈벌레가 사는지 안 사는지, 만약 산다면 놈이 기는 방향과 손익이 무슨 상관이 있는지 노련한 상인이 아니고서는 알지 못할 일이지만—어쩌면 노련한 상인이라도 알지 못할 일일지 모르지만—증혁은 어린 시절 장부 쓰는 법을 가르쳐 주던 늙은 상인에게서 들은 이 돈벌레 얘기를 꽤나 인상 깊게 받아들였고, 이날 이때까지 자신의 뱃가죽 밑에도 돈벌레 한 마리가 살고 있다고 믿어 왔다.

한데 그 돈벌레가 지금 목구멍 쪽으로 꾸물꾸물 기어 올라오고 있었다. 귀환을 서두르느라 먹은 것도 변변치 않건만 증혁은 가슴이 메슥거리며 욕지기가 치미는 것을 느꼈다.

"오늘 밤 비상 경계령이 내려왔소이다. 아무리 청룡대의 고위 간부라도 신분 확인이 끝나기 전에는 입전을 허락할 수 없으니 여기서 잠시 기다려 주시오."

이 딱딱한 말을 남긴 채 증혁으로부터 건네받은 신패를 가지고 전 안으로 들어간 조장을 제외하면, 정문 앞을 지키는 수문 무사들의 수는 모두 일곱. 증혁은 그들 일곱 명의 백의 무사들을 훑어보며 생각했다.

'일곱 마리의 호랑이.'

정문 수비는 백호대가 가진 본연의 임무 중 하나였다. 가면을 쓴 듯 무표정한 일곱 개의 얼굴들은 오직 전방만을 응시할 뿐 자신들을 쳐다보는 증혁과는 좀처럼 눈길을 맞추려고 하지 않는 것 같았다. 증혁은 저 무표정한 얼굴 가죽 밑에 숨겨진 무언가를 읽어 내려 애를 쓰는 한편, 다시 생각했다.

'단봉당 젊은 마님을 핍박한 자들도 호랑이였지.'

백의 무사들이 쥔 장창의 창두는 비록 밤하늘을 가리키고 있었지만, 증혁은 그 창두 끝에 열매처럼 맺혀 있는 날 선 경계심을 알아볼 수 있었다. 그리고 저 경계심의 대상이 누구인지를 짐작하는 것도 그리 어렵지는 않았다.

'우리를 경계하고 있어. 하지만 왜?'

증혁의 단추 같던 눈이 실처럼 가늘어졌다. 석지란으로부터 신무전에 변고가 있을지도 모른다는 얘기를 듣고 반신반의하며 돌아온 길. 노중에 그가 총관으로서 관장하는 금화전장을 비롯한 증가의 사업체 몇 군데를 들러 가며 알아본 바, 산동을 비운 수삼일 사이 신무전에 별다른 사고가 벌어지지 않았음을 확인할 수 있었다. 그래서 내심 안도하던 참이건만…….

'이건 이상해.'

신무전이 비록 강북에서 가장 큰 규모를 자랑하는 문파고 그 구성원의 수가 기천을 헤아린다지만, 여덟 명이나 되는 수문 무사들 중 누구 하나도 청룡대의 차기 주인인 그의 얼굴을 알아보지 못한다는 점은 아무래도 이상할 수밖에 없었다.

-형님, 분위기가 심상치 않아요.

옆에 서서 고개를 갸웃거리던 증훈이 증혁에게 전음을 보냈다. 증훈은 증가의 현 가주인 증천보의 아낌없는 지원에 힘입어 약관의 나이에도 불구하고 상승의 경지에 오른 무인이었다. 상인에게는 상인의 직감이 있듯 무인에게는 무인의 직감이 있을 테고, 그 무인의 직감이 증훈의 심기를 불편하게 만든 것이 분명했다.

증혁은 뒷짐을 풀고 왼손을 슬쩍 옆으로 내밀어 두 번 주먹 쥐어 보였다. 이는 증가에 전해 내려오는 수화 중 하나로 '이 거래는 재미없다'는 뜻이었다. 그 뜻을 확실히 읽어 낸 듯 증훈의 갸름한 턱 그늘 아래에서 맹수의 목울음 같은 위협적인 소리가 낮게 울려 나왔다.

그르르르—

상가의 자손답지 않게 순진한 증훈은 속마음을 감추는 데 이처럼 미숙했다. 굳이 수화를 쓴 이유가 무엇인지에 대해 생각이나 해 보았는지. 증훈이 뿜어낸 적개심에 반응한 듯 일곱 자루의 장창이 부르르 떨리는 것을 발견한 증혁은 막냇동생을 돌아보며 혀를 찼다.

"쯧쯧, 며칠 만에 돌아온 집인데 옷 꼴이 이게 뭐냐?"

증혁은 증훈의 앞을 슬쩍 가로막고 서서 그리 삐뚤어지지도 않은 옷매무새를 고쳐 주었다. 뒤통수 위로 일곱 쌍의 날 선 시선이 화살처럼 날아와 꽂히는 것을 느낄 수 있었지만, 증혁은 자신의 몸뚱이가 증훈의 전면 대부분을 가릴 만큼 투실투실하다는 점을 알고 있었다.

홍의 단삼의 가슴 옷섶을 바로잡아 주는 사이 동생의 품에 있던 물건이 형의 소매 속으로 자리를 옮기고, 증혁은 그 묵직함에 작은 안도감을 느끼며 다시금 몸을 돌려 정문 쪽을 바라보았다.

끼이익.

오래지 않아 둔중한 경첩 소리와 함께 정문이 열렸다.

"이런 황송한 일이 있나! 청룡대주님의 큰아드님을 자기 집 문 앞에서 기다리시게 만들다니, 네놈들은 눈깔을 대체 어디다 박아 놓고 다니는 거냐!"

검집에 든 검을 몽둥이처럼 내저으며 수문 무사들을 향해 목소리 높여 호들갑을 떠는 살집 좋은 중년인은 증혁에게도 낯설지 않은 인물이었다. 사해검우 고동비. 백호대 대장 호랑이에게 붙어사는 세 마리 창귀 중 하나였다. 그러나…….

'없어야 할 곳에 있는 창귀.'

고동비의 호인풍 얼굴을 대한 순간 증혁은 두 가지 사실을 함께 떠올릴 수 있었다. 하나는, 지금 저자가 있어야 할 곳은 이 신무전이 아니라 산해관 너머 관동이어야 한다는 점. 다른 하나는, 전령으로 파견된 석지란을 습격한 자 또한 저 고동비와 같은 창귀의 일원이라는 점.

　증혁의 머릿속으로 석지란이 고개 위에서 한 말이 쟁쟁 울렸다.

　-백호대주를 경계하라는 점을 반드시 상달하셔야 합니다.

　관계가 증혁을 곤혹스럽게 만들었다. 백호대주 이창은 그들 형제에게는 숙부와 진배없는 사람이 아니던가. 한데 그런 이창이 정말로 배신자란 말인가? 만일 그렇다면, 지금 저 정문 안쪽에서는 대체 무슨 일이 벌어지고 있는 것일까?

　"대원들의 무례를 대신 사과드리겠소. 어서 오시오, 증 총관."

　고동비가 두 팔을 활짝 벌리며 증혁에게 환영의 인사를 건넸다. 증혁은 복잡한 내심을 감춘 채 상인 특유의 미끌미끌한 미소를 지어 보였다.

　"난데없이 비상 경계령이 내렸다기에 긴가민가했는데, 이 늦은 시각에 부대주께서 직접 나오신 것을 보니 전에 무슨 문제가 생기기는 생긴 모양입니다."

　증혁은 고동비의 눈동자 속으로 작은 흔들림이 나타났다가 사라지는 것을 놓치지 않았다. 그것을 감추려는 듯 고동비가 검을 들지 않은 오른손을 홰홰 내두르며 급히 말했다.

　"문제는 무슨 문제! 시국이 워낙 험하지 않소이까. 아랫사람들이 긴장을 늦추지 않도록 훈련 삼아 내린 경계령이 증 총관을

놀라게 한 모양입니다그려. 자, 마침 따듯한 술과 음식이 기다
리고 있으니 어서 안으로 들어가십시다."

　마른벼락이 기승을 부리는 이런 을씨년스러운 밤에 따듯한
술과 음식이라면 구미 당기는 소리가 아닐 수 없지만, 배 속의
돈벌레가 그 구미를 거부했다. 돈벌레는 이제 턱 밑까지 기어
올라온 것 같았다.

　"하지만 육혼단의 상 부대주를 보니 문제가 아주 없는 것 같
지는 않던데……."

　느릿하게 흘려 낸 증혁의 이 말에, 문 안으로 인도하려는 듯
앞장서서 몸을 돌리던 고동비가 우뚝 움직임을 멈췄다.

　"상 아우를 만났소?"

　증혁은 대답 대신 어깨만 으쓱거렸다. 그런 증혁의 얼굴을
빤히 쳐다보던 고동비가 다시 물었다.

　"그가 무슨 말이라도 했소?"

　"과묵한 양반이라 그런지 말은 그리 많이 하지 않았지만, 대
신에 행동으로 많은 것을 보여 주더군요."

　"행동……."

　증혁은 고동비의 얼굴에 장신구처럼 매달려 있던 호인의 가
면이 서서히 걷혀 나가는 것을 지켜보았다. 갑자기 가벼워진 얼
굴의 무게가 어색한 듯, 턱을 한차례 휘돌린 고동비가 증혁에게
는 이제껏 한 번도 내보인 적 없는 차갑고 잔인한 얼굴로 물
었다.

　"상 아우가 무엇을 보여 주었다는 말이오?"

　"배신한 호랑이가 무슨 짓을 할 수 있는지 보여 주었소. 그리
고……."

　잠시 말을 끊은 증혁이 이제는 완전히 다른 사람으로 바뀐 고

동비를 똑바로 쳐다보며 덧붙였다.

"내 동생에게 맞아 죽었지."

탐색 혹은 확인을 위한 대화는 이것으로 충분했던 모양이다. 고동비의 입에서 '잡아!'라는 고함이 튀어나온 것과 증훈이 '크어헝!' 기합을 터뜨리며 고동비를 향해 뛰쳐나간 것은 거의 동시에 벌어진 일이었다.

고동비의 별호에는 '검우劍友'라는 말이 들어 있었다. '검을 잘 쓰는 친구'라는 뜻일 텐데, 이 중 친구에는 거짓이 있되 검을 잘 쓴다는 데에는 거짓이 있을 리 없었다. 백호대의 부대주는 사교성만으로 오를 수 있는 자리가 아니기 때문이었다. 실제로 고동비의 검술은 다변한 가운데에도 웅장하기로 정평이 났고, 백호대의 부대주로서 쌓은 실전 경험 또한 누구 못지않게 풍부할 터였다.

그러나 증가의 황금이 빚어낸 싸움꾼은 고동비의 검술이 가진 모든 장점을 무시할 만큼 빠르고 사나웠다.

쌍괴문雙拐門.

천하공부天下工夫의 비조로 숭앙받는 소림사가 장구한 역사에 걸쳐 분화시킨 숱한 속가들 중에서 가장 규모가 작고 가장 알려지지 않은 그 신비 문파의 맥을 막내아들에게 잇게 하기 위해 증가의 가주 증천보가 들인 황금이 얼마인지에 대해, 다른 사람은 몰라도 증가의 다음 대 가주인 증혁은 잘 알고 있었다. 양손에 나눠 쥔 두 자루 음양철괴陰陽鐵拐로 펼치는 쌍괴문 비전의 근신육박近身肉薄 무공, 요철이합凹凸離合은 일단 거리를 허용한 다음에는 대처가 거의 불가능하다는 것이 쌍괴문에 대해 아는 극소수 노강호들의 평가였다.

깡! 빠다다닥! 까자작!

아무리 귀 밝은 사람이라도 무엇끼리 부딪치는지 분간하지 못할 어지러운 타성이 증훈과 고동비 사이에서 꼬리를 물고 이 어지더니, 어느 순간 '큭!' 하는 신음과 함께 고동비의 몸뚱이가 뒤로 튕겨 나갔다. 그의 오른손에는 채 검날을 뽑아 낼 여유도 없었는지 검집이 그대로 씌워진 검이 들려 있었다. 단단한 참나무에 상어 껍질을 친친 둘러 감은 그 검집은 아이가 손으로 꽉 움켜쥐었다가 놓은 밀가루 반죽처럼 군데군데 우그러들어 있었는데, 필시 요철이합의 맹렬한 난타들이 만들어 낸 작품일 터였다.

"그만!"

증혁이 급히 외쳤다. 증훈이 뒤로 튕겨 나간 고동비를 향해 내처 달려드는 모습을 보았기 때문이다. 어릴 적에는 계집애처럼 수줍음을 잘 타는 아이였고 그 천성은 청년으로 자란 지금도 여전히 잃지 않고 있음에도, 일단 싸움만 시작되면 순식간에 눈이 뒤집혀 아수라처럼 변해 버리는 막냇동생은, 최소한 지금 상황에서는 제어할 필요가 있었다.

"에에?"

앞으로 달려 나가려는 자세 그대로 우뚝 멈춰 서서 큰형의 명령과 들끓는 전의 사이에서 갈등하는 막냇동생에게, 증훈이 다시 소리쳤다.

"물러나!"

그러고는 잠깐씩의 시차를 두고서, 문가에 쓰러진 고동비가 몸을 일으키고, 일곱 명의 백의 무사들이 창두를 일제히 아래로 내려 증씨 형제를 겨누고, 고동비가 살짝 열어 두었던 정문이 왈칵 열리며 본래에는 백의를 즐겨 입었을 것이 분명한 흑의인들이 고함을 치며 쏟아져 나오고⋯⋯ 그리고 증훈이 거친 숨을 씩씩거리며 증혁에게로 돌아왔다.

"비켜!"

증혁은 아까 증훈의 품속에서 자신의 소매 속으로 옮겨 놓은, 신무전을 떠날 때 부친 증천보가 네 아들에게 하나씩 공평하게 나눠 준 위험한 금속 통을 꺼내 들고 정문 쪽을 겨냥하며 소리쳤다. 형의 손에 들린 물건을 보고 눈이 동그래진 증혁이 날랜 동작으로 앞길을 열어 준 순간…….

펑!

폭음과 함께 뿜어 나온 붉은 화염이 어둠에 익숙해진 모든 인간들의 눈을 시리게 만들고, 금속 통 안에 장치되어 있던 수백 대의 독액 발린 강침들이 신무전의 배신자들을 향해 쏟아져 나갔다. 사천당가의 현 가주 당앙해가 입에 침이 마르도록 자부했던 학정우모침의 효과에 대해서는 의심하지 않지만, 그럼에도 한가히 머뭇거릴 여유는 없었다.

"가자!"

증혁은 몸을 돌렸다.

"저 안에는 아버지가 계시잖아요!"

증훈의 비장한 부르짖음에 증혁은 마음과는 달리 발길을 멈출 수밖에 없었다. 동생의 말이 맞았다. 저 문 안 어딘가에는 그가 평생에 걸쳐 본받겠노라 다짐한 우상이자 스승이며 부친이기도 한 증천보가 있었다. 부친의 생사를 확인도 하지 않고 무작정 달아나는 것이 과연 옳은 일일까?

증혁은 망설였다. 이것은 그가 이제껏 치른 모든 거래 중에서 가장 급박하고도 위험한 거래였다. 그는 '부친이라면 어떤 판단을 내리셨을까?'라고 생각해 보았다. 답은 금방 나왔다. 손해가 명백함에도 그 손해를 무릅쓰는 것은 비장함을 좋아하는 무인들이나 저지르는 짓이었고, 부친은 그리고 증혁은 무인이 아니라 상인이었다. 그는 부친이 내리셨을 판단을 따르기로 작정했다.

"지금은 달아나는 게 우선이다."

증훈이 부스스한 머리카락 사이로 눈을 부릅떴다.

"하지만……!"

"어쩌면 벌써 내가 가주가 됐을지도 모른다."

그렇게 되기 위한 전제 조건을 생각하면 차마 입에 담기 힘든 말임에 분명하지만, 증혁은 마음을 모질게 먹었다.

"너는 나를 지켜야 한다. 그게 우리 형제의 막내로서 네게 부여된 의무다."

본인들은 모르지만, 이제는 네 마리에서 두 마리로 줄어 버린 증가의 작은 용들은 그렇게 도주를 시작했다. 방향은 증가가 충성을 바친 북악의 다음 대 주인이 있는 곳. 그러면서 증혁은 단봉당의 젊은 마님이 실기하지 않고 천주산에 무사히 도착하였기를 간절히 기원했다.

"말을 가져와!"

호랑이가 북악을 배신한 사실은 세상에 알려져서는 안 되는 비밀이었다. 만일 그 사실이 세상에 알려지는 날에는 외눈박이 호랑이가 준비한 향후의 계획에 막대한 차질이 생길 것이 분명했다.

"놈들을 반드시 죽여야 한다!"

백호대 부대주 고동비는 동원 가능한 이십여 명의 수하들을 이끌고 곧바로 추격에 나섰다.

(3)

상인에게 상인 특유의 직감이 있다면 외교가에게는 외교가 특유의 직감이 있다. 외교가의 직감은 과거에 만나 본 얼굴을 좀처럼 잊지 않는 기억력과 눈빛이나 말투, 몸짓 등 사소한 습관으로부터 상대를 파악하는 직관력을 통해 형성되는데, 그 방면으로 보자면 신무전은 물론이거니와 강호 전체를 통틀어도 만린선생 종청리만 한 달인을 찾기 힘들 것이다. 그러한 직감을 바탕으로 발휘하는 능소능대한 외교력은 그가 몸담은 신무전과 더불어 그와 철금장을 지켜 주는 두 겹의 성벽이라고도 할 수 있었다. 그를 좋아하지 않는 사람은 있을지언정 그를 함부로 대하는 사람은 거의 없었다.

이렇듯 자타가 공인하는 강호 제일의 외교가 종청리가 지금 그 외교가로서의 직감으로 인해 얼굴을 찌푸리고 있었다.

"이상하다. 참 이상하다."

끊임없이 흘러나오는 노인네의 중얼거림에 곁에 앉아 있던 요수향遼朱香이 목소리를 낮춰 물었다.

"뭐가 그리 이상하시다는 건지?"

배꼽 어름까지 드리운 흰 수염을 흔들며 고개를 갸웃거리던 종청리가 그녀와 마찬가지로 목소리를 낮춰 대답했다.

"얼굴도 그대로고 목소리도 그대론데 기질은 그 사람이 아니야. 이게 말이 된다고 생각하는가?"

"예?"

"나이를 먹어 사람이 변하는 일이야 다반사라지만, 그래도 이건 정도가 너무 심하지 않은가 말일세."

현무대주 종청리를 지근에서 보좌하는 현무대 부대주 요수향은 강호에서 절검선자絕劍仙子라는 별호를 얻을 만큼 뛰어난 검법을 지닌 여고수임에는 분명하지만, 종청리가 오랜 세월 밟아 온 외교가의 길과는 거리가 먼 사람이었다. 그녀는 늙은 외교가가 느끼는 곤혹을 이해하지 못했다.

"저로서는 무슨 말씀이신지 도통 모르겠군요."

사방대의 한 축이라 할 수 있는 현무대의 대주와 부대주면 신무전 내에서 최고위급에 해당하는 인물들이라 할 수 있었다. 그런 그들이 현무대의 심장부라 할 수 있는 대주의 집무실에서 부모에게 혼난 아이들처럼 이처럼 목소리를 낮춰 속살거리는 데에는 그럴 만한 이유가 있었다.

의자에서 일어선 요수향이 닫힌 창가로 조심스레 다가가 바깥의 동정을 살피더니 다시 종청리가 앉은 곳으로 돌아와 물었다.

"저들의 정체가 천산철마방이 확실한가요?"

"그건 확실하네. 우리를 이곳에 가둔 시커멓고 뚱뚱한 자는 철마방의 이인자라는 안상귀장 고릉이었어."

종청리는 확신을 담아 대답했지만 요수향은 고개를 절레절레 흔들었다.

"천산철마방이라니……. 머나먼 천산에 사는 그들이 국경을 넘어 이 산동까지 대체 어떻게 온 걸까요? 아니, 그보다 철마방 따위가 본 전을 상대로 이런 엄청난 짓을 저지른다는 것 자체가 믿어지지 않네요. 백호대는 대체 무엇을 하고 있었기에……."

"끄음."

종청리의 검버섯 핀 이마에 잡힌 주름의 수가 몇 줄 늘어났다. 그 점에 관해서만큼은 그 또한 부대주와 같은 심정이기 때문이었다.

그러나 현실은 엄연했다. 천산철마방의 인마들은 정문의 수비를 뚫고 신무전으로 진입했고, 그들이 신무전의 중심부에 위치한 이곳 현무대까지 이르는 동안 그들의 발길을 저지하려는 시도는 딱히 없었던 것 같았다. 전의 주력이라고 할 수 있는 백호대의 대부분이 관동으로 파견 나간 상황—이 점에 대해서만큼은 종청리가 뭐라 할 입장이 아니었다. 백호대의 파견을 가장 강력히 요구한 사람이 바로 그였기에—임을 십분 감안하더라도 확실히 이상한 일이기는 했다. 그러나 종청리의 주된 관심사는 그 문제에서 벗어나 있었다.

"아무래도 내가 철마방주를 만나 봐야겠네."

"철마방주라면…… 고륭이라는 자에게 지시를 내리던 그 은색 옷을 입은……?"

종청리는 고개를 끄덕였다.

"삼불귀 온교. 천산 사람들에겐 염라대왕보다 더 큰 두려움을 주는 인물이지."

"온교는 늑대처럼 위험한 자라고 하던데……. 의도가 무엇인지 정확히 파악하기 전에는 자중하시는 쪽이 나을 듯합니다."

절검선자의 목소리에는 상관의 안위를 염려하는 마음이 담겨 있었다. 뭐 그럴 만도 했다. 현무대에서 가장 강한 무공을 지녔음에도 변변한 저항 한 번 해 보지 못하고 종청리와 함께 집무실에 감금당하는 신세가 되었으니, 그녀로서는 지금의 상황에 대해 작지 않은 책임을 느끼고 있을 터였다.

"늑대처럼 위험한 자……. 확실히 그래 보이긴 했었네. 하지만 지금의 그는……."

말을 잇는 대신 합죽한 하관을 한두 차례 오물거리던 종청리가 자리에서 벌떡 일어섰다.

"어쨌거나 관예의 문제까지 걸려 있는 만큼 가만히 있을 수는 없는 노릇이지."

종청리에게는 증손자가 되는 철금장의 장손 호덕공자 종관예는 관동에 있는 사금 광산에서 후계자 수업을 쌓던 중 정체불명의 비적들에 의해 납치당한 바 있었다. 종청리는 청심각에서 열린 간부 회의에서 비적들의 정체를 두고 흘러나온 여러 얘기들 중 안상귀장 고릉의 이름이 끼어 있었던 것을 잊지 않았다.

"제가 모시겠습니다."

따라 일어서는 요수향을 종청리가 슬며시 손바닥을 내밀어 제지했다.

"선자는 여기서 기다리게나."

"대주님 혼자 저자들 속으로 들여보낼 수는 없습니다."

희끗한 털이 간간이 비치는 요수향의 늘씬한 눈썹은 그녀의 충정만큼이나 비장하게 곤두서 있었지만, 종청리에게는 별다른 위안이 되지 못했다.

"이 늙은이를 생각해 주는 선자의 마음이 고맙군. 하나 혼자 가도 별일은 없을 것 같네. 만일 별일이 있다면 자네가 따라와 봐야 소용없을 테고."

"하지만……."

여전히 앙앙불락한 표정을 거두지 않는 요수향에게 종청리가 물었다.

"자네가 보기에는 어떻던가? 이 늙은이의 눈에는 당초부터 저들에게는 우리를 해칠 의도가 없는 것 같아 보이던데."

요수향이 잠시 생각하다가 고개를 끄덕였다.

"확실히 그래 보이기는 했습니다."

"그래, 우리를 해칠 의도가 있다면 이처럼 내 방에 온전히 머물도록 놔두지도 않았을 테지."

그 또한 이상하다면 이상한 일. 강호 문파에 이런 종류의 변고가 벌어질 경우, 침략당한 쪽의 고위 간부들은 침략한 쪽에 의해 목숨을 잃는 것이 자연스러웠다. 비적처럼 납치하여 몸값을 받아 낼 작정이 아니라면 굳이 병력을 쪼개 가면서까지 감금해 놓을 이유가 없는 것이다. 그 점을 머릿속에 다시 한 번 새기며, 종청리가 요수향에게 당부했다.

"지금의 정세는 우리에게 극도로 불리하네. 노파심에서 하는 말이지만 섣부른 행동은 삼가도록 하게."

요수향은 결국 고개를 숙였다.

"알겠습니다."

"그럼 다녀옴세."

문가로 다가간 종청리가 숨을 한 번 깊이 들이마신 뒤 문을 밀어 열었다. 문밖에서 감시하고 있던 다섯 명의 흑의인 중 한 쪽 눈 밑에 붉은 사마귀가 달린 껑충한 장년인이 인상을 험악하게 우그러뜨리며 어색한 한어로 물었다.

"무슨 일이냐, 늙은이? 우리 단장님이 얌전히 있으라고 분명히 경고했을 텐데."

각지의 언어에 능한 것은 종청리 같은 노련한 외교가에게 기본적인 소양이라고 할 수 있었다. 종청리는 천산 사람들이 쓰는 회족의 언어로 사마귀 장년인에게 대답했다.

"서방의 왕, 천산의 지배자이신 귀방의 방주님을 뵙고 싶소."

한족들, 특히 동부의 한족들은 거의 알지 못하는 자기네 언어로 유창히 대답한 것에 대한 놀라움 때문인지 잠시 말을 잇지 못하던 사마귀 장년인이 이윽고 한결 부드러워진 회족어로 종청리에게 물었다.

"우리 방주님을 왜 만나려고 하시오?"

"드릴 말씀이 있어서 그렇소. 방주님께 안내해 주시면 고마움의 보답으로 이 물건을 드리리다."

그러면서 품에서 어린아이 주먹만 한 호안석虎眼石을 꺼내 보여 주니, 사마귀 장년인의 게슴츠레하던 눈알에 별안간 총기가 들어찼다. 그는 동료들의 눈치를 슬쩍 살핀 뒤 손을 내밀었다.

"천산의 용사들은 상대가 준다는 것이 칼이든 선물이든 마다하는 법이 없소."

호안석을 낚아채듯 받아 가서 마당에 피운 화톳불의 불빛에 요리조리 비춰 보던 사마귀 장년인이 누런 송곳니를 씩 드러내며 종청리를 향해 턱짓을 보냈다.

"따라오시오."

천산철마방이 신무전을 점령한 것은 비유하자면 들개가 호랑이굴을 점령한 것과 별반 다르지 않을 텐데도, 종청리를 맞이한 천산철마방의 방주는 이상하리만치 여유롭고 한가해 보였다. 그가 오늘 밤 걸친 은삼은 그가 오늘 밤 행한 일의 무게에 비해 지나치게 깨끗한 감이 있었다. 그 모습을 대한 종청리는 자신이 몸담은 이 신무전이 실상 이름뿐인 허깨비가 아니었는지 의심스러울 지경이었다. 그게 아니라면…….

'자신이 굳이 나서지 않아도 될 만큼 강력한 방수를 데려왔다는 뜻이겠지.'

그런 생각을 하며, 종청리는 천산철마방주 온교의 얼굴에 조심스레 시선을 맞췄다. 찢어진 눈과 매부리 진 코, 거기에 유달리 비좁은 인중은 이십 년 전이나 지금이나 변함이 없었다. 작고 까만 눈동자로 쉴 새 없이 뿜어내는 살벌한 기세도 마찬가지.

'내 직감이 틀린 건가?'

그러나 온교가 거만스럽게 고개를 치켜들고 합죽한 입술을 떼었을 때, 종청리는 자신의 직감이 틀리지 않았음을 확인하게 되었다.

"반갑소. 연로한 현무대주께 초면에 실례를 범한 점, 미안하게 생각하는 바요."

바로 저것이었다!

저자가 진짜 온교라면 저렇게 말해서는 안 되었다!

반 시진 전 침소로 들이닥친 적당들에게 위협을 받으며 숙소의 마당으로 끌려나온 종청리에게 저자가 취한 태도도 지금과 비슷했다. 처음 보는 사람을 대하는 듯한 눈빛. 네가 바로 신무전의 현무대주냐는 식의 말투. 그러나 천산철마방의 진짜 방주, 돌아보지 않고[不顧] 용서하지 않고[不容] 무자비한[不悲] 삼불도三不刀의 주인, 삼불귀 온교는 종청리와 초면이 아니었다. 그리고 종청리가 아는 온교는 난폭한 가운데에도 됨됨이가 호방하여 상황이 어떠하든 일단 안면을 튼 인사에게는 저런 식의 낯선 태도를 취할 사람이 아니었다. 그것은 예의와는 차원이 다른, 한 인간의 자존심과 직결된 문제라서 세월이 흘러도 변하지 않는 천성의 일면이라고도 할 수 있었다.

그렇다면 온교가 아님에도 온교의 껍질을 두른 저자는 대체 누구란 말인가?

'설마 인피면구? 아니, 그것도 아닌데…….'

그 순간 종청리의 노안이 커졌다. 성공적인 외교를 위해서는 외교 대상에 대한 철저한 사전 조사가 필수였고, 덕분에 그는 과거 철마방을 방문하기 전 철마방주와 그 주변 인물들에 대해 많은 정보를 수집한 바 있었다. 그 정보들 중 하나가 긴 세월을 건너뛰어 종청리의 정수리를 벼락처럼 후려친 것이었다. 놀라운 비밀, 세상에는 전혀 알려지지 않은 비밀 하나가 늙은 외교가의 눈앞에서 바야흐로 전모를 드러내려 하고 있었다.

다만 불행한 점은, 그 비밀에 수반된 놀라움이 너무나도 큰 나머지 종청리는 외교가로서 가진 가장 효과적이면서도 강력한 무기, 웃음 속에 칼을 숨긴다는 소리장도笑裏藏刀의 무기를 자신도 모르게 내려놓고 말았다.

"내게 하고 싶은 말씀이란 게 아마도 후손분과 관련된 얘기인 듯한데……."

종청리는 참지 못하고 상대의 말을 끊었다.

"온효穩效! 그대는 온효로군!"

종청리의 입에서 튀어나온 하나의 이름이 상대로부터 끊어놓은 것은 비단 말뿐이 아니었다. 온교의 껍질 위로 떠올라 있던 온교의 모든 요소들이 햇볕에 말라붙은 거미줄처럼 올올이 끊어져 나갔다. 거짓된 난폭함이 사라진 자리를 사악한 교활함이 차지하고, 꾸며진 호방함이 지워진 자리로는 집요한 악의가 들어섰다. 그리하여 드러난 새로운 껍질은, 외양은 여전히 온교를 닮았으되 내면은 결코 온교일 수는 없는 전혀 다른 인물로 탈바꿈되어 있었다.

그 인물이 주위를 둘러보더니 한숨을 쉬었다.

"이곳에 자네만 있다는 게 참으로 다행이군."

뿔 달린 강철 투구를 쓴 시커먼 뚱보, 안상귀장 고륭이 고개를 끄덕였다.

"불필요한 피를 보지 않아도 되니까요."

"암, 가뜩이나 손이 필요한 때에 내 손으로 수하를 죽이는 일이 벌어져서는 곤란하겠지. 그건 그렇고…….”

온교의 껍질을 쓰고 있던 인물, 온효가 먹이를 찾은 구렁이처럼 긴 목을 슥 돌려 종청리를 바라보았다. 그 눈동자에 덧칠된 독기는 칼끝처럼 위험해 보였다.

“정말로 궁금하군. 이 늙은이가 내 진짜 이름을 대체 어떻게 아는 거지?”

이전과는 판이해진 말투.

종청리는 그제야 자신의 실수를 깨달았다. 이 세상에는 남과 절대로 나눌 수 없는 비밀도 있었다. 그런 비밀을 품은 자는 그것을 지키기 위해 무슨 짓이든 할 수 있다는 사실을 그는 뒤늦게 떠올리게 되었다.

“그, 그게…… 문득 예전에 들은 어떤 얘기가 생각나는 바람에 이 늙은이가 존귀하신 방주의 면전에서 결례를 범하고 말았소이다.”

종청리는 자신의 경솔한 혀를 잘라 버리고 싶은 심정으로 사태 수습에 나섰다. 그러나 사교적인 화술로 수습할 수 있는 선은 이미 넘어 버린 것 같았다. 아니나 다를까.

“얘기? 흐흐, 그 존귀하신 천산철마방주에게 어릴 적 집에서 내쫓긴 쌍둥이 형제가 있다는 얘기 말인가?”

온효가 본격적으로 살기를 드러내며 물었다. 종청리는 입고 있던 침의 아래로 식은땀이 진득이 배어 나오는 것을 느꼈다.

“나는 그저, 그저…….”

종청리가 뒷말을 제대로 잇지 못하자 온효는 유난히 합죽한 하관을 옆으로 당겨 히죽 웃었다.

“이비영께서 작성한 살명부殺名簿에는 네 이름이 오르지 않았는데 아쉽게 되었군. 천수를 누리지 못하게 되었으니 말이야.”

"사, 살명부라고요?"

종청리는 머릿속이 뒤죽박죽으로 엉키는 기분이었다. 온교가 아닌 온효가 철마방주 자리에 앉아 있다는 것만으로도 기절초 풍할 만한 일인데, 살명부는 대체 무엇이고 그것을 작성한 이비영은 또 누구란 말인가? 그러나 온효는 늙은이의 머릿속을 정돈해 줄 만큼 친절한 자가 아닌 모양이었다.

"죽여."

온효가 내린 명령은 무척 짧았지만, 고룡이 휘두른 질려타는 굳이 걸음을 내딛지 않고서도 종청리의 늙은 머리통을 뭉개 놓을 수 있을 만큼 충분히 길었다.

"헉!"

종청리는 창졸간에도 급히 머리를 틀어 손가락 길이의 강철 가시들이 빽빽이 박혀 있는 질려타의 커다란 철구를 피하려 했다. 그러나 팔십 고령의 부실한 몸뚱이는 머리만큼 날렵히 움직여 주지를 않았다.

퍽!

섬뜩한 소리와 함께 종청리의 오른쪽 어깨 위로 질려타가 내리꽂히고, 우반신의 쇄골과 견갑골과 늑골들의 일부가 수수깡처럼 부러져 나갔다. 그에 따른 고통은 종청리가 평생 처음으로 겪어 보는 지독한 것이었다. 어떤 혈관을 건드렸는지는 모르지만 핏물이 믿을 수 없을 만큼 세차게 뿜어 나왔다. 종청리는 지금 그의 고막을 울리고 있는 비명 소리가 그의 입에서 터져 나오고 있다는 사실조차도 의식할 수 없었다.

"끄아아아악!"

온효가 재미있다는 듯이 웃었다.

"하하, 용케도 안 죽었네. 상으로 비밀 하나를 더 알려 주지.

늙은이가 불알처럼 아끼는 증손자는 우리 철마단주의 손에 껍질이 벗겨진 지 오래야. 살려서 데려오라고 명령을 내렸는데, 포로로 잡힌 주제에도 대갓집 공자님 행세를 해 대는 꼴을 도저히 못 봐주겠다고 하더군. 대식가인 우리 철마단주는 명령을 어긴 벌로 사흘씩이나 굶어야 했지. 안 그래도 재월齋月(라마단)이라서 해가 떠 있는 동안에는 금식을 지키느라 죽을 맛이었을 텐데도 말이야.”

온효는 몰랐다. 증손자를 살리기 위해서라면 쓸모도 없는 늙은 불알쯤은 백번이고 뽑아 버려도 아깝지 않다는 것을. 아득한 가운데에도 슬픔이 밀물처럼 차올랐지만, 육신을 사로잡은 고통은 그 슬픔마저도 순식간에 잡아먹어 버렸다.

“흐으어어……. 흐어허…….”

한쪽 허파가 찢어져 비명마저도 제대로 지르지 못하던 종청리는 더 이상 버티지 못하고 자신이 쏟은 핏물 위에 두 무릎을 털썩 꿇고 말았다. 그 모습을 보던 고륭이 메기 같은 입을 쩍 벌려 누런 이빨과 붉은 혓바닥과 시커먼 목구멍을 손가락으로 쿡쿡 가리킨 뒤 온효에게 간청했다.

“지금도 저는 너무너무 배가 고픕니다. 저 늙은이의 염통과 간을 먹어도 될까요?”

늙은 염통과 간에 정말로 식탐이 일었는지 고륭의 두툼한 입술 아래로 백태 섞인 침 줄기가 주르륵 흘러내렸다. 그 모습을 본 온효가 역겹다는 듯 찢어진 눈을 찌푸렸다.

“신선하지 않을 테니 권하고 싶지는 않지만…… 굳이 먹겠다면 말리지는 않겠네.”

“감사합니다!”

우렁찬 대답과 함께 두렵기 짝이 없는 질려타가 다시 한 번 허공을 갈랐다.

부웅―

이번만큼은 종청리도 피하지 못했다.

붕악崩嶽 (二)

(1)

　무릎 꿇은 두 다리가 저리기 시작했다. 이렇게 저리다가 풀린 것이 세 번째인지 네 번째인지 기억나지 않았다. 과홍견은 왼손으로 방바닥을 짚고 상체를 왼쪽으로 기울임으로써 오랜 시간 고통스럽게 접혀 있던 무릎을 체중으로부터 벗어나게 해 주었다.

　"끄음."

　참으려 무진 애를 써 보아도 장딴지 뒤쪽으로부터 올라와 입술을 비집고 나오는 신음을 막을 수는 없었다. 하지만 그러면서도 동그랗게 뜬 두 눈만큼은 반상에서 떼지 않았다. 그럴 수밖에 없는 것이, 어찌 하나라도 놓칠쏜가. 평생 다시 못 볼 최고 고수들 간의 대국인데. 어찌 허술히 지나칠쏜가. 사부님으로부터 받는 마지막 바둑 수업이 될지도 모르는데.

대국은 밤안개처럼 느리게 흘러갔다. 문강이라는 문사가 맵시 좋은 손놀림으로 첫수를 두드린 것이 벌써 반 시진 전. 그러나 반상에는 겨우 팔십 개 남짓한 바둑돌들이 놓여 있을 따름이었다.

시간을 더 많이 소비한 쪽은 백을 잡은 운소유였다. 처음에 과홍견은 사부에게 다른 의도가 있어 시간을 끌기 위해 일부러 장고를 거듭한다고 생각했다. 하지만 그게 잘못된 생각임은 오래지 않아 알게 되었다. 반상에 못 박힌 사부의 눈동자는 주위의 어떤 요인도 끼어들지 못할 정도의 극고한 집중력으로 반짝이고 있었다. 과홍견은 이제껏 무엇인가에 저토록 집중하는 사부의 모습을 한 번도 본 적이 없었다. 그리고 그러한 집중력을 질료 삼아 사부가 빚어낸 수들은…….

딱.

나이답지 않게 편편한 미간에 굵은 세로 주름까지 잡아 가며 숙고하던 운소유가 돌 통에서 백돌 하나를 들어 반상에 올려놓았다. 패기와 자신감이 넘치는 문강의 손놀림과는 달리 처녀의 것처럼 신중하고 음전한 손놀림이었다.

'이건…….'

눈알이 빠져라 반상을 들여다본 끝에 사부가 놓은 수의 의미를 헤아린 과홍견은 침을 꼴깍 삼켰다.

'……또다.'

사부는 문강의 전광석화처럼 빠른 운석運石(바둑에서 돌을 두어 나감)에 대항하여 다시 한 번 '형경衡境'의 수를 보여 준 것이었다.

형경.

사부를 만나지 못했다면 결코 배우지 못했을 균등 분할의 기예. 삼절수사의 삼절 중 기절棋絕의 정수라고 할 만한, 이른바 부쟁선의 묘리가 담긴 기예가 바로 형경이었다.

'짝수, 공평 그리고 저울대.'

대국을 관전하던 지난 한 시진 동안 여러 차례 되새길 수밖에 없었던 과거의 어떤 장면이 과홍견의 머릿속으로 다시금 떠오르고 있었다.

"그 수를 왜 둔 것이냐?"

아이의 어깨 너머로 반상을 내려다보던 사부가 조용히 물었다. 아이는 대답할 수 없었다. 사부의 질문에 담긴 의중을 짐작할 수 없었기 때문이다.

사부의 문하로 거두어진 지 이제 갓 열흘.

첫날 두었던 시험 대국 이후 사부는 아이와 바둑판을 마주하지 않았다. 기예에 관한 특별한 가르침을 내리지도 않았다. 그점을 내심 서운해하면서도 아이는 사부의 서가에 꽂혀 있는 기보집과 묘수풀이집을 열심히 들여다보았다. 쉴 때에는 지금처럼 독기獨棋(혼자서 흑백 모두를 쥐고 두는 바둑. 기보를 보지 않고 놓는다는 점에서 복기와 구분됨)를 놓아 보며 복잡해진 머리를 풀곤 했다. 그 독기 중 아이가 둔 어떤 수를 보고 사부가 물은 것이다. 그 수를 왜 두었냐고. 하지만…….

이제 막 두 번째 수를 두었을 뿐인데?

반상에 놓인, 우상귀와 좌하귀의 화점을 차지한 흑백 두 개의 돌을 내려다보며 한동안 어물거리던 아이가 마침내 고개를 들고 사부에게 대답했다.

"흑이 한 귀를 가져갔으니까 백도 한 귀를 가져가야죠."

처음 네 수로 네 군데의 귀를 하나씩 차지해 나가는 것은 바둑의 기본이라고 할 수 있었다. 귀는 변이나 중앙과 달리 집을 짓기 쉬워 초반의 본거지로 삼기에 유리하기 때문이다. 흑이 첫 수로 우상귀를 차지했으니 백은 다음 수로 그 대각에 위치한 좌하귀를 차지한다. 자신이 둔 두 번째 수에 이것 말고 무슨 의미가 더 있는지 아이는 떠올릴 수 없었다.

사부가 다시 물었다.

"그러면 다음 수는 어디에 둘 생각이냐?"

이번에는 시간을 끌지 않아도 되었다. 아이는 흑돌을 들어 우하귀 화점에 올려놓았다.

"흠, 그다음은?"

이번에는 좌상귀 화점에 백돌. 그럼으로써 네 귀는 흑돌과 백돌이 두 곳씩 공평히 차지하게 되었다. 아이는 어떠냐는 듯이 사부를 올려다보았다.

"첫수를 제외한 나머지를 걷어내어라."

사부가 말했다. 아이는 몹시도 기이했지만 사부의 지시대로 두 번째부터 네 번째까지 세 개의 돌을 반상에서 들어냈다. 맨 처음 흑이 차지한 우상귀를 제외한 세 군데 귀가 주인 없는 땅으로 되돌아갔다.

"자, 이제 두 번째 수를 놓아 보아라."

이 지시에는 또 무슨 의미가 숨어 있을까 궁리하며 아이는 백돌을 들어 아까와 같은 자리, 좌하귀 화점에 놓았다.

"그 수를 왜 둔 것이냐?"

사부는 처음에 한 질문을 반복했고, 아이는 이제 어처구니없는 지경에 이르렀다. 사부님께서 나를 놀리시나 하는 불경한 의심까지 들 정도였다. 하지만 그런 게 아니었다. 그때 사부는 처음으로 형경이라는 용어를 입에 담았다.

"너는 의미도 모른 채 습관적으로 두었겠지만, 네가 두 번째 수를 좌하귀에 둔 이유는 그곳이 바로 형경을 취할 수 있는 자리이기 때문이다."

아이는 사부의 문하로 들어오기 전까지 국수급의 실력을 갖춘 조부로부터 바둑의 기초를 충실히 쌓은 바 있었다. 하지만 형경이란 용어는 금시초문이었다. 형경은 조부의 가르침에도, 또 어떤 바둑 책에도 나오지 않았다. 아이가 물었다.

"형경이 뭔데요?"

"형경은 저울대를 균형 잡히도록 만드는 것이다."

"저울대……요?"

더욱 영문을 몰라 눈만 깜박이는 아이에게 사부가 자상한 목소리로 물었다.

"반상에서 하나의 귀가 갖는 가치가 얼마인 줄 아느냐?"

귀를 집으로 환산할 때 얼마의 가치가 있는지에 대해서는 할아버지로부터 들은 적이 있었다.

"열 집쯤 되는 것으로 알고 있습니다."

"열 집…… 대체로 그 언저리겠지. 뭐, 집 수는 중요하지 않다. 중요한 것은, 큰 가치를 가진 곳부터 차지해 나가는 것이 바둑의 핵심이요, 요체라는 점이다. 이 말을 네가 지금 두는 독기에 적용하면, 네가 첫수로 차지한 우상귀는 아무 돌도 놓이지 않은 텅 빈 반상에서 가장 큰 가치를 가진 곳이란 뜻이다."

'가장 큰 가치'란 말에 아이가 고개를 갸웃거렸다. 귀는 우상귀 말고도 세 곳이 더 있는데? 아이의 내심을 뚫어 본 듯 사부가 빙그레 웃으며 말을 이었다.

"물론 같은 가치를 가진 자리가 세 군데 더 있다."

사부는 아이의 눈앞에 왼손을 펼쳐 손가락을 하나씩 꼽아 나가며 설명했다.

"우상귀와 우하귀 그리고 좌상귀와 좌하귀. 다 합치면 네 군데. 짝수지. 짝수란 공평한 수다. 번갈아 하나씩 가져간다면 두 사람이 두 군데씩 공평히 가져갈 수 있지. 만일 이 조건이 전제되지 않았다면 바둑은 존재할 수 없었을 것이다. 똑같은 실력을 가진 사람끼리 바둑을 둔다는 전제하에, 만일 귀의 수가 홀수라면 나중에 두는 자는 먼저 두는 자를 결코 이길 수 없다. 홀수의 불공평함으로 인해 발생한 초반의 차이를 바둑이 끝나는 시점까지 따라잡을 수 없기 때문이다."

짝수, 공평 그리고 저울대.

아이의 머릿속에서 뭔가가 꼬무락거리기 시작했다. 그것은 바둑을 대하는 새로운 인식 혹은 시각이었다. 사부는 그런 아이를 심현한 눈빛으로 굽어보며 말했다.

"네가 두 번째 수를 좌하귀에…… 음, 굳이 좌하귀가 아니더라도 이미 흑이 차지한 우상귀를 제외한 세 귀 중 한 곳에 둔 이유는, 다음에 흑이 세 번째 귀를 차지하더라도 네가 차지할 네 번째 귀가 남아 있도록 하기 위함이다. 비유하자면 저울대의 양쪽에 하나씩 동일한 추를 얹을 수 있는 상황으로 만들기 위해 두 번째 수를 그곳에 둔 것이지. 이것은 자연의 법칙과도 통한다. 어딘가에서 균형을 깨트리려는 힘이 나타나면 다른 어딘가에서 균형을 바로잡으려는 힘이 나타난다. 바둑도 마찬가지. 사람들이 관행처럼 알고 사용하는 바둑의 여러 수법들 가운데에는 이처럼 균등 분할의 묘리가 담긴 것이 다수 있다. 같은 가치를 지닌 곳을 두 군데 만듦으로써 전국의 균형을 유지하는 것. 그것이 바로 형경이다. 형경이 있음으로 인해 후발하여도 선발에 뒤지지 않을 수 있는 것이다."

사부가 방금 놓은 수가 바로 형경의 수였다. 문강은 발 빠른 행마를 통해 국면을 흔들고 어지럽히려 하지만, 운소유는 상대의 날카로운 도발에 일일이 응수하지 않으며 대국적인 관점 아래 적시에 드러내는 형경의 수로써 흑백 간의 균형을 유지해 나가고 있었다.

사실 바둑에는 돌발적인 변수가 많아 모든 착점에 형경의 묘리를 적용시키기란 불가능했다. 돌들이 사방에서 얽히는 난전이 벌어지면 형경을 적용하기란 더욱 어렵게 된다. 이때 중요한 요소가 수의 가치를 판단하고 매 경우마다 전체의 형세를 산출해 내는 능력이다. 그 능력이 갖춰져야만 주어진 상황에서 싸워야 할지 타협해야 할지를 결정할 수 있게 되는 것이다. 운소유는 그 방면에 있어서 천하제일이었다. 그리고 그 능력을 문강과의 대국을 통해 여실히 보여 주고 있었다.

문강은 살기 넘치는 검은 비수였다. 그가 반상에서 펼치는 모든 수법들은 칼끝처럼 뾰족하여 관전하는 과홍견의 눈을 아리게 만들었다. 그러나 운소유는 흔들림 없는 하얀 바위였다. 스스로를 굳건히 지키는 가운데에도 때로는 유연하게 때로는 강경하게, 상대의 살기 띤 수법에 적절히 대응하고 있었다.

흑과 백을 쥔 양 대국자가 대비되는 요소는 그것만이 아니었다. 문강이 내세운 쟁선의 최종 목표는 이기는 것이었다. 반면에 운소유가 설파한 부쟁선의 최종 목표는 지지 않는 것이었다. 이기는 것과 지지 않는 것. 이 둘은 같으면서도 달랐다. 현실로 드러나는 결과를 뛰어넘는 양측의 가치관이 내재되어 있기 때문이다. 비유하자면 수심水深과 수위水位의 개념이랄까.

둘 다 물의 양을 뜻하는 용어지만 수심은 수면으로부터 재어 내려간 깊이고 수위는 바닥으로부터 재어 올라온 높이다. 이기는 것과 지지 않는 것도 마찬가지였다. 결과는 같을지언정 바라보는 방향, 살피는 수단, 받아들이는 방식이 다르기에 동이부동同以不同의 역설이 생겨나게 되는 것이다.

같지만 다른 목표끼리의 충돌은 그래서 더욱 치열할 수밖에 없었고, 흑돌과 백돌에 실린 두 대국자의 가치관은 반상 밖으로 뛰쳐나와 세상을 향해 우렁찬 웅변을 토해 내는 듯했다.

내가 옳다!

아니, 당신만이 옳은 것은 아니오!

……그리고 아흔두 번째 수.

사부로부터 그 수가 떨어진 순간, 과홍견은 문강의 주먹 쥔 왼손 마디에서 울려 나온 묵직한 뼈 소리를 들을 수 있었다.

바둑은 수담이라고도 불린다. 수手(손, 혹은 바둑돌)로써 나누는 대화라는 뜻이다. 말에 의미가 있듯 수에도 의미가 있고, 기예가 높을수록 수에 담긴 의미는 깊으면서도 무겁다. 하지만 기력이 미치지 못하는 탓에 과홍견은 사부가 놓은 아흔두 번째 수에 무슨 의미가 담겨 있는지 얼른 알아차리지 못했다. 어찌 보면 한가한 수, 응수를 타진해 온 문강의 아흔한 번째 수에 대해 호응한 것도 불응한 것도 아닌 어정쩡한 수처럼 보이기도 했다. 그러나 그 수가 한가하지도, 어정쩡하지도 않다는 것은 두 대국자의 외견이 보여 주고 있었다.

지금 이 순간 운소유의 이마에는 구슬 같은 땀방울이 송알송알 맺혀 있었다. 한 수 한 수 둘 때마다 몸 안에서 연소된 생명의 조각조각이 저 땀방울로 바뀌어 흘러나오고 있는 것 같았다. 반면 그와 마주 앉은 문강은…….

'귀가 빨개.'

문강의 얼굴을 힐끔거린 과홍견은 그의 귓바퀴가 붉게 달아오른 사실을 발견했다. 거기에 더하여, 깔끔하게 다듬어진 콧수염 아래 일자로 다물린 얇은 입술이 봄바람에 떨리는 문풍지처럼 작게 움찔거리는 모습도 눈에 잡혔다. 그 입술이 안쪽으로 움푹 말려들어 갔다가 열렸다.

"정녕 이리 나오시겠다?"

사부는 대꾸하지 않았다. 그저 왼손 소맷자락으로 이마에 맺힌 땀방울을 닦을 뿐이었다. 그러자 문강의 눈동자가 한껏 오므라들었다. 그것에서 뿜어 나오는 눈빛은 직접 마주하지 않은 과홍견마저도 절로 고개를 돌리게 만들 만큼 강렬했다. 그러나 사부는 문강의 눈빛을 외면하지 않았다. 강경과 유연, 파괴와 보전, 불과 물이 바둑판 한 자 위의 어느 한 점에서 격렬히 얽혀들었다. 다음 순간.

따―앙―

문강의 아흔세 번째 수가 장작을 쪼개 가는 도끼처럼 반상을 힘차게 두드렸다. 반상을 혼돈으로 휘몰아 갈 그 패도 넘치는 기합에 놀란 과홍견은 자신도 모르게 목을 양어깨 안으로 눌러 넣었다.

"차를."

문강이 운소유를 응시한 채 짧게 내뱉었다. 그러나 운소유에게 한 말 같지는 않았다. 그 점을 운소유가 확인시켜 주었다.

"문 공께 차를 올려라."

과홍견이 삐뚤어진 상체를 바로 세우며 사부에게 물었다.

"그러려면 주방에 다녀와야 하는데요?"

"허락해 주실 게다."

과홍견은 문강의 눈치를 살폈지만 문강은 얼음 막을 뒤집어 쓴 듯한 얼굴로 운소유를 응시할 뿐 가타부타 말을 하지 않았다.

"괜찮대도."

사부가 다시 말했다. 과홍견은 찌르르한 장딴지를 문지르며 일어서서 문가로 다가갔다. 과연 문강은 아이의 행동을 제지하지 않았다. 물론 그래도 된다고 말한 것도 아니었지만.

문밖은 온통 새카만 어둠에 뒤덮여 있었다. 마른벼락 요란하던 밤하늘은 이제 먹줄처럼 가느다란 빗줄기를 뿌리고 있었다. 그 어둠 속에 깡마른 누군가가 유령처럼 서 있었다. 문강이 학노인이라 부른 검은 유건을 쓴 노인이었다.

노인은 방에서 나온 아이를 보고도 아무 말도 하지 않았다. 청갈색 광물 같은 칙칙한 눈동자는 아무것도 보고 있지 않는 것 같았다. 그러나 과홍견은 주방을 향해 걸어가는 내내 노인의 시선이 자신을 따라붙는 것을 알 수 있었다. 굳이 뒤를 돌아볼 필요도 없었다. 감각이 아니라 공포를 통해 알 수 있는 느낌. 밤비에 젖어드는 어깨가 해초를 얹은 것처럼 무겁게 여겨졌다.

끼이익.

주방 안은 불을 밝히지 않고서는 한 발짝도 내딛지 못할 만큼 깜깜했다. 과홍견은 열린 주방문 안쪽에 흘러나오는 알싸한 재 냄새를 맡을 수 있었다. 그리고 그다음은…… 아이의 두 오금이 의지와 무관하게 떨리기 시작했다. 재 냄새에 섞여 든 비릿한 어떤 냄새가 비강을 통해 들어와 머릿속을 휘젓고 있었다. 이 냄새는 아마도…… 아마도…….

"우왝!"

과홍견은 갑자기 치밀어 오른 욕지기를 이기지 못하고 허리를 동그랗게 말고 토하기 시작했다.

"왝! 으왜액!"

위 속에 든 것의 대부분을 바닥에 뿌려 놓았을 즈음, 주방 안쪽에서 달그락거리는 소리가 들렸다. 소스라치게 놀란 과홍견이 눈물 그렁그렁한 눈으로 주방 안을 쳐다보았다. 찻물을 끓일 때 사용하는 작은 풍로 하나가 어둠을 뚫고 둥둥 날아오고 있었다. 그러더니 풍로 뒤 어둠의 한 부분이 스르르 껍질을 벗으며 노인의 모습이 만들어졌다.

"받아라."

땡볕에 말라붙은 모래처럼 생명의 기운이라고는 한 점도 느낄 수 없는 무감한 목소리와 함께, 노인이 주방 어딘가에서 찾아온 것임에 분명한 풍로를 과홍견에게 내밀었다. 노인이 언제 주방으로 들어갔는지, 들어갔다면 자신이 선 문지방을 넘어 들어간 것인지 아니면 열린 창을 통해 들어간 것인지, 과홍견으로서는 알 도리가 없었다.

풍로를 받아 든 과홍견이 어물거리다가 노인에게 물었다.

"저…… 차를 끓일 물과 다구는……?"

그러자 허공에 머물던 노인의 청갈색 시선이 과홍견의 두 눈으로 꽂혔다. 어찌나 무서운지 과홍견은 오줌을 싸지 않기 위해 이를 악물고 엉덩이를 조여야 했다.

"물과 다구가 방 안에 있다는 것을 모를 줄 아느냐. 나는 어린아이와 장난치는 것을 좋아하지 않는다. 한 번만 더 머리를 굴리면 그 머리를 잘라 네 배 속에 넣어 주마."

방 안에 머물던 그 짧은 시간 동안 물통이나 다구와 같은 사소한 물건들의 위치를 낱낱이 파악한 데 대해서는 그리 놀라지 않았다. 정작 놀라운 것은 저 담담한 경고 안에 담긴 무시무시한 진정성이었다. 저 노인은 어떤 끔찍한 상황을 입에 담던, 그것을 능히 현실로 옮길 수 있을 것 같았다. 과홍견은 노인을 상대로 더 이상 어떤 말도 하지 않기로 마음먹었다.

과홍견이 노인에게 받은 풍로를 품에 안고 보이지 않는 죽음이 비 냄새처럼 떠도는 어둠을 넘어 방으로 돌아온 것은 그 방을 나선 지 일각쯤 지난 뒤였다. 그사이 삼십여 수가 더 이어져 반상에 놓인 돌 수는 백삼십 가까이 이르러 있었다. 방을 나서기 전보다 훨씬 빠른 진행이라 할 터였다.

과홍견은 풍로에 불을 지펴 찻물을 끓이는 동안 짬짬이 반상을 넘겨다보았다. 어지럽게 흩어져 있던 흑백의 돌들이 이제는 하나의 줄기를 이루어 건곤일척의 거대한 전투를 벌이고 있었다. 이 전투의 결과가 승부의 향방을 결정하리라는 것은 기력이 두 대국자에 못 미치는 과홍견도 금세 알아볼 수 있었다.

흑을 쥔 문강의 운석은 거침이 없었지만, 백을 쥔 운소유의 운석은 그보다 더욱 거침이 없었다. 방을 나서기 전과는 판이한 흐름에 과홍견은 조그만 머리통을 갸웃거리지 않을 수 없었다. 평소 사부가 보여 주던 유유한 운석과는 거리가 한참 멀기 때문이었다. 그러나 얼마 후, 그러니까 공들여 우려낸 차를 두 사람에게 올리고 두 사람이 각자의 찻잔을 거의 비울 무렵에 이르렀을 때, 과홍견은 평소와 다른 사부의 운석을 비로소 이해할 수 있게 되었다.

과홍견이 풍로를 가지고 방으로 돌아온 이후의 수순들은 모두 '필연적'이었다. 바둑에서 필연적이라는 것은 양쪽 모두 최선을 다한 정수正手(바둑에서 속임수를 쓰지 않고 정당하게 두는 기술)로써 상대의 앞선 수에 맞섰음을 뜻했다. 절정의 기력을 가진 이들 두 대국자로서는 정수를 두는 데 특별한 고려가 필요치 않을 터였다. 머릿속에 이미 확립한 각자의 수읽기를 반상에 옮겨 놓는 절차만이 필요할 뿐. 사부의 착수가 거침없는 데에는 그런 까닭이 있었던 것이다.

필연적인 수순은 필연적인 결과로 이어졌다. 그 필연적인 결과가 바야흐로 반상에 펼쳐지려 하고 있었다.

무려 삼십여 개에 달하는 흑돌들이 한 군데의 공배空排(바둑에서 어느 쪽이 두어도 이익이나 손해가 없는 빈 땅)도 없이 백돌들에 포위되어 있었다. 그리고 흑돌이 가지고 있던 유일한 집 모양 속에 사부가 백돌 하나를 끼워 넣은 순간, 마지막 숨구멍이 막힌 흑 대마는 몰살당하고 말았다. 흑백 모두가 서로에게 필살의 칼날을 겨눌 수밖에 없는 수상전手相戰(바둑에서 단독으로 살지 못하고 고립된 돌끼리 사활을 걸고 싸움을 벌이는 상황)의 양상이었지만, 백 대마에게는 아직 바깥 공배가 한 군데 남아 있었다. 다른 때라면 아무 짝에도 쓸모없는 공배 하나의 유무로 생사가 갈렸다. 흑 대마는 죽고 백 대마는 살았다. 그리고…….

문강은 패하고 운소유가 이겼다.

과홍견은 자신이 목을 학처럼 삐죽 내밀고 있다는 사실조차 알지 못한 채, 사부가 죽은 흑돌들을 바둑판 밖으로 걷어 내는 것을 지켜보았다. 이런 광경은 처음이었다. 수상전에서 어느 한쪽의 대마가 함락당하는 경우, 생사가 확인된 시점에서 한쪽 대국자가 돌을 거두는 것이 상례였다. 예외가 있다면 대마가 죽은 뒤에도 여전히 승부가 갈리지 않아 대마를 죽인 쪽에서 대국을 계속 이어 갈 의사가 있을 경우인데, 지금 상황에서 대국을 이어 간다는 것은 말도 되지 않았다. 설령 사부 대신 과홍견이 이어 둔다고 해도 백의 대승은 확고부동이었다.

종국終局(한 판의 바둑을 마침)의 상례를 깨트린 문강은 지금까지 자신의 명령을 따르던 검은 병사들의 시체가 적장의 손에 의해 전장에서 치워지는 광경을 아무 말 없이 내려다보고 있었다. 그 눈빛이며 표정은 오히려 평온하여 대국 중에 내보인 패기, 자신감, 살기 등이 거짓처럼 여겨질 정도였다.

그러고도 잠시의 시간이 더 흐른 뒤, 문강이 반상의 어떤 자리를 손가락으로 가리키며 운소유를 쳐다보았다.

"두 집……이었소?"

그 자리가 사부의 응수를 타진하기 위해 착점한 아흔한 번째 수임을 과홍견은 어렵지 않게 알아볼 수 있었다. 두 집이라는 말은 아마도 그 수를 둠으로 인해 문강이 받은 손해가 집으로 환산하여 두 집이라는 뜻이리라.

"그렇소이다."

운소유의 대답에 문강이 소리 내어 탄식했다.

"하아, 무리인 줄 알면서도 강행할 수밖에 없었소. 왜냐하면 그 수 이후 정수로써 군사로부터 두 집의 이익을 빼앗아 오는 것이 불가능하다는 점을 알았기 때문이오."

비록 차를 준비하러 방을 나간 사이에 벌어진 일이라 세세한 과정까지 목격한 것은 아니지만, 과홍견은 사부의 일견 한가하고 일견 어정쩡한 그 아흔두 번째 수에서부터 이 대국의 판세가 급변했음을 알고 있었다. 한데 문강의 이야기를 들어 보니 겨우 두 집 때문이었다. 하수라면 단순한 끝내기 수순 중에도 얼마든지 얻거나 잃을 수 있는 두 집. 그러나 저들 수준의 고수들 눈에는 그 두 집이 영영 따라잡을 수 없는 머나먼 간극으로 비친 모양이었다. 그래서 문강은 정법에서 벗어나는 과격한 수법들을 동원했고, 사부에게 응징을 당했다. 그 결과는 대마 함몰.

문강이 남은 찻물을 비운 뒤 말을 이었다.

"고운거사께서 하신 말씀이 생각나는구려. 그분 말씀이, 삼절수사의 바둑에는 개미지옥 같은 면이 있어서 한번 빠지면 헤어 나올 수 없다고 하더이다. 그 말씀에 한 점 헛됨도 없음을 오늘에야 알게 되었소."

운소유가 실소하며 말했다.

"개미지옥이라. 해학가로 이름 높으신 고운거사다운 표현이구려."

"실제로 겪어 본 바 개미지옥보다 더한 표현이 없음이 아쉬울 따름이오. 어쨌거나……."

문강은 약간 구부정하던 허리를 곧게 펴더니 바둑판 맞은편에 앉은 운소유에게 천천히 고개를 숙였다.

"졌소. 패배를 인정하리다."

이것으로써 대국이 끝났다. 과홍견은 방금 끝난 대국이 자신의 생사가 걸린 내기 바둑이라는 사실조차도 잊은 채, 오직 자기 사부가 당대의 최고 고수를 꺾었다는 점에 순수하게 기뻐했다. 아이의 순수한 기쁨이 현실이라는 파도에 부딪쳐 꺾인 것은 사부의 말이 있은 직후였다.

"제자를 내보내기 전에 잠시 이야기를 나눌 시간을 주시면 고맙겠소."

"얼마든지요."

문강이 너그럽게 덧붙였다.

"원하신다면 자리를 비켜 드릴 용의도 있소만."

운소유는 잠시 생각하다가 고개를 저었다.

"문 공이 이 자리에 계시는 쪽이 제자를 위해 더 나을 것 같군요."

그러자 비웃음 비슷한 비틀림이 문강의 입술 위에 떠올랐다.

그것의 의미를 읽은 듯 운소유가 덧붙였다.

"내가 문 공을 식언하는 사람으로 여긴다고 오해하지는 말아주시오. 그럼에도 옥상가옥屋上加屋 하는 심정으로 안전장치를 하나라도 더하려 애쓰는 것은 사부 된 자로서의 노파심 탓이겠지요. 부디 헤아려 주시기 바라오."

대체 문강이 이 자리를 지키는 것과 과홍견의 안전 사이에 무슨 상관관계가 있다는 것일까? 아이로서는 헤아릴 도리가 없었지만, 천하에서 가장 지혜로운 부류에 속하는 두 사람에게는 그리 어려운 수수께끼가 아닌 모양이었다. 문강이 개의치 않는다는 듯 어깨를 으쓱거렸다. 그를 향해 목례를 보낸 운소유가 과홍견 쪽으로 천천히 돌아앉았다.

사부의 얼굴을 정면으로 대한 과홍견은 앉은 자세 그대로 얼어붙었다. 항시 온유하기만 하던 사부의 얼굴에 떠오른 낯선 경직이 어린 심장을 차갑게 만들고 있었다. 그런 제자에게 사부가 물었다.

"내 첫 번째 가르침을 기억하느냐?"

과홍견은 옹송그린 입술을 움직거릴 뿐 아무 대답도 하지 못했다. 운소유가 다시 물었다.

"내 첫 번째 가르침을 기억하느냐고 물었다."

긴장으로 말라붙은 입술을 비집고 그제야 대답이 흘러나왔다.

"기, 기억합니다."

"기억한다면 말해 보아라."

연초 원소절을 며칠 앞둔 날에 들은 사부의 첫 번째 가르침은 믿음의 바둑을 추구하라는 것이었다. 과홍견은 그 가르침을 토씨 한 자도 빼놓지 않고 그대로 읊을 수 있었다.

"내가 추구하는 기예는 인의예지신의 오상五常 중에서 신信을 지상의 덕목으로 삼는다. 기예가 오를수록 계교와 교만 또한 오르게 되니, 이는 무공이 오를수록 심마의 벽이 높아지는 것과 마찬가지다. 너에게는 이미 한 가문이 오랜 세월에 걸쳐 이룩해 온 수준 높은 기예가 쌓여 있다. 거기에 이제 새로운 기예를 더하게 되었으니, 향후 십 년이 지난 뒤에는 아마도 적수를 찾을 수 없으리라 생각한다. 무엇보다도 스스로에게 충실하여, 자신과 타인을 기만하지 않는 믿음의 바둑을 이루기를 바란다⋯⋯ 이렇게 하교하셨습니다."

운소유가 굳은 얼굴을 풀고 빙긋이 웃었다.

"잊지 않았구나."

잊지 않았다. 아니, 잊을 수 없었다. 사부의 가르침은 할아버지의 유언을 달성하기 위해 내디딘 첫 번째 발걸음이기도 했다. 과홍견이 어찌 잊을 수 있겠는가!

운소유가 웃음기를 지우고 담담한 목소리로 말했다.

"내 첫 번째 가르침은 바둑에 닿아 있었지만, 내 마지막 가르침은 삶에 닿아 있다고 할 것이다. 이제 나는 바둑을 넘어 내가 이날까지 살아오면서 터득한 가치관을 하나뿐인 제자인 네게 전하고자 한다."

이것은 또 다른 유언이었다. 할아버지가 죽은 이후 가장 믿고 따르던 어른이 또다시 아이의 곁을 떠나려 하고 있었다. 과홍견의 눈앞이 금세 뿌옇게 흐려졌다.

"제자는 그 가르침을 듣고 싶지 않습니다! 제발 제자를 보내지 마십시오! 제자는 또다시 혼자가 되고 싶지 않습니다!"

과홍견이 울먹이며 간청했다. 운소유의 눈빛이 부드러워졌다.

"네가 처음 내게 왔을 때, 네게는 선조부의 바둑판과 바둑알이 있었다. 너는 그때 이미 혼자가 아니었다. 바둑판과 바둑알에 스민 선조부의 영혼이 너와 함께하고 있었기 때문이다. 이제 너는 나를 떠나야 한다. 그러나 너는 지금도 혼자가 아니다. 너는 내 생애 최고의 바둑을 보았고, 내 기예의 정수가 담긴 책을 가졌다. 그것들이 너와 함께할 것이다."

"사, 사부님……."

과홍견은 목에 메어 말을 잇지 못했다.

"문 공을 오래 기다리시게 해서는 안 될 터이니 수업을 시작하도록 하마."

운소유의 뜻은 확고했다. 현실도 그만큼이나 확고했다. 과홍견은 천붕天崩의 슬픔을 속으로 삭이며 자세를 바로 했다. 그러나 터진 봇물처럼 흘러넘치는 눈물만큼은 아무리 애를 써도 막을 길이 없었다. 운소유는 그 눈물을 못 본 척 입술을 떼었다.

"조심하라. 해결하라. 만족하라."

사부의 마지막 가르침은 무척이나 간결했다. 사부는 거기에 이런 설명을 덧붙였다.

"삶이란 문제의 연속이다. 조심하라. 그러면 문제를 피할 수 있다. 그럼에도 문제를 만나게 되면, 문제가 야기한 압박감에 휩쓸리지 말고 중심을 잡아 해결하라. 그리고 그렇게 만들어 낸 결과에 만족하라. 다시 말한다. 조심하라. 해결하라. 만족하라. 이 세 가지 경구를 실천에 옮길 수 있다면 네 삶에 큰 실패는 없을 것이다."

"조심하라…… 해결하라…… 만족하라……."

과홍견은 꺽꺽거리는 목으로 사부의 가르침을 따라 읊었다. 그런 제자를 향한 사부의 눈길에 봄볕처럼 따사로운 기운이 어렸다.

"네 운명은 참으로 기구하다고 할 수 있다. 물론 어리고 무력한 너는 그것에 아무 책임이 없다. 그러나 네가 겪은 기구한 운명이 미래의 너를 일으켜 세울지 쓰러뜨릴지에 대해서는 네가 선택할 수 있다. 부디 네가 운명에 굴하지 않고 한 사람의 기객으로서, 한 사람의 인간으로서 굳세게 일어설 수 있기를 바란다. 그러기 위해 거듭 당부하거니와, 문제가 생기지 않도록 조심하라. 문제가 생기면 해결하라. 그리고 그 해결에 만족하라."

운소유의 얼굴에 잠깐 어두운 그늘이 드렸다.

"나는 이 세 가지 경구를 머리에 새기고 평생을 살아왔다. 하지만 마지막 순간, 조심하지 못함으로써 해결하지 못할 문제를 만들었고, 종래에는 만족스럽지 못한 결과를 대면하게 되었다. 이 사부를 반면교사로 삼기 바란다."

과홍견이 머리를 조아렸다.

"사부님의 가르침, 제자가 죽는 날까지 잊지 않겠습니다."

운소유는 흡족한 얼굴로 고개를 끄덕였다.

"수업은 끝났다. 가거라."

짝. 짝. 짝.

문강이 두 손바닥을 천천히 세 번 마주 쳤다. 세 번째 손뼉이 끝난 순간, 검은 유건을 쓴 노인이 그의 옆자리에 생겨났다.

"부르셨습니까?"

"이 아이를 신무전 바깥 안전한 곳까지 데려다 주시오."

"명을 받들겠습니다."

검은 유건을 쓴 노인이 다가오자 과홍견이 눈물을 펑펑 뿌리면서도 세차게 도리질을 하며 외쳤다.

"잠깐! 잠깐만요! 나는 사부님께 하직 인사도 올리지 못했어요!"

노인이 발길을 멈추고 문강을 돌아보았다. 문강이 고개를 살짝 끄덕였다. 노인이 문강의 옆으로 돌아가고, 과홍견은 조그만 몸을 휘청휘청 일으켜 세웠다.

"사부님, 제자의 절을 받으십시오."

"오냐."

과홍견은 눈물을 흘리며 사부를 향해 마지막 절을 올렸다.

운소유는 따뜻한 미소로 제자가 올린 마지막 절을 받았다.

아이가 학산과 함께 방을 떠난 뒤, 문강이 운소유에게 말했다.

"조심하라. 해결하라. 만족하라. 군사의 기예만큼이나 감명 깊은 가르침이었소."

문강은 이 말에 어떤 비웃음도 담아 보내지 않았다. 운소유는 문강의 진심 어린 찬사를 담담히 받아 냈다.

"소심한 자로서 험한 세상을 살아가는 자구책일 뿐, 문 공 같은 분께 감명을 주기엔 턱없이 부족하다는 점을 알고 있소이다."

"그럴 리가요."

문강은 가로젓던 고개를 살짝 갸웃거렸다.

"한 가지 궁금한 점이 있소."

"무엇이오?"

"제자분과 함께 나간 노인은 천하에서 가장 무서운 살인자요. 그 사실을 안 다음에도 제자분이 무사하리라 확신하실 수 있겠소?"

운소유는 '천하에서 가장 무서운 살인자'라는 대목에서 눈썹을 살짝 찡그렸지만, 그저 그때뿐이었다.

"확신하오."

"그 확신의 근거는?"

"조금 전 대국에서 문 공은 내게 패했소."

문강으로서는 드높은 자존심에 상처를 주는 말이 분명했지만, 그것이 현실로 드러난 결과였다. 문강은 자존심을 이유로 결과를 외면하는 우매한 자가 아니었다.

운소유가 말을 이었다.

"만일 문 공이 그 노인을 시켜 내 제자를 해친다면 문 공은 바둑 외의 다른 방면으로도 내게 패하는 셈이 되오. 나는 문 공이 그것을 결코 바라지 않는다는 사실을 알고 있소."

경개여구傾蓋如舊라는 말이 있다. 처음 만나 맺은 잠깐의 사귐이 오랜 친구 사이처럼 친숙하다는 뜻이다. 이제 문강은 감탄을 넘어 경이로움마저 느꼈다. 그가 이제껏 만나 본 인물들 중에는 천하의 대세를 좌지우지할 만한 거물도 적지 않게 끼어 있었다. 그러나 운소유처럼 그의 속마음을 환히 들여다보는 인물은 맹세코 처음이었다. 만약 피를 나눈 형제가 있다면 그 상조相照함이 이러할까? 다만 아쉬운 점은, 그런 인물을 자신의 손으로 죽여야 한다는 것이었다.

"밤이 길면 꿈자리가 어지러운 법. 군사의 높은 기예와 가르침에 감탄한 나머지 시간을 너무 지체하고 말았구려."

문강은 품에서 두 개의 물건을 꺼냈다. 붉은 환약과 푸른 환약. 그것들을 바둑판 위 빈자리에 나란히 올려놓은 문강이 운소유에게 말했다.

"쟁선의 바둑이 부쟁선의 바둑에게 패한 것은 인정하지만 그것은 한 판의 바둑에 국한될 뿐이오. 현실은 그렇지 않소. 오늘 밤 이 신무전에서 벌어진 일이 그 증거일 것이오."

본래 이 연출을 실행에 옮길 때 문강은 그의 마음이 양양함으로 뿌듯해지리라 기대했지만, 현실은 전혀 달랐다. 그는 어떠한 즐거움도 느끼지 못했다. 운소유는 긍정도 부정도 하지 않고 특유의 담담한 표정으로 듣기만 하고 있었다.

"마지막으로 군사께 한 가지 문제를 내 드리리다."

문강이 바둑판 위에 놓인 두 알의 환약을 가리키며 지그시 깨물고 있던 입술을 떼었다.

"우리 두 사람이 이 환약들 중 하나씩을 먹어야 한다면, 이번에도 부쟁선하시겠소?"

운소유는 문강이 산월월의 대미를 장식하기 위해 준비해 온 최후의 도구들을 잠시 내려다보다가 씁쓸히 웃었다.

"도마 위에 오른 물고기가 어찌 칼을 두려워하리오. 문 공께서는 사양 마시고 뜻대로 쟁선하시오."

운소유는 마치 생사를 초탈한 자처럼 보였다. 하나 그것은 아니리라. 문강을 마주한 순간 오늘 밤 신무전에서 벌어진 모든 상황을 파악하고 이미 결정된 죽음을 담담히 받아들이고 있을 뿐이리라. 담담함은 곧 저자의 자존심. 문강은 저자에게서 빼앗을 수 있는 것이 오직 목숨뿐이라는 사실을 인정하지 않을 수 없었다.

"알겠소."

고개를 한 번 끄덕인 문강이 붉은 환약을 집어 입안에 넣었다. 양기를 보하고 강장에 도움을 주는 보환은 그의 입안에서 금세 녹아 사라졌다. 그러기를 기다려, 운소유가 반상에 남은 푸른 환약으로 손을 뻗었다. 독중선의 삼대 절독 중 하나인 청갑귀산青甲龜散이 응축된 그것은, 일단 복용하면 심장이 열 번 뛰는 사이 사람의 목숨을 끊어 버리는 무서운 독환이었다. 그 독환에 운소유의 길쭉한 손가락이 닿았다.

그때였다.

둥!

심장이 요동쳤다. 그 밑을 받치던 무언가가 갑자기 무너진 기분이었다. 문강은 왼쪽 겨드랑이를 움찔거리며 인상을 찌푸렸다. 지금의 이 기분을 대체 어떻게 표현할 수 있을까? 저주가 걸린 물건에 손을 댄 기분? 혹은 저주를 받을 행위를 저지른 기분?

그 기분이 어찌나 강렬한지, 하마터면 문강은 오늘 밤 산월월을 감행한 가장 큰 이유를 저버린 채, 푸른 환약을 집어 드는 운소유의 손길을 힘껏 쳐 낼 뻔했다. 그러나 암중에서 천하의 정세를 움직이는 책사의 의지는 출처 모를 감상에 휩쓸릴 만큼 나약하지 않았다. 문강은 어금니를 지그시 깨묾으로써 겨드랑이를 움찔거리게 만드는 괴이한 기분을 억눌렀다.

"마지막으로 하실 말씀이라도 있으시오?"

문강이 물었다. 환약을 내려다보던 운소유의 시선이 문강을 향했다.

"참 이상하지요."

"뭐가……?"

"이 마당에도 문 공이 밉지만은 않으니 말이오."

문강의 길쭉한 눈초리가 파르르 떨렸다.

"손님을 배웅하지 못하는 결례를 양해하시길."

이 말을 끝으로 운소유는 들고 있던 환약을 입에 넣었다. 먹어야 할 것을 먹듯, 받아야 할 것을 받듯, 그 손길은 여전히 담담하기만 했다. 약간의 시간이 흐른 뒤, 운소유의 입술 사이로 검붉은 핏물이 주르륵 흘러내렸다.

문강은 뱀처럼 차가운 영혼을 가졌다고 믿어 온 자신에게 원인 모를 적개심과 출처 모를 감상을 동시에 불러일으킨 책사가 바닥에 쓰러진 뒤로도 한동안 자리에서 일어날 수 없었다.

(2)

삼회가三檜街 끄트머리에 책방을 연 오吳 노대老大는 조악한 필사본들을 벌려 놓은 좌판 뒤에 앉아 있었다. 장마철 먹구름 낀 하늘처럼 찌무룩한 늙은 얼굴은 여느 날과 다를 바 없는 길거리를 여느 날과 다를 바 없는 무심한 눈길로 내다보고 있었다. 개울 건너 두붓집 큰딸 예예丙丙는 콩물을 낼 시간임에도 자리를 비웠다. 오래전부터 점찍어 온 예쁜 꽃신을 늦여름에서야 장만했다고 자랑하던 그녀는 중양절을 맞아 제남으로 공연 온 기예단의 멋진 배우들을 구경하러 새 신을 신고 도회로 나갔을 터였다. 이틀에 한 번씩 타락駝酪(우유) 통이 실린 수레를 끌고 신무전에 들르는 장 씨 총각의 무뚝뚝한 입가에는 헤벌쭉한 웃음이 연신 떠날 줄 몰랐다. 근동 찻집에서 일하는 처녀에게 연심을 고백하겠노라 수도 없이 다짐하더니만 마침내 그 일을 실행에 옮기고 나름 결실도 얻은 모양이었다.

이렇듯 누군가에게는 일상으로, 다른 누군가에게는 일탈로, 또 다른 누군가에게는 환희로 다가온 하루가 끝났다. 저 동산에 태양이 오르면 이제 다음 하루가 시작될 테고, 누군가는 일상으로, 다른 누군가는 일탈로, 또 다른 누군가는 환희로 새로운 하루를 보내게 될 것이다. 하지만…….

'나는?'

소소는 부릅뜬 눈알을 힘을 주며 아랫입술을 꼭 깨물었다. 그럼에도 자꾸만 딱딱 부딪치는 아래위 이빨들을 주체하기가 힘들었다. 물론 춥기도 했다. 조심당操尋堂 담벼락 밑에 난 개구멍을 빠져나올 무렵부터 밤비가 추적추적 내리기 시작했고, 값비싼 촉견蜀絹으로 지은 부드러운 침의는 단봉당 지란 언니의 부러움을 살 만큼 예쁠지는 몰라도 체온을 보존하는 데에는 턱없이 부족할 만큼 얇았다. 그러나 정작 그녀를 떨리게 만든 것은 추위가 아니었다. 누군가에게는 일상과 일탈과 환희로 다가올 새로운 하루를 정작 그녀 자신은 온전히 누리지 못하리라는 두려움이 열일곱 처녀의 조그만 심장을 차가운 얼룩으로 물들이고 있었다.

그러던 어느 순간, 소소는 귀를 쫑긋거렸다.

"이 방향이 확실한가?"

연륜의 걸걸함이 밴 늙수그레한 목소리를 뒤따른 것은 기름을 바른 듯 매끈거리는 다소 젊은 목소리였다.

"그렇습니다."

두 번째로 들린 목소리가 왠지 귀에 설지 않다는 생각을 하며, 소소는 수풀 속에 엎드린 몸을 더욱 웅크렸다. 잠시 후 두 사람이 겹쳐 내는 발자국 소리가 그녀가 숨은 수풀을 향해 버적버적 다가왔다.

'소리 내지 마.'

소소는 고개를 납작 숙인 채 콧구멍으로 스며드는 날콩 비린내 같은 젖은 흙냄새를 맡지 않으려고 애를 썼다. 냄새를 맡는다는 것은 숨을 쉰다는 뜻. 숨은 곧 기척이고 기척을 내면 들킨다. 들키면 안 된다.

　─아가씨는 반드시 살아야 해요. 그래서…….

　그 말을 떠올리며 소소는 스스로에게 또 한 번 되뇌었다.
　'소리 내지 마.'
　그러한 노력이 효과 없지는 않은 모양이었다. 사내들의 목소리가 소소가 숨은 수풀 앞을 태연히 지나치고 있었다. 한데 그 목소리에 담긴 내용이 예사롭지 않았다. 아니, 단지 예사롭지 않은 정도가 아니었다.
　"어린년이 제법 날랜 모양이군."
　"신무대종의 핏줄 아닙니까. 여염집 계집으로 여기면 곤란하지겠지요."
　"철마곡의 영웅이자 북악의 주인 신무대종 소철……. 흐흐, 천하가 신처럼 떠받들어 온 그 이름도 오늘로써 끝이겠지."
　"아무렴요. 삼비영 님이 직접 나서신 이상 늙은 목숨을 부지하기란 어려울 겁니다."
　신무대종 그리고 삼비영.
　주먹 쥔 양손이 바들바들 떨리기 시작했다. 소소는 당장이라도 뛰쳐나가 저자들을 가로막고 방금 한 말이 무슨 뜻이냐고 묻고 싶었다. 그러나 그래서는 안 된다는 것을 그녀는 알고 있었다. 그녀의 큰올케가 그 점을 가르쳐 주었다.

　큰올케가 조심당의 침소로 뛰어들어 왔을 때만 해도 소소는 오늘 밤 신무전에 어떤 일이 벌어졌는지 전혀 모른 채 자신의 침대에 누워 단잠을 즐기고 있었다. 침소 문이 부서지는 요란한 소리에 잠에서 깬 소소는 큰올케의 침의 곳곳에 점점이 번진 붉은 얼룩들과 그녀가 가슴 앞에 엇질러 건 두 줄의 가죽 암기대暗器帶를 보고 소스라치게 놀랐다.

-큰언니, 무슨 일이죠?

소소의 큰올케, 당가영은 대답 대신 안도의 숨을 내쉬었다.

-다행히 늦지는 않았군요.

그러더니 다짜고짜 소소를 잡아끌어 침대에서 내려오게 했다. 큰올케의 손이 핏물로 끈적거리고 있음을 안 것도 그때였다.

-피가…… 어디 다쳤어요?

-별것 아니에요. 무기, 아가씨의 검은 어디 있나요?

당가영은 침소 구석에 서 있는 텅 빈 검가劍架를 돌아보며 물었다. 소소는 창망 중에도 양 볼을 복어처럼 부풀렸다.

-삼절 사부에게 압수당했어요. 망할 놈의 여계女戒를 완전히 외우기 전에는 돌려주지 않으시겠대요.

삼절수사 운소유는 비록 제자들에게 존경받을 자격이 충분한 훌륭한 스승임에 분명하지만, 같잖은 부덕婦德 몇 줄 못 외웠다고 신기보주로부터 선물 받은 보검을 압수해 갈 권리까지는 없다는 것이 소소의 판단이었다.

-하필 이럴 때에…….

당가영은 아랫입술을 씹으며 잠시 고민하더니 어깨에 찬 암기대에서 작은 표창 하나를 뽑았다. 그녀는 옷고름 끝을 잘라 내 표창의 날 부분을 조심스레 감싼 다음, 자루 쪽을 돌려 소소에게 내밀었다.

-내 친정은 가법이 중해 가전 암기를 가주 허락 없이 외인에게 넘기는 것을 엄금하고 있지만…… 지금은 계제를 따질 때가

아닌 것 같군요. 위험한 물건이니 날에 살갗이 닿지 않도록 조심하세요, 아가씨.

강호에 이름 높은 사천당가의 암기를 소유해 보는 것은 소소가 오랫동안 품어 온 소원들 중 하나였지만, 그녀는 한눈에도 마음에 쏙 드는 앙증맞은 표창을 손에 쥐고서도 무작정 기뻐할 수만은 없었다. 머리는 몰라도 눈치 하나만은 누구 못지않은 그녀가 아니던가. 그 눈치가 작금의 상황에 대해 심각한 경고를 보내고 있었다.

─이걸 왜 제게……?

─따라오세요.

당가영이 소소가 입은 침의 소맷자락을 당겼다. 비록 겉모습은 쌀쌀맞아 보여도 마음만큼은 단봉당 지란 언니 못지않게 살가운 큰올케였다. 같은 담장 안에서 사는 동안 그 사실을 알게 된 소소이기에 더는 캐묻지 않고 당가영의 인도에 발길을 맡겼다.

소소가 조심당에 난입한 정체불명의 흑의인들을 발견한 것은 침소에서 나온 두 사람이 마당에 내려설 무렵이었다. 선두에 선 흑의인이 들고 있던 횃불로 소소를 가리키며 고함을 질렀다.

─소 늙은이의 손녀딸이다!

소소는 반사적으로 움츠러들었지만, 당가영은 오히려 가슴을 당차게 펼치며 그런 그녀의 앞을 막아섰다.

─저, 저들은 누구죠?

소소가 당가영에게 물었다. 당가영은 시선을 전방에 고정한 채 뜬금없는 질문으로 대답을 대신했다.

─만천화우滿天花雨를 보고 싶다고 했나요?

소소는 영문도 모른 채 고개를 끄덕였다. 세상을 뒤덮는 죽음의 꽃비, 만천화우는 위력도 위력이거니와 전개하는 모양새가 실로 장관이라고 알려진 사천당가의 최고 절학이었다. 하여 그녀는 당가영이 대사형에게 시집온 직후 만천화우를 보여 달라고 조른 적도 있었다. 하지만 돌아온 대답은 불가하다는 것. 당가의 가주가 아니면 만천화우를 익힐 수 없다는 게 그 이유였다. 그런데…….

 -본래 나는 만천화우를 펼칠 수 없어야 해요. 전에도 말했다시피, 당가의 가법에 따르면 오직 가주만이 만천화우를 익힐 수 있기 때문이죠. 하지만 아가씨에겐 말하지 않은 비밀이 하나 있어요.

 당가영의 피에 물든 양손에 은은한 백광이 어리기 시작했다. 그것이 암기의 독성으로부터 시전자를 보호하기 위해 개발된 당가의 소수갑素手鉀임을 소소는 알아보았다.

 -가문을 물려받았을 때 큰오라버니는 만천화우를 완전히 익히지 못한 상태였어요. 재능이 부족해서라기보다는 부친께서 워낙 갑작스럽게 세상을 떠나셨기 때문에 만천화우의 섬세한 변화를 채 가르침 받지 못한 탓이었지요. 그런 큰오라버니에게 만천화우를 가르쳐 준 사람이 바로 나였어요. 부친께서도 미처 모르셨겠지만, 나는 당신이 예전에 자식들 앞에서 시범으로 펼치신 만천화우의 모든 변화를 똑똑히 기억하고 있었지요.

 당가영이 소소를 돌아보며 눈을 빛냈다. 호랑이의 눈, 사천 암호랑이의 눈을.

 -이제 그 만천화우를 아가씨께 보여 드리겠어요. 단, 그것을 본 다음에는 지체 말고 이곳을 벗어나셔야 해요.

 -어, 언니는요?

 큰올케는 어린 시누이의 걱정 어린 시선을 외면했다.

─아가씨는 반드시 살아야 해요. 그래서 사천당가의 여식이 시댁을 위해 어떻게 싸웠는지를 그 멍청한 양반에게 꼭 전해 주셔야 해요.

두 사람의 대화로부터 뭔가를 감지한 선두의 흑의인이 외쳤다.

─당가의 계집이다! 쳐라!

흑의인들이 고함을 지르며 달려들었다. 그리고 꽃비가 밤하늘을 뒤덮었다.

사천당가를 독암기의 성지로 우뚝 서게 만든 희대의 절학은 소소가 기대한 것 이상으로 화려하고, 아름답고, 치명적이었다. 마당에 모여 있던 십수 명의 흑의인들 중 만천화우를 구경한 뒤에도 두 다리로 버티고 설 수 있는 자는 한 명도 없었다. 그러나 오늘 밤 신무전을 침입한 무리는 그들만이 아니었고, 조심당을 찾아오기 전부터 이미 적잖은 고투를 치른 당가영의 몸은 친정 최고의 절학을 거듭 펼치기에 너무 상해 있었다.

─가요!

뒤이어 조심당으로 들이닥친 복면인들에게 둘러싸인 당가영이 외쳤다. 큰올케의 거역할 수 없는 명령을 좇아 건물 뒤편 담벼락에 난, 자신과 삼절각의 얄미운 꼬맹이만이 그 존재를 아는 개구멍 쪽으로 달려가던 소소는 아닌 밤중에 겪게 된 거듭된 충격에 눈물조차 흘리지 못했다.

한데 그때 흘리지 못한 눈물이 지금 나오고 있었다. 오늘 밤 액을 당한 사람이 큰올케 하나뿐일 리 없다는 것은 모르지 않았다. 하지만 설마하니 할아버지까지도…….

"고년의 미색이 보통이 아니라지?"

"아직 덜 자란 계집이라 보는 눈에 따라 다르긴 하겠지만, 소제의 눈에는 제법 쓸 만해 보이더군요."

"풍류로 이름 높은 아우님의 평인 만큼 기대가 되는구먼."

"하면 계집을 잡으면 함께……?"

"나쁘지 않지. 어차피 이비영 님의 살명부에 오른 이름, 함께 즐긴 다음 치워 버리는 것도 나쁘지는 않아."

"그 방면으로는 취미가 없긴 하지만, 뭐, 감甘 형님과 함께라면 새로운 경험을 해 보는 셈 치지요."

음심이 그대로 묻어나는 사내들의 말소리가 귓바퀴 위를 송충이처럼 기어 다니고 있었다. 저 말이 현실이 된다면? 소소는 목덜미의 모든 솜털이 올올이 곤두서는 것을 느꼈다. 숨을 죽이려고, 소리를 내지 않으려고 그토록 애를 썼건만, 열일곱 살 처녀의 때 묻지 않은 순결함이 그 노력을 망쳐 버렸다. 그녀는 본능적으로 솟구쳐 오른 진저리를 참지 못했고, 그녀의 어깨에 얹힌 사철나무 가지들이 물기 젖은 작은 속삭임으로 은신자의 움직임을 고자질했다.

부슷. 부슷.

저만치 지나쳐 간 사내들의 발소리가 우뚝 멎었다.

'안 돼. 그냥 가.'

소소는 필사적으로 몸을 웅크렸다. 마치 그럼으로써 이 자리에서 사라지기라도 하려는 듯이. 하나 그녀에게 그런 신통력이 있을 리 없었고, 사내들은 강호인답게 귀가 밝았다.

"여기 숨어 있었군."

늙수그레한 말소리와 함께 억센 손길이 소소의 머리채를 홱 낚아채 수풀 밖으로 끌어냈다.

"꺅!"

소소는 비명을 지르며 머리채를 잡은 손을 뿌리치려고 했다. 그러나 내처 뻗어 온 또 다른 손이 그녀의 양 팔목을 함께 움켜잡았다.

"호오, 이 계집이 소 늙은이의 손녀딸인가?"

"그렇습니다."

공포로 홉뜬 소소의 두 눈 속으로 두 사내의 얼굴이 파고들었다. 둘 다 초면. 하나는 왼쪽 뺨에 커다란 칼자국이 난 흉악한 인상의 초로인이었고, 다른 하나는 두 눈에 진 깊은 쌍꺼풀이 느끼해 보이는 장년인이었다. 양손으로 소소의 머리채와 양 팔목을 각각 틀어쥔 자는 흉악한 초로인이었다.

"아우님 말대로 확실히 덜 여물어 보이기는 하네만, 나름 망가뜨리는 재미는 있을 것 같군."

흉악한 초로인의 말에 뒷전에 선 쌍꺼풀 장년인이 이를 드러내며 웃었다.

"게다가 신무대종의 장중보옥掌中寶玉이 아닙니까. 소제가 품어 본 계집 중에는 가장 지체 높은 계집이 되겠지요."

"내가 망가뜨린 계집 중에서도 그럴 걸세."

흉악한 초로인이 음소를 흘리며 맞장구쳤다.

"이익!"

두려움? 혐오감? 대체 무엇으로부터 그런 악이 솟구쳤는지는 소소 본인도 알 수 없었다. 그녀는 고개를 틀어 목덜미 바로 옆에서 그녀의 머리채를 틀어쥔 흉악한 초로인의 왼손을 죽을 힘을 다해 깨물었다. 이빨이 살갗을 뚫고 들어가며 비릿한 피 맛이 폭죽 터지듯 입안으로 확 번졌다.

"윽! 이년이!"

흉악한 초로인이 자신의 손목에 악착같이 들러붙은 소소의 얼굴을 떼어 내기 위해 그녀의 양 손목을 구속하던 오른손을 풀었다. 그 순간 소소의 오른손이 초로인의 가슴팍으로 날쌔게 파고들었다. 들어갈 때는 뭔가를 쥐고 있던 손이지만 나올 때는 아무것도 쥐고 있지 않았다. 그녀가 손바닥 밑에 감춰 쥐고 있던 작은 쇠붙이는 지금 이 순간 흉악한 초로인의 오른쪽 갈비뼈 밑에 박혀 건들거리고 있었다. 흑자색 날을 감싸던 큰올케의 침의 옷고름이 하얀 나비처럼 나풀거리며 땅 위로 떨어져 내렸다.

"요 발칙한 년!"

흉악한 초로인이 노성을 터뜨리며 오른손으로 소소의 얼굴을 후려쳤다. 머리채를 단단히 틀어잡힌 탓에 그녀는 늙은 흉적의 손바닥이 날아오는 것을 빤히 보고서도 피할 수 없었다.

짝!

소소의 뺨이 오른쪽으로 돌아갔다. 한데 기이하리만치 아프지 않았다.

'……어라?'

다음 순간, 소소의 속마음과 똑같은 말이 흉악한 초로인의 입술 사이로 새어 나왔다.

"……어라?"

흉악한 초로인이 쥐고 있던 소소의 머리채를 놓고 비칠비칠 뒷걸음질을 치다가 젖은 땅바닥에 풀썩 주저앉았다.

"이, 이건…… 좀 이상…… 아우……님…….."

윗배에 꽂혀 건들거리는 쇠붙이를 뽑아내려 손을 몇 번 허우적거리던 흉악한 초로인이 동료에게 도움을 청하려는지 고개를 반쯤 뒤로 돌렸다. 그러고는 그 자세 그대로 눈알을 까뒤집으며 벌렁 드러눕고 말았다. 모로 쓰러진 그의 얼굴은 벌써부터 푸르뎅뎅한 기운이 올라오고 있었다.

흉악한 초로인의 몰락이 가져온 충격은 그 모습을 지켜보던 두 사람 모두를 얼어붙게 만들었다. 특히 소소의 경우, 그녀가 행한 보잘것없는 일격에 기세등등하던 흉적이 나무토막처럼 뻣뻣이 굳어 버렸다는 사실이 믿기지 않아 눈만 끔뻑이고 있었다.

먼저 정신을 차린 쪽은 아무래도 세상 경험을 더 많이 한 쌍꺼풀 장년인이었다.

"정말 무서운 독암기로군."

이 말이 소소의 경직된 정신을 일깨웠다. 그녀는 땅바닥에 쓰러진 흉악한 초로인을 향해 몸을 날렸다. 그러면서도 그녀는 후회하고 있었다. 왜 표창의 자루를 놓아 버린 걸까? 사람을 찔렀다는 섬뜩한 자각이 손가락에서 힘을 빼 놓은 모양이었다. 하지만 아직 늦지 않았다. 저 표창을 다시 잡을 수만 있다면……그러면 저자도 똑같이 만들어 줄 수 있…….

"윽!"

소소는 옆구리를 반으로 접으며 옆으로 데굴데굴 굴러갔다. 날렵하게 날아든 쌍꺼풀 장년인의 오른발이 골반 바로 윗부분에 꽂혔기 때문이다.

"하하, 신무대종의 보배 같은 손녀따님께서는 여전히 팔팔하시군요. 게다가 그 무시무시한 독암기라니! 저기 누워 계시는 자협귀심刺頰鬼心 감 형님은 대륙 서남방에서 꽤나 이름을 떨쳐 온 양반인데, 소 소저처럼 조그만 아가씨의 장난 같은 손짓 한 번에 황천객이 될 줄 누가 알았겠소."

흉악한 초로인의 윗배에 박혀 있던 표창을 뽑아 멀찍이 던져 버린 쌍꺼풀 장년인이 해묵은 소흥주처럼 농익은 목소리로 말했다. 그 목소리가 귀에 설지 않다는 생각을 다시 한 번 떠올리며, 소소는 욱신거리는 옆구리를 부여잡고 힘겹게 몸을 일으켰다.

"재수 없는 놈, 언제 봤다고 자꾸 아는 척을 하는 거냐?"

나이답지 않게 사나운 소소의 말에도 쌍꺼풀 장년인은 가식적인 미소를 지우지 않았다.

"저런, 소생을 기억 못 하시오?"

서운하다기보다는 그럴 리가 없다는 얼굴로 고개를 갸웃거리던 쌍꺼풀 장년인이 제 이마를 탁 치며 말했다.

"아하! 가면 때문이로군. 지난번에 뵈었을 때는 보기 흉한 늑대 가면을 쓰고 있었지요. 아마 소생의 늠름한 얼굴을 보았다면 그처럼 기를 쓰고 저항하지는 않으셨을 거라 생각하오만."

"돼지비계처럼 느끼하게 생겨 먹은 놈이 무슨 말도 안 되는 소리를……."

지난 구 개월간 삼절각의 얄미운 꼬맹이를 상대로 더욱 갈고 닦은 욕설 신공을 한바탕 퍼부어 나가던 소소가 어느 순간 혓바닥을 멈추고 입을 딱 벌렸다. 늑대 가면이라고?

"너…… 사천…… 청류산……."

쌍꺼풀 장년인이 빙긋 웃으며 허리를 우아하게 접었다.

"이제야 기억하시는구려. 작년에 사천에서 뵈었던 부대연이소 소저께 정식으로 인사 올리리다."

의수신안륜 부대연.

화산파의 반도인 귀문도 우낙과 함께 사천 청류산에 나타나 소소를 납치하려 했던 흉적.

당시 전대 고인의 유적을 순례하기 위해 청류산의 고적한 도관을 찾아간 소소와 그녀의 셋째 사형 구양현은 그자들이 준비한 매복에 걸려 생명이 누란에 빠지는 지경까지 이르렀다. 만일 석대원과 한로가 등장하여 구원의 손길을 내밀지 않았던들, 그녀의 신병은 정체 모를 흉적들의 수중에 떨어지고 막내 사형 구양현은 처참한 죽음을 면하지 못했으리라.

생각이 석대원에 이르자 소소는 자신도 모르게 침의 앞자락을 더듬었다. 비에 젖은 침의 위로 도드라진 작고 동그란 쇠붙이가 그녀의 손끝에 걸렸다. 지난해에는 손가락에 끼고 다녔지만, 가문에서 추방당한 오라버니를 애틋이 여기는 막내올케의 눈을 의식해 올 초부터는 은줄에 꿰어 목에 걸고 다니는 그 철지환!

−돌아가신 모친께서 남기신 물건입니다. 값싼 규중지물에 불과하지만 소생에겐 소중한 물건이지요. 인연의 기념으로 드리겠습니다.

무지막지하게 크고 무지막지하게 강하긴 해도 남녀 문제에 관해서만큼은 아무것도 모르는 숙맥 중의 숙맥임에 분명한 석대원은 이 말과 더불어 죽은 모친의 유품이라는 어마어마한 의미가 담긴 반지를 소소에게 선물로 주었다. 정랑에게 청혼이라도 받은 듯한 그때의 기쁨을 어찌 잊을 수 있겠는가. 한데 그 기쁨의 앞자락에는 떠올리고 싶지 않은 재수 없는 사건 하나가 인과율처럼 자리 잡고 있었다. 그 사건을 일으킨 장본인들 중 하나가 바로 저자, 의수신안륜 부대연인 것이다.

"그날 뵌 아리따운 자태에 마음 설레어 밤잠을 이루지 못한 날이 얼마인지 아마 소저께서는 모르실 것이오."

소소는 부대연의 저 말로부터, 수백 번 읊어 이제는 성조의 미묘한 굴곡까지 똑같이 재연할 수 있는 노련한 배우의 대사 한 토막을 듣는 듯한 기분을 느꼈다.

"흙먼지 뒤집어쓰고 쫓기던 꼬질꼬질한 자태에 밤잠까지 설쳤다니, 네놈의 여자 보는 안목도 참말로 별 볼일 없나 보구나."

소소의 신랄한 냉소에 부대연의 표정이 처연해졌다.

"소저께서는 이 사람의 진심을……."

소소는 부대연의 영혼 없는 대사를 가차 없이 잘라 버렸다.

"고자 놈처럼 주둥이만 번드르르하게 놀리는구나. 너도 양물 달린 사내새끼라면 아가리 닥치고 어디 한번 덤벼 봐라. 이 아가씨께서 묵사발로 만들어 주마."

뭐, 실현 가능성이 전혀 없는 허장성세면 어떤가. 이런 종류의 말은 꺾인 기세를 북돋는 데 어떤 식으로든 도움을 주었다. 말을 하는 동안 움츠러든 어깨가 펴지고, 구부정하던 허리가 꼿꼿이 일어섰다. 게다가 지금의 소소는 자포자기하는 심정에 사로잡혀 있었다. 큰올케가 목숨을 대가로 그녀에게 내린 삶의 명령은 더할 수 없이 준엄한 것이었지만, 살아온 열일곱 해 동안 가장 든든한 버팀목이 되어 주었던 할아버지마저도 이미 이 세상 사람이 아닐 거라는 생각에 그녀는 모든 것을 던져 버리고 싶어졌다. 그러고 나자 삼절각의 운 사부가 새삼스레 원망스러워졌다. 수중에 유리검琉璃劍이라도 있다면 저 느끼한 새끼와 한바탕 맞붙어 보기라도 하련만.

'혀를 깨물면 아플까?'

소소가 가장 고통 없는 자살을 궁리하고 있을 때, 부대연이 이제껏 달고 있던 가식적인 미소를 거두며 중얼거렸다.

"풍류를 깨트리면서까지 계집을 품고 싶지는 않았건만……."

가식이 걷힌 장년의 얼굴은 꽤나 잔인해 보였고 심지어는 집요해 보이기까지 했다. 소소는 그 얼굴을 쳐다보다가 그녀의 주먹 쥔 오른손으로 시선을 내렸다.

'내 머리통을 이 주먹으로 깨트릴 수 있을까?'

이야기 속에 나오는 어떤 영웅은 제 손으로 천령개天靈蓋를 부숨으로써 수치와 목숨을 바꾸기도 한다는데, 작고 하얀 저 주먹에 그런 독기가 서려 있을 것 같지는 않았다.

"굳이 권주를 마다하고 벌주를 받겠다면야 나로서도 어쩔 수 없는 일이지."

부대연이 딱 제 생김새처럼 느끼한 대사를 늘어놓으며 걸음을 성큼 내디뎠다. 소소는 눈을 질끈 감으며 아래위 이빨 사이로 혓바닥을 뽑아 물었다.

'이 방법밖에 없구나. 미안하다, 혓바닥아!'

하나 결심한 즉시 실행에 옮기지 못한 것은 제 몸을 아끼고자 하는 본성의 발로일 텐데, 강호 고수의 눈썰미와 손속은 과연 남다른 구석이 있었다.

"흐흐, 저 늙다리라면 모를까, 시체와 즐기는 취미 따위는 내게 없단다."

예의 느끼한 목소리가 귓전에 울리고, 결단을 망설인 촌각을 틈타 부대연에게 양 볼을 틀어잡힌 소소는 그 억센 아귀힘에 입을 벌릴 수밖에 없었다. 가식을 벗은 음탕한 사내의 난폭한 손길은 거기에서 멈추지 않았다. 그녀가 질끈 감은 눈을 뜬 순간, 그녀의 침의 앞섶이 드드득 소리와 함께 거칠게 뜯겨 나갔다.

"어으으……."

양 볼이 틀어잡힌 상태에서는 제대로 소리를 낼 수 없었지만, 그럼에도 소소는 비명 비슷한 것을 질렀다. 조심당에서 일하는 시비들을 제외하면 세상 누구에게도 보여 주지 않은 봉긋한 젖가슴이 활짝 드러난 것은 그리 슬프지 않았다. 잠시 후 자신에게 닥칠 참혹한 고초에 대해서도 별반 두렵지 않았다. 정작 그녀를 슬프고 두렵게 만든 것은, 앞섶과 함께 뜯겨 나간 은줄에서 벗어나 밤하늘로 날아오른 작고 둥근 쇠붙이였다. 석대원이 준 철지환. 흙바닥 어딘가에 떨어져 세상으로부터 잊힐 그 철지환 위로 그녀의 가련한 운명이 투영되는 듯했다…….

다음 순간, 소소는 눈을 부릅떴다.

허공을 맴돌던 철지환이 한 사람의 손 안으로 빨려들어 가는 광경을 목격한 것이다!

그 사람과 소소의 눈이 마주쳤다. 감히 상상조차 해 본 적 없는 강렬한 안광이 열일곱 살 처녀의 영혼을 하얗게 탈색시켰다. 벼락을 마주 보는 기분이 이러할까?

그때 시허연 벼락이 작렬하고, 뇌성이 뒤따라 울렸다.

꽈릉!

뇌성에 실린 무시무시한 기세가 소소의 드러난 앞가슴 위에 소름을 돋게 만들기 직전, 어디선가 밀려든 부드러운 힘이 그녀의 몸을 부대연으로부터 떨어트려 놓았다.

"어……."

부대연이 마치 잡았다가 놓친 새를 다시 붙잡으려는 듯 왼손을 한 차례 허우적거렸다. 그러고는 머리 꼭대기부터 서서히 재로 변해 흩어지기 시작했다.

박제된 동물의 것처럼 비현실적으로 동그래진 눈이 조각조각 부서지기 직전, 소소는 그 눈동자 속에 떠오른 커다란 의혹의 빛을 읽을 수 있었다. 전신이 재로 바뀌어 사라지는 동안에도 부대연은 자신이 왜 이런 꼴이 되어야 하는지 모르는 것 같았다. 그리고 그 점에 있어서는 그녀도 크게 다르지 않았다. 다만 그녀는 부대연과 조금 다른 각도에서 의혹을 느끼고 있었다. 방금 세상에 머물다 사라진 그 벼락과 뇌성에 대체 얼마나 굉장한 힘이 담겨 있기에 멀쩡하던 인간 하나를 재 가루로 만들어 버린다는 말인가!

그 벼락과 뇌성의 주인이 오른손에 들고 있던 거무튀튀한 검을 어깨 너머 검집으로 돌려 넣고는 소소에게 말했다.

"앞을 가려라."

그제야 젖가슴이 훤히 드러나 있음을 알아차린 소소가 찢어진 침의 자락을 들어 앞을 가렸다.

"그 아이를 아느냐?"

벼락과 뇌성의 주인, 구레나룻을 길게 기른 위맹한 얼굴의 중년인이 물었다. 소소는 중년인이 말하는 '그 아이'가 누구인지 짐작도 할 수 없었다. 그녀가 쉬 대답을 못 하자 중년인이 왼손을 내밀었다. 굳은살로 뒤덮인 그 손바닥 위에는 아까 하늘로 날아오른 철지환이 얹혀 있었다. 철지환 표면에 음각된 작은 제비 한 마리가 소소의 눈을 파고들었다.

"이 반지의 주인."

중년인이 말했다. '그 아이'와 '반지의 주인'이 한 줄로 연결된 것은 다음 순간이었다. 소소가 탄성을 터뜨렸다.

"아! 석대원 오라버니 말씀인가요?"

중년인의 눈썹이 꿈틀거렸다.

"아느냐?"

"예."

"어떤 관계냐?"

어떤 관계냐고?

소소는 스스로에게 골백번 물어본 질문을 중년인으로부터 듣고는 당황하지 않을 수 없었다.

'석 오라버니와 난 어떤 관계지?'

서로 마음을 주고받은 관계라면 좋겠지만, 안타깝게도 그 방향이 지극히 일방적임을 소소는 부정하지 못했다. 게다가 인간이란 참 얄궂은 것이, 눈에서 멀어지면 마음에서도 멀어진다는 말처럼, 그녀 또한 하루하루 시간이 지날수록 석대원을 향한 풋사랑이 조금씩 희미해지고 있음을 자각하는 중이었다. 만일 그렇지 않다면 막내올케의 시선이 어떻든 간에 저 철지환을 손가락에서 빼는 일은 없었을 터였다.

　"과거 그분으로부터 구명의 은혜를 입은 적이 있습니다."

　"그렇다면 그 아이가 또 한 번 너를 살린 셈이구나."

　중년인이 소소에게 철지환을 내밀었다. 소소는 그것을 받아 손가락에 조심스레 끼었다.

　"나는 네가 누군지 안다. 그리고 내가 너를 구해서는 안 되는 입장이라는 것 또한 안다."

　중년인이 몸을 돌리며 차갑게 덧붙였다.

　"너는 나를 만난 적이 없다. 이것이 너를 구해 준 대가다."

　"자, 잠깐만요!"

　소소의 부름이 중년인의 발길을 붙잡았다. 소소가 급히 덧붙여 물었다.

　"이 반지…… 이 반지가 석 오라버니의 것임을 어찌 알아보셨는지요?"

　중년인이 천천히 고개를 돌렸다. 벼락처럼 강렬한 눈빛이 소소를 향했다.

　"그 반지의 주인은 본래 나였다."

　"예?"

　"나는 그 반지를 누이동생에게 주었지."

　석대원의 굵고 정 깊은 목소리가 소소의 작은 머릿속을 윙윙 울렸다.

—돌아가신 모친께서 남기신 물건입니다.

"그렇다면 은공께서는……?"
"아니."
중년인이 소소의 질문을 잘랐다.
"너는 나를 은공이라고 불러선 안 된다."
"예? 하지만 제 목숨을 구해 주셨……."
"네가 이 신무전을 무사히 벗어나게 되면 내 말뜻을 알게 될 것이다."
소소는 현기증을 느낄 만큼 극심한 혼란에 빠졌다. 오밤중에 큰올케가 침소 문을 박차고 뛰어든 이후 지금까지, 그리 길다 할 수 없는 시간 동안 그녀가 겪은 사건들은 그녀가 열일곱 해 동안 겪어 온 모든 사건들보다 더 충격적인 것이었다. 그녀는 도움을 바라는 눈으로, 설명을 구하는 눈으로 중년인을 쳐다보았다. 그러나 중년인은 한 자루 검으로써 벼락과 뇌성을 자아낼 만큼 극강한 무인일망정, 혼란에 빠진 어린 처녀에게 친절을 베푸는 자상한 사람은 아닌 모양이었다.
"너는 내게 그 무엇도 고마워해서는 안 된다."
중년인이 남긴 마지막 말이었다.
후두두둑—
중년인이 떠난 자리에 남겨진 소소는 갑자기 불어온 한 줄기 비바람에 양 어깨를 꼭 감싸 안았다. 그 비바람은 세상이 끝나는 절벽 위에서 홀로 맞는 것처럼 차갑고 쓸쓸하기만 했다. 그런 그녀의 눈에 땅바닥에 쓰러진 시신 한 구가 들어왔다. 재가 되어 흩어진 자는 그나마 나았다. 눈앞에 남겨진 저 시신은 오늘 밤 그녀가 겪은 모든 일들이 꿈이 아니었음을 보여 주는 증거였다. 그녀는 구역질이 치미는 것을 느꼈다. 살갗을 통해 느끼는 추위보다 더욱 오싹한 한기가 몸뚱이 속을 헤집고 다니는 것 같았다.

소소는 스스로를 감싸 안은 팔을 풀며 힘없이 중얼거렸다.

"그래도…… 가야겠지."

그래도 가야 했다. 큰올케의 명령이 아니라도 살아야 했다. 살아서 오늘 밤 벌어진 이 끔찍한 재앙의 전모를 알아내야 했다. 하지만 둥지가 부서졌는데 어린 새가 가면 어디로 간다는 말인가?

대답 모를 질문을 가슴에 품은 채 소소는 휘청거리는 발길을 떼어 놓았다. 하지만…….

소소는 미처 몰랐다. 그녀의 큰올케가 암기대에서 뽑아 준 표창에게 지주침蜘蛛針이라는 이름이 붙어 있다는 사실을.

거미는 생명이 끊어진 먹이를 좋아하지 않는다. 때문에 거미의 침은 먹잇감을 죽이지 않는다. 단지 일정 시간 마비시켜 놓고서 두고두고 생식을 즐길 수 있게끔 만드는 것이다.

이 거미의 침을 모방하여 제작된 사천당가의 지주침은 목표물을 죽이는 데 사용되는 살상용 암기가 아니었다. 반드시 생포할 필요가 있을 경우, 그 끝에 발린 강력한 마비 독의 효능을 통해 목표물을 가사 상태에 빠트리는 제압용 암기였다. 가사 상태에 빠진 목표물은 눈동자도 움직이지 못하고 청력도 정상적으로 작동하지 않지만, 그런 가운데에도 보고 듣고 기억할 수 있는 의식은 일정 부분 남아 있었다.

사려 깊은 당가영은 암기에 미숙한 어린 시누이를 걱정하여 목숨을 앗아 가는 절독 대신 마비 독이 발린 지주침을 내주었다.

　그 점을 소소는 미처 몰랐다.

　연벽제도 마찬가지였다.

중양회重陽會

(1)

하늘은 인간을 남자와 여자로 나누지만 모든 인간이 그 구분법을 좇는 것은 아니다. 남자로 태어났으되 자의로든 타의로든 남성을 잃은 자들도 있으니 흔히 고자鼓子, 혹은 엄인閹人으로 불리는 부류가 바로 그들이다.

남녀로 이분되는 세상에서 양측 어디에도 속할 수 없기에 그들의 삶은 대체로 순탄하지 못했다. 세상은 맨송맨송한 백면으로 중성적인 음색을 내는 그들을 때로는 불구라 손가락질하고 때로는 괴물이라 백안시했다. 그러나 잃은 것이 있다면 얻는 것도 생기는 게 일음일양一陰一陽의 이치. 남성을 잃은 그들에게는 남성을 가진 그 어떤 자도 쉬 출입할 수 없는 절대 금역에 상주하는 권한이 부여되었고, 그곳에서 그들은 천하에서 가장 존귀한 자를 받들고 수호하고 관리하고 심지어는 조종함으로써 그들만의 작은 왕국을 건설하기에 이르렀다.

절대 금역 자금성 안에 건설된 그들만의 작은 왕국.

세상은 그곳을 이십사아문이라고 불렀다.

이십사아문 중 가장 넓은 구역을 관장하는 곳은 황실에서 사용하는 모든 마필을 관리 감독하는 어마감御馬監이었다. 직제는 여타의 아문들과 다르지 않아, 가장 위에는 어마태감, 그 아래로 비서 격인 소감과 감독관 격인 감승監丞, 장부를 관리하는 전부典簿(서기), 실무를 담당하는 봉어奉御와 청사廳事, 기타 잡무를 처리하는 오목패烏木牌, 수건手巾, 소화자小火者 등으로 구성되어 있었다.

자금성이 비록 넓다고는 해도 냄새 나고 날벌레 꾀는 수천 마리 말들을 수용하기에는 무리가 따를 수밖에 없었다. 하여 나라에서는 북경성 남북의 양 끄트머리에 너른 목장과 마사를 세워 각종 말들을 생육하고 훈련시키는 외목外牧 방식을 택했다. 이십사아문에 소속된 수천 명 환관들 중 유독 어마감 소속 환관들만이 자금성 출입에 큰 제약을 받지 않게 된 것도 바로 그 때문인데, 이는 위심고魏審考가 턱 밑에 위맹한 가짜 수염을 달고 다니는 이유이기도 했다.

고위직 환관들이 궁외로 행차할 때에는 대개 높은 관과 검은 옷으로써 스스로 환관임을 드러내려 하지만, 위심고처럼 궁외 출입이 잦은 자에게는 해당되지 않는 취향이었다. 점잖은 나리님과 조신한 마나님을 상대하는 다른 환관들과 달리 그는 생가지처럼 거칠고 뻣뻣한 남자들을 상대해야 했고, 고자라는 존재가 그런 남자들에게 얼마나 큰 경멸을 사는지에 대해서도 잘 알고 있었다. 비록 겉보기에 불과할지라도 그에게는 그들과 같은 거칠고 뻣뻣한 남자를 가장할 이유가 있었다. 마치 사방으로 뻗쳐 나간 이 가짜 수염처럼 말이다.

"오랜만에 나오셨습니다요, 감승 나리."

때마침 마사에서 나오던 키 작은 탑삭부리 마사장馬舍長이 구렁말 위에 오른 위심고를 보고 달려왔다. 그는 이 마사에서 위심고의 위맹한 턱수염이 가짜임을 알고 있는 몇 안 되는 사람 중 하나였다. 안장에서 내리려 몸을 숙이던 위심고가 마사장을 돌아보며 미간을 찌푸렸다.

"그 감승 자는 붙이지 말래도."

어마감에서 위심고의 직위는 감승이었다. 소화자부터 한 단계씩 차근차근 밟아 어마감 서열 삼 위 자리까지 오르는 데 걸린 시간은 자그마치 삼십구 년. 춘궁에 입 하나 줄이려는 매정한 부친의 손에 의해 엄지손가락보다도 작은 하초를 잘린 어린 환관은 어느덧 귀밑에 흰머리 가득한 초로인이 되었고, 동료들의 시기를 입어 쫓겨난 방출궁인放出宮人 하나를 은밀히 거두어 궁외에 살림을 차리는 호사—그들만의 작은 왕국에서는 그리 드문 일도 아니지만—까지 누리게 되었다. 그런 그인 만큼 자신이 앉은 감승 자리에 나름 작지 않은 자부심을 느끼는 바이나, 궁외에서는, 특히 이곳에서만큼은 그 직위를 드러내고 싶지 않았다.

"죄, 죄송합니다요. 아랫것들도 없는 자리라서 그만……."

마사장이 고개를 조아렸다.

"습관이란 무서운 것이지. 듣는 귀가 있건 없건 항시 주의해야 할 게야."

"명심하겠습니다요."

마사장은 덤벙거리는 면이 있긴 해도 대체로 유능한 사람이
었고, 위심고는 수하의 사소한 실수를 길게 문제 삼는 못난 상
관이 아니었다. 위심고가 찌푸린 미간을 풀며 화제를 돌렸다.

"땅도 엉망인데 벌써부터 마사 순시라니 수고가 많구먼."

그 말마따나 엊저녁 무렵부터 소나기가 몇 차례 지나간 탓에
마사 앞 풀밭은 온통 진창으로 바뀌어 있었다.

"매일 하는 일을 가지고 수고라고까지 하시니 쑥스럽습니다
요. 어어, 거기는 좋지 않습니다요. 조심, 조심하십시오."

마사장이 구렁말 옆으로 다가와 안장에서 내린 위심고가 덜
진 땅을 디디도록 도와주었다. 비대한 몸을 가진 탓에 안장에
오르내리는 일에도 진땀을 흘려야 하는 위심고로서는 지금과
같은 바닥 상황이 고역일 수밖에 없었다.

"하필이면 오늘 같은 날 나오셔서……. 혹시 또 그 문제 때문
에 나오신 겁니까요?"

다른 이유도 있긴 하지만 업무와 관련된 이유는 바로 그것이
었다. 위심고는 조심했음에도 군데군데 진흙이 튄 새하얀 가죽
신을 못마땅한 눈으로 내려다보며 고개를 끄덕였다. 그러자 마
사장이 난처한 얼굴로 제 수염을 쥐어 당기며 말했다.

"그것참, 한혈마는 다른 마종과 교배해서 망아지를 낳을 수
없다고 몇 번이나 말씀드리지 않았습니까요. 그놈들의 조상은
말이 아니라 용입니다요. 천산 꼭대기에 살던 용 말입니다요.
용의 피가 어찌 말의 피와 섞이겠습니까요. 안 됩니다요, 안
돼요. 어림없는 일입죠. 이건 저희 같은 마부 놈들에겐 개와
고양이가 새끼를 낳을 수 없는 것만큼이나 상식이요, 천리입
니다요."

마사장의 장황한 푸념을 듣는 동안 위심고는 상의 안주머니

에서 꺼낸 손수건으로 가죽신에 튄 진흙을 꼼꼼히 닦았다. 접힌 허리가 욱신거렸지만 더러운 것을 유난히 참지 못하는 성격이라 어쩔 수 없었다. 허리를 다시 펴고 진흙 묻은 손수건을 잠시 내려다보다가 조심조심 접어 안주머니 속으로 갈무리한 뒤, 그가 마사장에게 말했다.

"자네들 마부들의 경륜을 무시할 생각은 없네만, 기록에 의하면 한혈마와 교배하여 생긴 새로운 마종이 최소한 네 종 이상이라고 하더군."

일자무식인 마사장이 아니나 다를까 골난 얼굴로 팔짱을 척 끼며 대꾸했다.

"책에는 바다 건너에 머리가 둘 달린 거인도 산다고 하지요. 불을 뿜는 새가 바닷속에서 태양을 물고 나온다고도 하고요. 말짱 거짓말들입니다요."

"물론 책에 쓰인 말들이 모두 참말은 아니지만, 그렇다고 모두 거짓말도 아니네. 게다가 실제로 장성 너머 오이라트에서는 한혈마를 다른 마종과 교배시키는 데 성공했다고 하더군."

오이라트 얘기가 나오자 마사장의 인상이 별안간 험악해졌다.

"그 염병할 몽골 놈들이 하는 소리를 곧이곧대로 믿으십니까요? 얼룩말에 옻 물을 입혀 놓고 오추마烏騅馬라며 속여 파는 사기꾼들이 바로 그놈들입니다요. 저희 마부들은 놈들이 아무렇게나 지껄여 대는 얘기들 중에 제대로 된 것은 하나도 없다는 사실을 잘 알고 있습니다요."

위심고는 마사장이 저렇듯 분노하는 이유를 모르지 않았고, 솔직히 말하자면 그 역시도 저 분노의 대열에 동참하고 싶은 심정이었다. 제국과 오이라트 간 정기적으로 이루어지는 조공무역에서 가장 큰 비중을 차지하는 품목이 바로 말이었다. 해마다 국경을 넘어 쏟아져 들어오는 수많은 말들을 관리 감독해야 하는 관련자들은 시쳇말로 '말똥에 치여 죽을' 지경이라서, 오이라트 족속이라면 자다가도 이를 바득바득 가는 것도 당연한 일이라고 할 수 있었다.

그러나 저 높은 곳에 앉아 있는 존귀한 영감께서는 실무자들의 고충을 전혀 헤아려 주지 않았다. 만일 조금이라도 헤아렸다면, 제 짝 멀쩡히 둔 한혈마를 새로이 이종 번식시킬 묘안을 강구해 내라는 어처구니없는 지시 따위는 내리지 않을 터였다. 문제는, 말똥에 치여 죽든 말든 그리고 어처구니가 있든 없든, 위심고로서는 그 지시를 받들지 않을 수 없다는 데에 있었다. 지시를 내린 사람이 다름 아닌 사례태감 왕진, 세간에서는 환복천자宦服天子라는 참람한 별명으로까지 불리는 그 대단한 위인인 바에야, 이십사아문에서도 끗발이 한참 밀리는 어마감의 감승 따위는 감히 고개조차 들 수 없는 것이었다.

"자네 심정을 모르는 바는 아니지만 웃전의 뜻이 워낙 엄하니 어쩔 수 없는 일이네. 내가 장담하네만, 올해 안에 한혈마 교배를 성공시키지 못하면 자네나 나나 다가올 신년을 유쾌하게 맞기는 어려울 걸세."

위심고의 한숨 섞인 말에 마사장의 빳빳하던 어깨가 툭 무너져 내렸다.

"하면, 제가 어찌하면 좋겠습니까요?"

"어찌하긴. 별을 따려면 하늘부터 봐야지. 마사에서 미끈하게 빠진 암말을 품종별로 몇 마리 추려서 사례태감의 사택으로 데려가 보게나. 음양곽淫羊藿처럼 강장에 좋다는 먹잇감도 한 보따리 챙겨 가도록 하고."

"젠장, 한혈마 수말 놈만 횡재 보게 생겼습니다요. 온갖 종류의 미녀들을 제집 안방에서 보약까지 처먹어 가며 품게 생겼으니, 아마 물건 달린 사내라면 누구라도 그런 호사를 꿈…… 흠, 흠."

골난 얼굴로 투덜거리던 마사장이 상대가 그런 종류의 패설을 탐탁히 여기지 못할 처지임을 떠올렸는지 민망한 얼굴로 뒷말을 어물거렸다. 그 속내를 읽지 못할 리 없지만 위심고는 모르는 체 넘어가 주었다.

"그건 그렇고…… 나를 찾아온 사람들이 있었을 텐데?"

위심고가 은근한 목소리로 묻자 마사장이 눈을 끔벅거렸다.

"예?"

"혹시 '위魏 소야少爺'를 만나겠다는 사람들이 마사로 찾아오지 않았는가?"

그 명호를 입에 담기가 조금 쑥스러운 것도 사실이었다. 소야 소리를 듣기에는 너무 늙어 버렸으니까. 하지만 처음 그 명호를 들었을 때에는 그렇지 않았다. 위심고는 어마감 장부 일을 처음 맡기 시작할 무렵인 이십 대 중반에 모용 선생을 알게 되었고, 그때부터 모용 선생은 그를 위 소야라고 불러 왔던 것이다.

생각이 모용 선생에 미치자 마음 한구석이 찡하니 저려 왔다. 그런 것을 보면 살가운 관계는 아니라도 오래된 관계는 맞는 모양이었다. 그런 위심고의 속을 알 길 없는 마사장이 어리둥절한 얼굴로 물었다.

"위 소야란 분이 바로 감승 나리셨습니까요?"

"어허, 감승 소리는 빼래도."

"죄, 죄송합니다요."

고개를 숙이는 마사장에게 위심고가 통통한 손을 내저으며 다시 물었다.

　　"됐고, 그런 사람들이 있긴 있었는가?"

　　"안 그래도 오늘 아침나절에 위 소야를 뵙겠다며 몇 사람이 찾아오긴 했습니다요. 그 호칭이 감승…… 아니, 나리를 가리키는 줄도 모르고 그런 사람 여기 없다고 그냥 돌려보내려 했습지요. 한데 그랬더니만……."

　　"그랬더니만?"

　　"그들 중 가장 나이 많아 보이는…… 음, 얼굴이 불그스름하고 두 눈이 귀 쪽으로 달려서 꼭 삶아 놓은 게처럼 생긴 노인네가 나서더니 '위 소야가 우리를 찾거든 남관다루南關茶樓 별실에서 기다리겠노라 일러 주시게.' 하고는 돌아갔습니다요."

　　위심고는 뻣뻣한 가짜 수염을 쓰다듬으며 작게 뇌까렸다.

　　"남관다루…… 그가 살아 있다는 소문이 사실이었나?"

　　남관다루는 북경성 남문 일대에서 세 손가락 안에 꼽히는 고급 다루로, 천하제일 거상으로 유명한 보운장주 왕고가 북경성 내에 운영하는 삼십여 개 사업체들 중 한 곳으로 알려져 있었다. 그러나 세상 사람들은 알지 못하는 숨은 사실이 한 가지 더 있었다. 남관다루의 원주인은 본래 왕고가 아니었다. 왕고가 남관다루를 인수한 때는 지금으로부터 십 년 전. 원주인이었던 사람이 원인 모르게 실종되면서 다루의 권리가 그 밑에서 지배인 노릇을 하던 자의 수중으로 넘어갔고, 욕심만 많았지 수완은 모자라는 지배인은 다루뿐 아니라 차 도매상까지 사업 영역을 넓히려다가 큰 빚을 지고 일 년 만에 다루를 날려 먹고 말았다. 그렇게 매물로 나온 다루를 헐값에 사들인 사람이 바로 왕고였던 것이다. 한데 다시금 정해진 모임 장소가 남관다루라니……. 여기에는 반드시 곡절이 있을 것 같았다.

어쨌거나 남관다루에서 파는 차는 여전히 훌륭하다는 평이 지배적이었다. 그래서 위심고는 입맛을 다시며 중얼거렸다.

"오랜만에 그곳 차 맛을 보게 생겼군."

다루는 차를 파는 곳이다. 그러나 남관다루에서 파는 것은 차만이 아니었다. 다루는 차를 사야 한다. 그러나 남관다루가 사는 것은 차만이 아니었다. 차는 비싸지만, 남관다루에서 파는 다른 것은 더욱 비쌌다.

남관다루의 원주인, 즉 모용 선생이 의문의 실종을 당한 시점인 십일 년 전까지 그와 오랫동안 거래 관계를 유지해 온 위심고는 세월 속에 묻힌 과거가 되살아나는 듯한 짜릿함에 두툼한 목덜미를 부르르 떨었다.

사방 벽면에 두꺼운 휘장이 드리운 별실.

원탁 가운데 모아 세워진 굵은 궁촉 아홉 자루가 햇빛을 대신해 실내에 노란빛을 뿌려 주고 있었다. 공기 중에 은은히 감도는 차향은 원탁 위에 놓인 다섯 개의 커다란 사기 찻잔 속 녹황색 물이 운남 특산 보이차普洱茶임을 말해 주고 있었다. 상등품의 경우 같은 무게의 황금과 거래된다는 진귀한 차가 식어 가고 있음에도 원탁에 둘러앉은 네 사람은 찻잔 쪽으로 손을 뻗으려 하지 않았다. 성별로는 삼남일녀. 연령대도 제각각이어서 머리 허연 칠순 노인도 있고 풍채 좋은 삼십 대 장년인도 있으며 그보다 훌쩍 아랫줄로 보이는 여드름쟁이 청년도 있었다. 하지만 그중 가장 특이한 차림을 한 이는 노인의 우측에 앉은 홍일점 여인일 것이다. 얼굴을 면사로 가려 나이를 가늠하기 힘든 그녀는 장례를 치를 때 입는 효복孝服(상복)을 입고 있었다.

모인 면면이 어떻든 간에 찻잔은 다섯인데 사람은 넷이었다. 자리 하나는 비었다는 뜻인데, 그 자리의 임자가 지금 막 문을 열고 별실 안으로 들어왔다. 남마사南馬舍 방문을 마치고 온 어마감 감승 위심고가 바로 그 사람이었다.

　새로운 손님이 실내에 들어섰음에도 자리에서 일어나 맞이해 주는 친절한 주인은 아무도 없었다. 어쩌면 자신들 또한 손님이라서 그럴지도 몰랐다. 그게 아니면…….

　'하긴 이 모임의 분위기가 원래 이런 식이었지.'

　과거의 한 자락을 떠올리며 위심고는 자기소개도 생략한 채 자신의 몫으로 남겨진 빈자리에 몸을 실었다. 오동나무로 짠 크고 튼튼한 의자가 그의 비대한 체중을 말없이 받아 주었다.

　"오랜만에 모용 선생을 뵐 수 있으리라 기대가 컸건만, 아쉽게도 그분 얼굴은 보이지 않는군요."

　담긴 내용과는 달리 감정이 실리지 않은 목소리로 위심고가 운을 떼었다.

　"그 점은 본인도 아쉬운 바이나 오랜만에 보는 얼굴이 비단 모용 선생 한 분만은 아니지 않소이까, 위 소야."

　고맙게도 위심고의 말을 받아 준 사람은 이 별실 안에서 가장 연장자인 노인이었다. 노인의 생김새는 무척이나 별스럽고 흉측했다. 아까 마사장이 이르기를 얼굴이 불그스름하고 두 눈이 귀 쪽으로 달려서 꼭 삶아 놓은 게를 닮았다고 하더니만, 제대로 본 것이었다. 위심고는 저 노인과 초면이 아니었다. 호남성 장사長沙에서 약방을 크게 운영하는 저 노인을 이 계통에서는 늙은 게 선생, 즉 노해선생老蟹先生이라고 불렀다.

　그러나 이 자리에서 구면인 사람은 노해선생 하나뿐이었다. 나머지 이남일녀는 처음 보는 이들. 위심고는 이 계통 종사자

특유의 관찰력을 발휘하여 그들이 누구인지 파악하고자 했다. 노해선생의 우측에 앉은 면사 여인은 특이한 복장으로 인해 금방 알아볼 수 있었다.

"산동에서 오신 분이로군요. 작고하신 대현상장회大賢喪葬會의 전임 회주분과는 어떤 관계이신지?"

위심고의 물음에 면사 여인이 고개를 슬쩍 숙이며 대답했다.

"친정의 큰오라버니가 되십니다."

위심고가 고개를 끄덕였다.

"공가孔家의 가계를 여동생 되는 분께서 이어받았다는 말은 들었지요. 설마 했는데 곡두견哭杜鵑 본인이 오셨군요."

산동성 장의사들의 연합체인 대현상장회는 성 서쪽에 위치한 곡부曲阜에 본거지를 두고 있었다. 춘추시대 대현인 공자의 고향이기도 한 곡부에는 그 후손임을 자처하는 공씨들이 유독 많이 살았는데, 대현상장회를 세운 공앙륜孔仰倫도 그들 중 하나였다. 곡 잘하는 두견새, 곡두견은 공륜의 누이동생에게 붙은 별명으로, 어린 시절 외방으로 출가했다가 남편과 사별한 뒤 친정으로 돌아와 가주인 오라비 밑에서 곡인哭人(남의 장례 때 대신 울어 주는 사람) 일을 하였고, 몇 년 뒤 오라비와 조카들이 불의의 사고로 비명횡사하자 가문과 사업을 함께 물려받은 것으로 알려져 있었다. 그러므로 그녀가 걸친 저 효복에는 직업상의 의미 외에도 실로 많은 목숨들의 사연이 담겨 있다고 할 터였다.

그리고 곡두견 우측에 앉은 여드름쟁이 청년의 정체는……

위심고는 청년을 향한 눈을 실처럼 가늘게 접었다. 유련과 榴蓮果(열대 과일 중 하나인 두리안)처럼 우툴두툴 돋은 여드름만 없다면 평범하기 그지없는 얼굴이요 옷차림이지만, 왼손 중지에 낀 반지만큼은 결코 평범한 물건이 아니었다. 위심고는 십여 년 전

저 반지를 낀 사람과 이 별실에서 얼굴을 마주한 적이 있었다. 그는 자신도 모르게 조금 큰 목소리로 말했다.

"애혈愛血, 자네는 수상살수水上殺手 애혈이로군!"

여드름쟁이 청년은 대답 대신 흐리멍덩하던 두 눈을 칼끝처럼 빛냈다. 무공을 익히지 않아 살기란 것이 구체적으로 어떤 기운인지 모르지만, 위심고는 머리카락과 목덜미가 만나는 부분에서 올올이 일어서는 작은 소름들을 통해 살기의 존재를 실감하게 되었다. 피를 사랑하는 자, 애혈은 원대 말엽부터 한 세대에 한 명에게만 이어져 내려오는 신비한 자객의 명호였다. '물 위에서는 누구라도 죽일 수 있다'는 것이 애혈들이 대대로 내세워 온 영업 신조였고, 그들은 한 건의 오점도 없는 완벽한 실적으로써 그러한 신조를 입증해 보였다.

"혈적환血積環의 주인이 둘이지는 않겠지요."

당대의 애혈이 대답했다. 어수룩한 생김새와도 다르고 칼끝 같은 눈빛과도 다른 차분한 목소리였다.

위심고는 묘한 기대감에 숨을 멈춘 채 별실 안에 모인 면면을 천천히 둘러보았다.

대내 어마감 소속 감승.

호남에서 약포를 하는 노약사.

산동에서 장의업을 하는 곡인.

강상에서 가장 몸값이 비싼 자객.

일견하기에 너무도 다른 이들 네 사람에게서 어떤 공통점을 찾기란 불가능할 것 같았다. 그러나 달걀을 모르는 사람은 삶은 달걀의 새하얀 흰자 속에 금빛 노른자가 숨어 있음을 모를 터. 세상에는 눈에 보이는 요소만으로 단정 지을 수 없는 복잡한 일들도 없지 않았다.

공통점이 없을 것 같은 이들 네 사람을 연결해 주는 것은 놀랍게도 천자문을 갓 배우기 시작한 아이라도 알아볼 수 있는 글자 하나였다. 지금 그 글자가 별실에 있던 마지막 한 사람, 풍채 좋은 장년인의 손에 의해 모습을 드러내고 있었다.

황黃

원탁 위에 펼쳐진 붉은 천에 누른색 금실로 수놓인 '황'이라는 글자!

장사의 노약사 노해선생이 꼿꼿하던 허리를 의자 등받이에 묻으며 한숨을 내쉬었다.

"저 글자를 보는 것도 십일 년 만이구려. 그렇지 않소이까, 위 소야?"

위심고는 말없이 고개만 끄덕였다. 그러자 대현상장회의 여회주가 면사 위로 드러난 작은 눈을 빛내며 물었다.

"저것이 계주契主의 신물인가요?"

노해선생이 곡두견을 돌아보며 대답했다.

"그렇소이다. 저것이 계주의 신물인 황자건黃字巾이라오."

곡두견의 우측에 앉은 애혈이 황자건을 원탁 위에 꺼내 놓은 풍채 좋은 장년인에게로 시선을 맞췄다.

"실례되지 않는다면 본 계의 계주 신물을 귀하가 소유하게 된 연유에 대해 물어도 될는지요?"

묻는 말투는 예의 바르지만 나오는 대답에 따라 황자건의 저 붉은 천에 새로운 붉은색이 덧입혀질 수도 있다는 점을 위심고는 의심하지 않았다. 수상살수 애혈이 반드시 청부가 있어야만 살인검을 뽑는 것이 아님을 모르지 않기 때문이었다.

장년인은 동요하지 않았다.

"결례를 용서하시길. 주인 된 몸으로 손님들을 초청해 놓고 제때 소개도 올리지 못했군요."

장년인이 천천히 자리에서 일어섰다. 위심고는 빠른 눈길로 장년인의 전신을 훑어보았다. 일신에는 질 좋은—그것도 아주 질 좋은—비단으로 지은 값비싼 장포. 손가락에는 큼직한 금강석이 박힌 금반지. 그밖에 몸에 걸친 몇 가지 장신구만으로도 어지간한 부잣집 일 년 살림은 충당할 수 있을 것처럼 보였다. 그럼에도 그것들이 전혀 버거워 보이지 않는 저 놀라운 고귀함은 천부적인 것일까, 후천적인 것일까?

'어쩌면 둘 다일지도.'

왠지 그럴 것 같은 느낌이 들었다. 그때 장년인이 사람들을 향해 말했다.

"저는 이 남관다루의 주인이자 보운장의 신임 장주인 왕금王金이라고 합니다."

그리 길지 않은 이 소개말이 별실 안 네 사람에게 준 충격은 한층 더 무거워진 침묵의 형태로 드러났다.

침묵은 꽤 오랜 시간 이어졌지만 영원할 수는 없었다. 침묵을 깬 사람은 이 북경을 자신의 영역으로 삼는 위심고였다.

"보운장의 주인이신 왕고, 왕 대인께서 위독하시다는 얘기는 들었지만, 설마하니 세상을 떠나신 줄은 몰랐습니다."

풍채 좋은 장년인, 왕금이 짐짓 송구스럽다는 양 이맛살을 치올리며 손을 내둘렀다.

"아! 아닙니다. 부친께서 위독하신 것은 맞지만 말씀하신 것처럼 폐장에 상사가 벌어지지는 않았습니다."

"그렇습니까? 하면 신임 장주라는 말씀은……?"

"그 얘기는 사실입니다. 지난달에 부친으로부터 장주 위를 물려받았으니까요."

위심고에게는 그 정도라도 여간 찜찜한 일이 아닐 수 없었다. 왜냐하면…….

"보아하니 북경성의 모든 정보를 쥐락펴락하신다는 위 소야께서도 폐장의 주인이 바뀐 사실을 모르고 계셨던 모양입니다. 보안에 신경을 쓰라고 당부하지 않은 것은 아니지만, 그래도 기분 나쁘지는 않군요."

왕금이 미소 지으며 말했다.

"본래부터 제 관할은 대내로 국한되어 있었지요. 북경성을 포함한 북직례는 모용 선생의 관할이었습니다만."

위심고는 대수로운 일이 아니라는 식으로 대꾸했지만 입가에 자꾸 고소가 맺히는 것은 어쩔 수 없었다. 모용 선생이 실종된 이후 북직례 전체로 조금씩 영역을 넓혀 간 사실을 스스로 부정한 셈이기 때문이었다.

그때 수상살수 애혈이 두 사람의 대화에 끼어들었다.

"귀하가 보운장의 신임 장주가 되었다는 사실은 놀랄 만한 일이 분명하지만, 제 질문에는 아직 대답을 주지 않으셨습니다. 다시 묻지요. 본 계의 계주 신물을 귀하가 소유하게 된 연유가 무엇입니까?"

애혈이 뿜어내는 위협적인 기세는 아까보다 조금 더 선명해져 있었지만 왕금은 천하제일 거부의 후계자답게 여유를 잃지 않았다.

"노해선생께는 오늘 모임을 부탁드리는 과정에서 이미 올린 말씀이지만 계원 여러분 앞에 다시 한 번 말씀드리겠습니다. 저는 지금으로부터 약 두 달 전, 정확하게는 오십삼 일 전, 황서계黃書契의 전임 계주이신 모용 선생으로부터 이 황자건과 더불어 황서계의 계주 자리를 넘겨받았습니다."

애혈은 여드름 가득한 얼굴 가득 미묘한 표정을 떠올렸다. 불신과 의혹을 반반씩 뒤섞어 놓은 듯한 표정이었다. 그러나 위심고는 덤덤한 표정을 유지할 수 있었다. 애혈은 어찌 생각할지 모르지만, 그는 왕금이 황자건을 꺼내 놓는 순간부터 일이 이렇게 흘러가리라고 예상하고 있었다. 저 애월은, 비록 전대 애월의 놀라운 수중 공부와 살인 기술은 이어받았는지 모르지만 정보 상인으로서의 깊은 심계만큼은 이어받지 못한 모양이었다.

"모용 선생이 왜 계주 자리를 왕 장주께 넘긴 거죠?"

왕금의 말에 불신하고 의아해한 사람은 애혈 혼자만이 아닌 듯했다. 곡두견이 뾰족한 목소리로 질문을 던졌고, 그녀의 질문에 대답한 사람은 왕금이 아니라 노해선생이었다.

"쌍방이 만족스러운 거래였기 때문이오."

"거래? 그 말씀인즉, 모용 선생이 황금에 눈이 어두워 계를 왕 장주께 팔아넘겼다는 건가요?"

곡두견은 말도 안 된다는 듯 눈을 부릅떴고, 애혈은 분노했는지 엉덩이를 들썩거렸다. 분위기가 심상치 않은 방향으로 흘러가자 노해선생이 넓은 미간을 찡그리며 고개를 절레절레 흔들었다.

"황금에 눈이 어두워 계를 팔았다는 표현에는 어폐가 있다고 보오. 모용 선생이 실종된 뒤부터 계는 유명무실해진 것이나 다름없었으니까. 안 그렇소?"

그 시점부터 계가 유명무실해졌다는 노해선생의 말은 틀리지 않았다. 명백한 사실마저 부정할 수는 없었던 듯, 발딱 쳐들린 곡두견의 고개가 아래로 내려오고 들썩거리던 애혈의 엉덩이가 잠잠해졌다.

"조금 더 솔직해져 봅시다. 우리는 누가 모용 선생의 근거지를 파괴하고 그를 비참한 도망자 신세로 만들었는지 알고 있소. 또한 우리는 그즈음 계원들에게 닥친 크고 작은 재앙들이 어디에서 비롯되었는지에 대해서도 알고 있소. 그나마 우리들은 행운아라고 할 수 있을 것이오. 요행히 목숨을 부지해 혹은 후인이라도 남겨서 저 황자건 아래 다시 모이는 복을 누리게 되었으니 말이오. 하나 그렇지 못한 많은 계원들은…… 그들의 처참한 최후는…… 으음!"

차마 말을 맺지 못한 노해선생이 얼굴을 감싸 쥐며 굵은 신음을 흘리고 말았다. 격정에 치받친 늙은 약사의 뒷말을 이은 것은 황서계의 새로운 계주를 자처한 왕금이었다.

"모용 선생께서 제게 그런 제안을 한 것은 황서계를 버리기 위함이 아니었습니다. 오히려 살리기 위함이었지요. 자랑은 아닙니다만 보운장은 가난하지 않습니다. 그것에 더하여 이 나라는 물론이거니와 동쪽으로는 바다 건너 왜국부터 서쪽으로는 천산 너머 서역에 이르는 광대한 교역로를 보유하고 있지요. 그분은 황서계가 다시 일어서기 위해 폐장의 역량이 필요하다고 여기셨을 겁니다. 그래서 저를 찾아와 제안을 하신 것이고요."

다시 침묵이 내려앉았고, 이번에도 침묵을 깬 사람은 위심고였다. 그가 원탁 위에 모아 세운 두 손 위에 묵직한 턱을 얹으며 입을 열었다.

"장주의 말씀에 거짓이 없다는 것은 믿습니다. 모용 선생이 생존하였다면 황서계를 다시 일으키기 위해 모종의 조치를 취하려 하셨을 터이고, 그중 가장 효과적인 조치가 그분 판단으로는 보운장과 손을 잡는 것이었겠지요. 다만 제가 이해하지 못하는 부분은, 장주께서 왜 모용 선생의 제안을 수락하셨는가 하는 점입니다. 천하 상권의 이 할 이상을 움직이는 보운장의 사업 규모에 비춰 볼 때 우리 같은 사람들이 하는 정보 장사는 그야말로 조족지혈에 불과할 겁니다. 그럼에도 장주께서는 왜 번거로움을 무릅쓰고 황서계주직을 수락하셨는지요?"

그러자 왕금의 얼굴에서 여유로운 기색이 사라졌다. 굳은 표정으로 잠시 머뭇거리던 그가 결심한 듯 입을 열었다.

"세상에는 황금으로 할 수 없는 일도 있기 때문입니다."

위심고가 물었다.

"그 일이 무엇인지?"

"복수."

왕금의 대답은 짧았다. 뒤따른 애혈의 코웃음은 더욱 짧았다. 왕금의 시선이 여드름에 덮인 청년의 얼굴로 향했다.

"왜 웃으셨는지요?"

애혈이 어깨를 으쓱거렸다.

"부귀하게 자라신 분이라 세상 물정을 잘 모르시는 모양인데, 제 본업이 바로 황금을 받고 남의 복수를 대신 해 주는 일이지요."

열 살은 족히 어린 청년으로부터 핀잔을 들었지만 왕금은 불쾌한 기색을 드러내지 않았다.

"하지만 복수의 대상이 자객의 검으로는 도저히 도모할 수 없는 막강한 존재라면?"

왕금의 이 말에 애혈의 입가에서 웃음기가 사라졌다. 왕금은 고개를 천천히 돌려 원탁에 둘러앉은 네 사람의 얼굴을 하나씩 바라본 뒤 누구에게랄 것 없이 물었다.

"한 시대를 풍미하신 분이니만큼 제 부친의 함자가 무엇인지는 아시겠지요?"

물론 알고 있었다. 천하제일 거상이자 거부인 왕고王庫.

"곳간 고庫가 바로 부친의 함자이십니다. 부친께서는 당신께서 장만하신 넓은 곳간을 두 아들을 통해 채우고자 하셨지요. 물질적인 충족은 저를 통해, 영적인 충족은 아우를 통해. 그래서 부친께서는 제게는 물질적인 부귀를 뜻하는 황금 '금金'을 이름으로 주셨고, 아우에게는 영적인 구원을 뜻하는 '삼보三寶'를 이름으로 주셨습니다."

왕 씨 부자의 이름이야 모두 아는 바이나 그런 사연이 숨어 있는 줄은 알지 못했다. 하여 위심고를 포함한 네 사람은 묵묵히 고개만 끄덕일 따름이었다. 왕금이 말을 이었다.

"다들 아시겠지만 제 아우는 죽었습니다. 지난해 형산에서였지요. 그날 이후 부친의 넓은 곳간에는 황금만 남아 있을 뿐 영혼은 사라지게 되었습니다. 부친의 영적 생명은 어쩌면 그때 이미 끊어진 것인지도 모릅니다."

어린 시절 무양문주 서문승의 제자로 들어간 왕고의 둘째 아들 왕삼보는 지난해 여름 형산에서 용봉단에 의해 죽임을 당했다. 그러나 황서계의 정보 상인들은 그 사건의 배후에 누가 도사리고 있는지 나름의 수단을 통해 파악해 두고 있었다.

"부친께서는 아우의 복수를 위해 다방면으로 손을 쓰셨습니다. 그 일을 위해 폐장이 동원한 황금이 얼마인지를 아신다면 아무리 여러분이라도 놀라지 않고는 못 배기실 겁니다. 하지만 결국 부친께서는 황금의 힘이 어느 선 이상으로는 미치지 못함을 깨닫게 되셨지요. 그리고 지금은 병중에 계십니다. 저는 어쩌면 부친의 병이 실망감과 패배감에서 비롯된 것은 아닌지 의심하고 있습니다. 곁에서 지켜보는 저로서는 몹시 견디기 힘든 일이지만, 물질은 영혼을 대신해 주지 못하나 봅니다. 왕금이 왕삼보를 대신해 주지 못하는 것처럼 말입니다. 그런데…….”

자괴감으로 깊게 가라앉은 왕금의 눈이 어느 순간 번쩍 빛났다.

“바로 그즈음에 모용 선생께서 저를 찾아오신 겁니다. 하나뿐인 팔로 누구의 것인지도 모르는 유골함을 끌어안은 채 그분이 말씀하시더군요. 우리는 공동의 원수를 두고 있다고. 그리고 제게 제안하셨습니다. 황서계주의 자리를 넘기는 대가로 보운장이 보유한 황금과 인력을 지원해 달라고 말입니다. 저는, 저는 그 제안을 받아들일 수밖에 없었습니다. 부친께서 살아 계시는 동안 부친의 원한을 풀어 드리고 싶었기 때문입니다. 다시 말씀드립니다만, 부친께서는 지금 병중이십니다. 그리고 무척…… 위독하십니다.”

고개를 약간 숙인 채 한동안 말을 잇지 못하던 왕금이 긴 숨을 내쉰 뒤 자리에 앉았다.

“모용 선생이 말씀하신 원수가 누구인지는 여러분 모두 아시리라 믿습니다. 십일 년 전 황서계에 몰아닥친 피의 재앙을 암중 조장한 자들이기도 하니까요.”

말을 마친 왕금의 눈길이 위심고를 향했다. 우연일까? 아닐 것이다. 위심고는 씁쓸한 미소를 지으며 말했다.

“잠룡야의 비각. 황서계가 무너진 배후에는 그들이 도사리고 있었지요.”

“그렇습니다. 비각, 우리 모두의 원수이지요.”

고개를 크게 한 번 끄덕인 왕금이 희고 두툼한 두 손바닥을 원탁 위에 펼쳐진 황자건 위에 얹으며 말했다.

“자, 이제 여러분께 묻겠습니다. 제가 모용 선생의 뒤를 이어 새로운 황서계주가 된 것을 인정하시겠습니까?"

잠시간 누구도 대답하지 않았다. 어쩌면 이런 종류의 질문에는 대답이 필요치 않다고 여긴 것인지도 몰랐다. 이를 확인하듯 노해선생이 곡두견과 애혈, 두 사람의 눈치를 살폈다. 그런 다음 위심고에게 시선을 맞춰 왔다. 위심고는 작게 고개를 끄덕였다. 노해선생이 헛기침을 앞세워 입을 열었다.

"험, 우리 모두 인정하겠소이다."

위심고는 비대한 몸을 천천히 일으켜 세운 뒤 왕금에게 읍례를 올렸다.

"대내의 위 소야가 신임 계주께 인사 올립니다."

신임 계주에 대한 인사가 뒤를 이었다.

"장사의 노해가 신임 계주께 인사 올리오."

"곡부의 곡두견이……."

"상강湘江의 애혈이……."

황서계의 신임 계주로 인정받은 왕금이 자리에서 일어서서 네 사람에게 두루 포권을 올렸다.

"계원 여러분의 너그러움에 감사부터 올려야 마땅하겠지만 그 일에 앞서 먼저 일러 드릴 사항이 있습니다. 제가 계주의 중책을 맡는 기간은 어디까지나 한시적임을 이 자리를 통해 밝히고자 합니다."

이 말에 네 사람이 어리둥절한 눈길로 서로를 돌아보았다. 가장 연장자라는 이유 하나로 자의 반 타의 반 네 사람을 대표하게 된 노해선생이 왕금에게 물었다.

"한시적이라는 말씀은 무슨 뜻인지요?"

"여러분 모두 본업이 있듯이 제게도 본업이 있습니다. 솔직히 말씀드려 저로서는 본업 한 가지에 매진하는 것만으로도 힘에 부치는 실정입니다. 부친께서 천하 상계에 드리우신 그늘이 워낙 넓은 탓이지요. 그래서 모용 선생께 말씀드렸습니다. 모두의 복수를 이루는 시점까지만 이 황자건을 맡겠다고요."

"하지만 그건 왕 장주 쪽에서 너무 밑……."

노해선생의 말을 왕금이 슬쩍 잘랐다.

"밑지는 장사가 아니냐고 물으신다면, 그건 소생을 모르고 하시는 말씀이라고 대답해 드리겠습니다. 천하가 다 아는 사실입니다만, 보운장의 핏줄은 절대로 손해 보는 거래를 하지 않습니다. 지금은 손해처럼 보여도 언젠가는 이익이 됩니다. 그것이 보운장이 거래하는 방식입니다."

말을 마친 왕금이 빙긋이 웃었다. 위심고는 그 웃음을 신뢰할 수 있었다.

사람들이 모두 자리에 앉았다. 천하제일 대방인 개방에 버금가는 아니, 정치精緻한 면에서는 오히려 능가하는 정보력을 보유한 황서계가 십일 년이라는 긴 동면에서 바야흐로 깨어나려하고 있었다.

'오랜만에 맛보는 기분이야.'

위심고는 술 단지처럼 둥근 상체를 오동나무 의자 등받이에 기대며 다른 세 명의 계원을 둘러보았다. 그에게는 이 자리에서 꺼내 놓을 만한 정보들이 몇 가지 있었다. 예를 들면 비각의 잠룡야가 얼마 전 산서에 있는 본거지로 늙은 걸음을 떼어 놓았다는 식의, 혹은 날이 갈수록 세도를 더해 가는 환복천자가 고향땅에 대규모 마장 건설을 계획하고 있다는 식의 고급 정보들 말이다. 대내의 위 소야는 사십 년에 가까운 세월 동안 천하 정계의 중심지 자금성을 거소로 삼아 왔고, 그곳은 그에게 있어 가장 익숙한 공간이자 정보의 화수분이 되어 주었다. 저 세 사람도 마찬가지. 각자의 영역과 직종을 통해 수집한 알짜배기 정보들을 머릿속에 차곡차곡 담아 왔을 터였다. 본래 이 모임은 그런 정보들을 거래하는 자리였지만, 이번에는 다른 목적으로 활용될 가능성이 높았다. 그 목적은 바로……

'비각.'

위심고는 그 이름을 어금니 사이로 지그시 씹어 보았다. 비각이 모용 선생을 비롯한 황서계 전체를 분쇄하려 나선 까닭을 그는 알고 있었다. 정보란 아는 이가 적을수록 가치가 커지는 법. 특히 그들처럼 어둠 속에서 물살을 일으키는 암류暗流의 경우에는 자신들의 안전을 위해서라도 유능한 정보 집단을 제거할 필요가 있었을 것이다. 그러나 그 필요를 달성하는 방법에 있어서 그들은 실수를 저질렀다. 잡초가 눈에 거슬리면 뿌리까지 뽑아야 한다는 점을 간과했다. 그리고 그 점으로 인해, 그들은 후회하게 될 것이다. 반드시 그렇게 만들어 줘야 했다.

모임이 본격적으로 시작되기 전, 노해선생이 얼굴을 찌푸리며 투덜거렸다.

"한데 계주 자리도 팔아먹은 그 영감쟁이는 대관절 어디서 무얼 하고 있는지, 원."

누른 글자를 상징으로 삼는 정보 상인들의 결사, 황서계가 천하제일 거부와 손을 잡고 활동을 재개한 것은 중양절을 닷새 넘긴 구월 십사일 정오 무렵이었다. 그리고 그 일을 추진한 황서계의 전임 계주, 순풍이 모용풍은 그날 밤 싸구려 술 냄새로 어지러운 소주의 어떤 도박장에서 하나뿐인 손에 들린 패를 노려보며 인상을 우그러뜨리고 있었다.

(2)

　모용풍이 번화한 소주에서도 굴지의 규모를 자랑하는 귀몽대
貴夢臺라는 이름의 이 도박장을 찾은 것은 이번이 두 번째였다.
첫 번째는 지금으로부터 반년쯤 전인 올봄이었는데, 그때에는
도박은 거들떠보지도 않았다. 당시의 그에게는 오직 그해 초에
죽은 의형의 유언, 날 풀리거든 옛 동무들이나 찾아보자던 그
유언을 혼자서라도 지키려는 마음뿐이었다.

　모용풍은 자타가 공인하는 강호제일통江湖第一通. 서유기에 나
오는 귀 밝은 원숭이, 순풍이順風耳가 그의 별호였다. 이 넓은
세상에서 누구를 찾는 일이라면 그보다 나은 사람도 드물 터.
도망자 신세로 십 년을 유랑하면서도 마당발 특유의 호기심은
수그러들지 않았고, 덕분에 옛 동무이자 강호오괴의 일인인 신
안자 주두진이 대륙 남부 소주에서 신분을 감춘 채 졸부 혹은
유지 행세를 하며 살고 있다는 사실을 이미 파악한 뒤였다. 그
래서 올봄 소주를 방문한 것인데, 그 과정에서 강호오괴의 또
다른 일인인 상취거사 화비정이 소주 인근에 산다는 점까지 알
아내게 된 것은 우연인지 필연인지 지금 생각해도 애매했다.

　－주귀酒鬼 놈 소식은 혹시 모르나?

　별생각 없이 물은 이 한마디에 주두진은 펄쩍 뛰더니, 그렇
게 술 퍼먹고 다니니 죽어도 예전에 죽었을 거라고 쌀쌀맞게 대
꾸했다. 한데 그 반응에 뭔가 부자연스러운 점이 있었다. 마치
모용풍이 화비정을 만나는 것을 막기라도 하려는 것 같았다.

　생각해 보니 교분이 대체로 도탑다 할 수 있는 기棋, 화火,

주酒, 안眼, 통通, 강호오괴의 다섯 괴인 중에서 유독 주두진과 화비정의 관계만큼은 묘한 부분이 있었다. 뭐랄까, 겉보기로는 꽤나 죽이 맞아 보이지만 속으로는 항상 일정 정도의 거리감을 두고 있었다고나 할까. 사귄 기간이 가장 오래된 두 사람이니만 큼 남모르는 사연 한둘쯤은 공유하고 있을 테고, 세상에는 공유한 이들로 하여금 거리감을 두게 만들 만큼 무겁고 어두운 사연도 있다는 점을 모용풍은 모르지 않았다. 그 사연이란 아마도⋯⋯.

모용풍은 한 방향으로 자꾸 뻗어 나가려는 사고의 줄기를 애써 끊었다. 그는 씁쓸히 입맛을 다셨다.

'이놈의 호기심은 언제나 이 모양이라니까.'

각설하고, 주두진의 부자연스러운 반응은 모용풍으로 하여금 화비정이 과거 술에 취해 슬쩍 내비쳤던 얘기를 떠올리게 해 주었다. 그때 화비정은 취기에 충혈되고 상심에 혼탁해진 눈으로 이렇게 말했다.

─술을 마셔 지은 죄로부터 달아나기 위해 다시 술을 마시니, 술이 없다면 이 부끄러운 삶을 어찌 유지할 수 있을까?

그리고 독중선 군조의 삼십 년 앙심이 강동을 폭풍처럼 덮친 그날, 모용풍은 사자검문이 발아래 내려다보이는 사두암 중턱에서 화비정을 마침내 다시 만나게 되었다. 하지만 그 화비정은 불행히도⋯⋯.

'다음 날 떠오른 태양을 볼 수 없는 신세가 되었지.'

모용풍은 도박판 위에 올려놓은 옛 동무의 유골함을 아픈 눈길로 바라보며 생각했다.

'더 이상 술도 마시지 못하는 신세가 되었고.'

귀몽대 일 층은 주머니가 두둑하지 못한 일반 도박꾼들을 위한 공간이었다. 좀생원들의 콩알만 한 용기를 북돋아 주기 위해 저가로 제공하는 술 또한 질이 떨어질 수밖에 없어서, 아무리 술에 환장한 화비정이라도 별로 좋아할 것 같지는 않았다.

'비렁뱅이 같던 시절이라면 몰라도 지금도 그럴 수는 없지.'

그것은 친구에 대한 예의가 아니었다. 모용풍은 쥐고 있던 신통찮은 패를 도박판 위에 툭 던져 놓은 뒤 유골함을 겨드랑이에 끼고 자리에서 일어섰다. 더 이상 술을 마시지 못하게 된 옛 동무에게 좋은 술 냄새라도 맡게 해 주려면 자리를 옮길 필요가 있었다. 물론 다른 용무도 없지는 않았지만.

귀몽대 이 층은 일 층과 달리 한산했다. 계단 위아래에 맞춰 놓은 두꺼운 나무문이 시끄럽고 어수선한 아래층의 분위기를 차단해 주는 덕분에 넉넉한 공간을 감도는 공기 중에는 고격한 품위마저 스며 있는 것 같았다. 무엇보다 마음에 든 것은 중앙의 접객대에서 풍겨 나오는 주향. 모용풍은 자신이 화비정이라도 되는 양 숨을 깊이 들이마셨다. 아래층에서 맡던 것과는 차원이 다른 그윽한 주향이 늙은 후각을 즐겁게 해 주었다. 입장료로 낸 은자 반 냥이 아깝지 않다는 생각이 들었다.

'비웃지 말라고, 이 친구야. 그 안에서 콧구멍 벌름거리는 거 다 보이니까.'

겨드랑이에 낀 유골함을 슬쩍 추어올린 모용풍은 다섯 군데로 나뉘어 설치된 도박판 중 주변에 모인 사람의 수가 가장 적은 곳으로 발길을 옮겼다.

높이가 세 자하고도 두 치가량 되는 도박판의 건너편 자리에는 흑자색 비단옷을 입은 사십 대 사내 하나가 고개를 빳빳이 세운 채 앉아 있었다. 하지만 모용풍의 뛰어난 눈썰미는 의자에 앉은 그 사내의 두 발바닥이 바닥으로부터 한 뼘 가까이 떨어져 있음을 어렵지 않게 알아차릴 수 있었다. 다섯 자를 겨우 넘길 법한 단구의 사내가 차지하기에는 지나치게 높은 집기들이 아닐 수 없는데, 사내는 그리 생각하지 않는 것 같았다. 사내의 표정에서는 관록이 분가루처럼 묻어 나왔고, 그 관록은 여유 있는 목소리로 이어졌다.

"어서 오십시오, 손님. 어떤 도구賭具를 선택하시겠습니까?"

각종 도구들이 보기 좋게 정리된 도박판을 향해 사내가 양손을 펼치며 물었다. 도박판 위를 무심히 내려다보던 모용풍이 시선을 들어 주위를 슬쩍 둘러보았다. 도박판을 둘러싼 몇 개의 얼굴들이 그를 쳐다보고 있었다. 그 얼굴에 공통적으로 떠오른 것은 '물정 모르는 병신 늙은이 하나가 빈털터리 되는 꼴을 구경하겠구나' 하는 기대감이었다.

'까짓것, 구경하고 싶다면 구경하라지.'

다만, 그 꼴 구경하기가 그리 쉽지는 않을 터였다.

"주사위."

모용풍이 단구의 사내를 향해 짤막하게 말했다. 아는 종목이 주사위뿐이라서가 아니었다. 가장 빨리 결과를 볼 수 있는 종목이 그것이기 때문이었다. 그가 주사위를 선택하자 주위의 구경꾼들로부터 낮은 탄식이 흘러나왔다. 분절되어 떠다니는 말들을 듣자 하니, 주사위로는 어지간해서 저 단구의 사내를 이겨내기가 힘든 눈치였다.

"주사위라면 단심丹心부터 천강진天罡陣까지 여섯 가지가 있는데, 그중 어떤 것으로 하시겠습니까?"

단구의 사내가 물었다. 소주에서 유행하는 주사위 노름은 사용되는 주사위의 개수에 따라 여섯 종류로 나뉘는데, 한 개면 단심, 두 개면 쌍륙雙六, 세 개면 소나한小羅漢, 이런 식으로 늘어나다가 마지막으로 여섯 개 모두를 사용하면 육육 삼십육의 천강진이 되는 것이었다. 물론 단심이 가장 단순하고 천강진이 가장 복잡했다. 모용풍은 망설이지 않았다.

"팔도 하나뿐이니 주사위도 하나면 충분하겠지."

"알겠습니다. 단심으로 모시지요."

단구의 사내가 손뼉을 한 번 쳤다. 그러자 접객대 부근에 있던 일꾼 아이 하나가 총총히 달려와 도박판 위에 벌려 놓은 도구들을 정리하기 시작했다. 남은 도구는 상아로 만든 주사위 한 개와 그 주사위를 넣고 돌리는 용도의 검은 나무 사발 한 개. 정리를 마치고 돌아가려는 아이를 모용풍이 불러 세웠다.

"술을 두 잔 가져다 다오. 이 집에서 가장 좋은 놈으로."

"알겠습니다."

모용풍이 자리를 잡고 앉는 사이 접객대로 돌아간 아이가 큰 술잔 두 개에 녹황색 소흥주를 그득히 따라 쟁반에 받쳐 가져다주었다.

"좋은 술이군."

사례로 아이에게 몇 푼을 쥐어 준 뒤, 모용풍은 옆 의자에 올려놓은 유골함 위에 한 잔을 전부 부은 다음 남은 잔을 단숨에 비웠다. 이는 도박장에서뿐 아니라 다른 장소에서도 좀처럼 보기 힘든 광경이라 구경꾼들의 얼굴에 의아함이 떠올랐다. 소리 죽여 수군거리는 기색으로 미루어 병신이 미치기까지 한 모양이라 여기는 듯했지만, 모용풍은 개의치 않았다.

똑똑똑.

유골함이 놓인 방석에 고인 술이 의자 아래로 점점이 떨어져 번져 나가기 시작했다. 그러나 건너편에 앉은 단구의 사내는 표정 관리에 노련한 도박사답게 언짢아하는 기색을 드러내지 않았다.

"준비가 끝나셨으면 시작해도 괜찮겠습니까?"

"그러시오."

"규칙은 따로 설명드리지 않아도 되겠지요?"

모용풍은 고개를 끄덕였다. 사실 단심은 모든 도박 중에서 가장 단순한 규칙을 가졌다고 해도 좋았다. 하나의 주사위를 번갈아 던져 더 높은 점수가 나온 쪽이 이기면 끝. 비길 경우에는 판돈을 두 배로 올려 다시 던지면 된다.

단구의 사내가 주사위를 넣은 나무 사발을 내밀며 모용풍에게 물었다.

"제가 물주를 맡지요. 얼마를 거시겠습니까?"

"시작은 약소하게 하겠소."

이렇게 대답하며 모용풍이 도박판 위에 얹은 것은 말처럼 약소하지 않았다. 한 냥짜리 금두金豆. 구경꾼들은 눈을 동그랗게 떴지만 건너편에 앉은 물주는 오히려 눈을 가늘게 접었다. 그러거나 말거나, 모용풍은 하나뿐인 손으로 나무 사발을 대충 흔들다가 도박판 위에 탁 소리 나게 엎었다. 회전하는 주사위가 나무 사발 안쪽 면에 부딪치는 소리가 잠시 울리더니 곧 잠잠해졌다. 모용풍이 나무 사발을 들었다.

"오!"

구경꾼들 사이에서 탄성이 터져 나왔다. 육 점. 가장 높은 점수가 나온 것이다.

"첫 끗발이 나쁘진 않구먼."

모용풍은 주사위 위에 사발을 엎어 건너편을 향해 밀었다.

이번에는 물주 차례. 단구의 사내가 주사위를 돌리다가 도박판 위에 엎었다. 맵시 있으면서도 군더더기 없는 깔끔한 손놀림이었다. 그가 나무 사발을 들어 올리자 드러난 점수는 마찬가지로 육 점. 동점이었다.

물주가 미소를 지으며 말했다.

"제 끗발도 그리 나쁜 것 같지는 않군요."

운에 좌우되는 끗발이 아니라 오랜 경험을 통해 쌓은 실력이 겠지만, 아무래도 좋았다. 모용풍은 처음 올려놓은 금두 옆에 똑같은 것 한 알을 다시 올린 뒤 나무 사발을 돌렸다. 이번 끗발은 그리 좋지 않아 주사위의 눈은 겨우 이 점을 가리켰다. 어깨를 으쓱거린 모용풍이 사발을 물주에게로 넘겼다. 물주는 얼굴에 떠올린 가식적인 긴장감으로써 분위기를 잡은 뒤, 어렵지 않게 사 점을 잡아냈다. 당연한 결과라는 듯 구경꾼 몇몇이서 고개를 주억거렸다.

졸지에 황금 두 냥을 잃었지만 모용풍의 표정에는 변화가 없었다. 그는 다시 네 알의 금두를 도박판 위에 올려놓았다. 금두 네 알이면 황금으로 넉 냥. 물주가 아기패와 동일한 판돈을 거는 것은 모든 도박의 기본이므로 판돈의 합은 그 두 배인 황금 여덟 냥이 되었다. 아마도 오늘밤 이 귀몽대에서 벌어진 판 중에서 가장 큰 판일 터. 물주는 그것이 기꺼운지 얇은 미소를 머금었다.

황금 여덟 냥이 걸린 판에서 모용풍이 얻은 점수는 사 점이었다. 물주는 그보다 일 점 높은 오 점이 나왔고, 모용풍이 올려놓은 네 알의 금두는 물주의 차지가 되었다.

"운이 좋구려."

모용풍이 여덟 알의 금두를 새로 올리며 말했다. 물주의 안색이 그제야 살짝 변했다.

"설마……."

뭐라 말을 꺼내려던 물주가 모용풍이 쳐다보자 고개를 저었다.

"아, 아닙니다. 하시지요."

모용풍은 묵묵히 나무 사발을 흔들었다. 이번 점수는 이제까지 나온 것 중에 최하인 일 점. 모용풍은 미간을 찡그렸다.

"몇 달 안 했더니만 형편없군."

하지만 그뿐이었다. 모용풍은 별다른 내색 없이 나무 사발을 물주에게 넘겼고, 물주는 맨 처음 모용풍이 육 점 나왔을 때보다 더 신중한 손놀림으로 나무 사발을 돌린 끝에 가장 높은 점수인 육 점을 잡아냈다.

다음엔 당연히 황금 열여섯 냥. 모용풍은 황금 열 냥에 해당하는 금엽 한 장과 여섯 알의 금두를 전대에서 꺼내어 도박판 위에 올려놓았다. 물주가 침을 꿀꺽 삼킨 뒤 그에게 물었다.

"혹시…… 계속 이런 식으로 판돈을 올리실 작정이신지?"

모용풍은 픽 웃었다.

"내가 세상의 모든 황금을 가진 것도 아닌데 어찌 계속 이렇게 올릴 수 있겠소. 가지고 온 돈이 다 떨어지면 올리고 싶어도 못 올릴 테니 염려 마시오."

"실례지만 자금을 얼마나 준비해 오셨는지요?"

모용풍은 현재 남은 돈이 얼마인지 머릿속으로 계산하다가 문득 귀찮아져서 가져온 총액을 일러 주었다.

"전표까지 받아 준다면 황금으로 천오백 냥쯤 될 거요."

"처, 천오백 냥!"

모용풍이 입에 담은 액수는 매일 밤 금붙이와 은붙이 사이에서 닳고 닳은 노련한 도박사마저도 입을 쩍 벌리도록 만들었다. 이 무렵에 이르러 귀몽대 이 층에 머물던 모든 사람들의 관심은 모용풍의 주사위 판에 쏠린 상태였다. 그들은 도박판 위를 오가는 싯누런 금붙이들과 그런 거금을 푼돈처럼 대수롭지 않게 여기는 배포 큰 외팔이 노인을 경악과 불신이 담긴 눈길로 번갈아 쳐다보고 있었다.

모용풍이 물주에게 물었다.

"천오백 냥이면 이 귀몽대의 주인 되는 양반이 강동에 벌여놓은 모든 사업체의 일 년 수입과 대충 맞먹는 것으로 알고 있는데, 내 말이 맞소?"

물주는 말도 못하고 고개만 끄덕거렸다.

"어림짐작인데 다행히 맞았군. 그럼 다시 시작합시다. 천오백 냥이 많은 것 같아도 이런 식이면 오래 걸리지 않을 게요."

실제로 그랬다. 처음 한 냥에서 시작해 매판 두 배씩 판돈을 올린다면 열한 판째에 걸어야 하는 액수가 천 냥을 넘기기 때문이다. 그 셈법에 의하면 천오백 냥으로 올릴 수 있는 한계는 열 판. 그러나 이 단순한 셈법을 마냥 단순하게만 받아들일 수 없는 것이 물주의 입장일 터였다. 원숭이도 나무에서 떨어진다고, 한 판이라도 지는 날에는 첫 판에 건 돈인 황금 한 냥을 잃게 되고, 그다음 판을 연달아 지는 날에는 평생 단 한 번도 만져 보지 못한 거금을 날리고 마는 것이다.

다시 두 판을 내리 진 모용풍이 금엽 여섯 장과 금두 네 알을 도박판 위에 올려놓을 무렵에 이르자, 건너편에 앉은 물주는 그야말로 사색이 되어 버렸다. 지금까지 딴 황금은 무려 예순세 냥. 고용주에게 상여금을 톡톡히 받을 만큼 커다란 공을 세운 셈이나, 안타깝게도 그는 지금의 처지로부터 눈곱만큼의 환희도 맛보지 못하는 것 같았다.

"어라, 별일일세."

모용풍이 나무 사발 속에서 나온 육 점 주사위를 마치 미운 의붓자식이 장원급제하고 돌아온다는 소식을 접한 계모처럼 뜨악한 얼굴로 내려다보며 말했다.

"당신 차례요."

이제까지 진행된 판세로 보건대 저 물주는 바라는 점수를 족집게처럼 잡아낼 수 있는 뛰어난 실력의 소유자임에 분명했다. 하지만 지금 모용풍이 내민 나무 사발을 잡아 가는 물주의 손은 보기에도 딱할 만큼 떨리고 있었다. 저런 손으로도 과연 진재 실력을 발휘할 수 있을까? 그러나 어쩌랴, 운명이란 호랑이는 이미 그를 등에 태우고 달리는 것을.

상아 주사위가 한 되들이도 안 되는 나무 사발 안에서 짤그락거리며 돌아가기 시작했다. 그 나무 사발이 허공에서 확 뒤집혔다.

탁!

얇은 융을 입힌 도박판 위에 나무 사발이 떨어졌다. 한데 실력 발휘에 무슨 차질이라도 생긴 것인지 물주의 눈썹초리 위로 잔 경련이 바르르 일어났다. 모용풍은 까 보라는 듯이 턱짓을 보냈다. 그러나 나무 사발의 밑바닥을 내리누르는 물주의 오른손은 갑자기 돌로 변한 양 꼼짝도 하지 않았다.

걸린 판돈의 무게만큼 무거운 정적이 귀몽대 이 층을 감돌았다. 그 정적을 깬 것은 여기저기에서 튀어나온 구경꾼들의 야유 소리였다.

"빨리 열어 보슈!"

"몇 점인지 보자고!"

물주의 이마에 맺힌 진땀이 떨리는 눈썹 위에 진득하니 고일 무렵, 이 층으로 난 나무문 앞에서 누군가의 카랑카랑한 목소리가 터져 나왔다.

　"팔 하나를 잃더니만 고약한 취미가 생긴 모양이군. 솜씨 좋은 도박사 하나를 폐인으로 만들 작정인가?"

　나무 사발 위에 얹혔던 사람들의 시선이 일제히 그리로 향했다. 계단과 이 층을 가르는 나무문 앞에는 화려한 백황색 장포를 차려 입은 땅딸막한 노인이 서 있었다. 그 뒤에 종복처럼 시립한 사람은 뱃살이 불룩한 중년인인데, 무슨 연유인지 투실한 양 볼따구니에 붉은 손바닥 자국을 매달고 있었다.

　"주, 주인 나리!"

　지옥에서 지장보살을 만난 듯 간절한 목소리로 외친 사람은 물주 노릇을 하던 단구의 사내였다. 백황색 장포의 노인은 송곳처럼 뾰족이 다듬은 새하얀 턱수염을 쓰다듬다가 뒷전에 선 뚱보 중년인을 돌아보았다.

　"오늘 영업은 끝났으니 손님들 배웅해 드려라."

　본래 도박장이란 곳은 주인 마음대로 파하지 못한다. 잃은 자의 분함과 아쉬움이 그것을 허락하지 않는 것이다. 하지만 이 귀몽대에서는 그런 전례가 몇 번 있었던 듯, 뚱보 중년인이 앞으로 나서서 몇 마디를 늘어놓자 구경꾼들은 앙앙불락한 표정으로도 그자의 지시에 별말 없이 따랐다. 뚱보 중년인이 일일이 내미는 입장료의 두 배에 해당하는 은자 또한 그 일에 작지 않은 도움을 준 것 같았다.

　구경꾼들이 모두 빠져나가자 백황색 장포의 노인, 이 도박장의 주인이자 강호오괴의 일인인 신안자 주두진이 모용풍이 앉은 도박판으로 걸어왔다.

"비키게, 조쾌수趙快手."

주두진의 말에 물주가 부리나케 일어나더니 의자 뒤로 물러났다. 물주가 내준 의자에 주두진이 앉았다.

"안 본 몇 달 사이에 황제의 엄마라도 물었나?"

주두진이 물주가 손 뗀 나무 사발을 손바닥으로 지그시 누르며 물었다. 파삭, 하는 소리와 함께 나무 사발과 그 안에 들어 있던 주사위가 함께 가루로 으스러졌다. 그로 인해 물주의 점수는 누구도 확인할 수 없게 되었지만, 정작 그 점수에 관심을 가져야 할 모용풍에게는 전혀 중요한 문제가 아니었다.

"황후가 눈이 멀지 않고서야 나 같은 병신 늙은이에게 물릴 리 있겠는가."

모용풍의 심드렁한 대답에 주두진이 눈을 빛냈다.

"하면 이 황금들은 다 어디서 난 것인가?"

주두진의 눈은 그리 크지 않지만 일단 그 눈에 저런 정광이 어리면 강호오괴로 함께 불리는 모용풍이라도 감히 받아 내기 어려웠다. 신안자라는 별호가 괜히 붙은 것은 아니기 때문이다.

"황제의 엄마는 아니지만 갑부의 자식은 물었지."

"갑부의 자식?"

"그것도 천하제일 갑부의 자식이라네. 덕분에 다 늙은 나이에 팔자 고치게 되었지."

그럼에도 살갗을 따끔거리게 만드는 주두진의 매서운 눈빛은 좀처럼 누그러지지 않았다.

"황제의 엄마를 물었든 갑부의 자식을 물었든 내 사업장에서 고약한 장난질을 벌인 점에 대해서는 해명해야 할 걸세."

"누가 장난질을 쳤다는 건가?"

"장난질이 아니면, 진짜로 돈을 따기 위해 도박을 벌였다는 건가?"

"그 반대지."

"뭐라?"

"내 도박 실력이 어떤지는 자네도 잘 알지 않는가. 그런 내가 아무리 팔자가 좋아졌기로서니 도박으로 재산 불릴 생각 따위를 할 까닭이 없지 않겠는가. 나는 돈을 잃어 주러 왔다네."

주두진의 좁은 미간이 주름에 파묻혔다.

"당최 뭔 소린지 모르겠군. 갑부 자식을 물었으면 그 돈 고이 챙겨 안락한 말년이나 보낼 것이지, 남부럽지 않게 잘살고 있는 내게 왜 잃어 주려 해? 십 년간 못 맡던 돈 냄새를 맡더니만 늙은 머리통이 회까닥 돌기라도 했단 말인가?"

모용풍은 대답 대신 허리에 찬 두툼한 가죽 전대에서 주사위 노름에 쓰고 남은 금붙이와 북경 보운장이 보증하는 신용 확실한 전표 다발을 꺼냈다.

"이미 잃은 것까지 합쳐 황금으로 천오백 냥. 자네의 일 년치 수입일세."

"그래서?"

"이걸 줄 테니 일 년간 나를 위해 한 가지 일을 해 주게."

두 사람의 눈길이 도박판 위에서 소리 없는 불꽃을 튀기며 얽혀 들었다. 이번만큼은 모용풍도 눈길을 돌리지 않았다. 이윽고 주두진이 뒤를 돌아보며 말했다.

"모두 물러가라."

조쾌수라는 이름을 가진 단구의 사내는 즉시 지시에 따랐지만 주두진과 함께 올라온 뚱보 중년인은 본래 눈치가 젬병인지 감히 대거리를 하려고 들었다.

"예? 하지만 저는 이곳의 총관인데……."

짝!

경쾌한 타성이 울린 순간 모용풍은 뚱보 중년인이 얼굴에 붙이고 있던 손바닥 자국이 어떤 연유로 생겨나게 되었는지 알게 되었다.

이 층에 남아 있던 주두진의 고용인들이 나무문 밑으로 내려간 뒤, 두 사람만이 남은 넓은 이 층에서 주두진이 팔짱을 끼며 느릿하게 운을 떼었다.

"그러니까…… 이 돈으로 나를 사시겠다?"

모용풍이 대답하지 않자 주두진이 빈정거리듯 말을 이었다.

"이 물산 풍부한 소주 땅에서 두 곳의 도박장과 세 곳의 주루와 네 명의 마누라와 일곱 명의 자식과 백마흔두 명의 고용인을 거느리고 호의호식 살아가는 이 주 노대를 사시겠다, 이 뜻이냐고 묻는 걸세."

"비고秘庫를 한 곳 빼놓았군. 자네가 장물을 은밀히 거래하는 고금옥古今屋 말일세."

모용풍의 세심한 정정에 주두진의 얼굴이 험악해졌다.

"빌어먹을 늙은이, 그 냄새는 또 어디서 맡아 가지고."

"내가 누군가. 천하에 모르는 것 없다는 순풍이 아닌가."

모용풍은 실없는 웃음을 흘리며 대꾸했다. 그런 모용풍을 잡아먹을 듯이 노려보던 주두진이지만 결국에 가서는 굳은 눈매를 풀고 실소하고 말았다.

"소주에서는 황제보다 좋다는 주 노대의 끗발도 빌어먹을 늙은 원숭이에게는 먹히지를 않는가 보구먼. 허, 허허."

주 노대는 강호를 떠난 주두진이 신분을 감추기 위해 사용해 온 가명 아닌 가명이었다. 황제보다 끗발 좋다는 말에는 과장이

다소 끼어 있겠지만, 소주 경내에서, 특히 어둠이 내린 시간에 주 노대라는 이름으로 행사할 수 있는 영향력은 실로 가볍지 않은 것이어서, 산전수전 다 겪은 모용풍마저도 그 정도를 알고 난 뒤에는 놀라지 않을 수 없었다.

그러나 모용풍이 원한 사람은 주 노대가 아니었다.

"강호 소식은 듣고 사는가?"

다소 뜬금없는 모용풍의 질문에 주두진이 팔짱을 낀 채 콧방귀를 뀌었다.

"듣고 싶지 않아도 들리는 것이 없지는 않지. 예를 들면, 얼마 전 신무전에서 변고가 벌어졌다는 소식 같은 것 말일세."

모용풍이 상체를 내밀었다.

"호, 그 소식이 벌써 이 소주까지 전해졌는가?"

"우리 황서계주의 감도 예전 같지는 않은 모양이군. 지난 십 년 사이 세상은 많이 변했다네. 더 좁아지고 더 촘촘해졌지. 그 정도 소식이 대륙에 퍼지는 건 열흘이면 족할걸."

공감하는 바가 없지 않아 모용풍은 고개를 끄덕였다.

"자네가 들은 소식이 맞네. 신무전에 변고가 벌어졌고 북악이 피에 잠겼지. 신무대종과 군사, 사방대주 중 청룡과 현무가 그 과정에서 목숨을 잃었고. 그래, 그 일에 관해 또 무엇을 아는가?"

주두진이 어깨를 으쓱거렸다.

"알 만큼은 알지. 파견 나갔던 신무대종의 후계자가 불의의 습격을 당해 반송장이 되었다는 것과 그래서 백호대주인 외눈박이 호랑이가 패잔병들을 이끌고 신무전의 재건을 꾀하고 있다는 것……. 이만하면 황서계주 들으시기에 부끄러운 수준은 아닐 테지?"

풍자가 섞인 주두진의 말에도 모용풍은 그저 웃기만 했다. 드러난 정보가 있다면 감춰진 정보도 있었다. 평화로운 시절에는 드러난 정보가 모든 것을 말해 주지만 위태로운 시절에는 그렇지 않았다. 감춰진 정보가 더욱 중요하게 작용한다는 것은 세상이 이미 위태로운 시절로 접어들었음을 뜻했다. 황서계는 바로 그런 위태로움을 갉아먹고 살아가는 인간들의 결사였고, 모용풍은 그 황서계의 수령이었다. 비록 얼마 전부터는 아니지만.

어쨌거나 모용풍은 주두진이 지금 느끼는 소박한 양양함을 깨트리고 싶지 않았다. 그는 화제를 돌렸다.

"먼 산동에서 열흘 전에 벌어진 일은 소상히 아는 자네지만 가까운 이 소주에서 백 일 전에 벌어진 일은 제대로 알지 못하는 모양이군."

주두진이 고개를 갸웃거렸다.

"백 일 전이라면…… 노독물 얘긴가?"

모용풍은 고개를 끄덕였고, 주두진은 뾰족한 턱수염을 흔들며 호탕하게 웃었다.

"아하하! 자네가 그 미친 늙은이를 상대로 복수에 성공했다는 얘기는 들었네. 참으로 통쾌한 일이야. 내 보기에 정작 노독물로 불려야 할 사람은 순풍이 자네 같으이. 그자의 삼십 년 숙원이 자네의 십 년 숙원을 당해 내지 못했으니 말일세."

"내가 노독물을 죽인 것은 맞네. 하지만 내 원한만을 풀기 위해 놈의 늙은 목을 자른 것은 아니었어."

주두진이 웃음을 멈췄다.

"하면?"

모용풍은 옆자리에 놔두었던 유골함을 들어 도박판 위에 조심스럽게 올려놓았다. 뭔가 불길한 예감을 받은 듯 유골함을 쳐다보는 주두진의 눈빛이 심각해졌다. 모용풍은 한숨을 길게 내쉰 뒤 차마 떨어지지 않으려는 입술을 떼어 놓았다.

"이 안에 주귀, 그 친구가 있네."

"뭐? 바, 방금 뭐라고 했나?"

"화비정의 유골이 이 안에 있다고 했네. 내가 수습했지."

주두진이 하얗게 탈색된 얼굴로 두 눈을 끔벅거리다가 벌떡 일어나 소리를 질렀다.

"그 친구가 왜! 대체 어떤 놈이……?"

"노독물이 그 친구를 죽인 셈이지. 놈을 막기 위해 스스로 폭사했으니까. 그렇게 퍼마셔 놓고도 기억력은 생생한지, 이개 형님에게서 배운 화기술을 용케 잊어먹지 않고 있더군."

주두진이 고개를 세차게 내저으며 부르짖었다.

"그게 다 무슨 소리야! 그 친구가 무엇 때문에 노독물을 막기 위해 자신을 희생했단 말인가?"

모용풍은 흥분한 주두진을 물끄러미 쳐다보다가 말했다.

"그 친구는 석씨들을 위해서, 그중 한 아이를 위해서 노독물을 막아야만 했네. 왜 그래야 했는지는 자네도 알고 있겠지."

이 말을 한 다음, 모용풍은 복잡한 감정으로 물들어 가는 주두진의 얼굴을 바라보며 자신의 짐작이 맞았음을 알았다. 주두진은 알고 있었던 것이다. 화비정에게는 반드시 그래야만 하는 당위가 있었다는 사실을. 아니나 다를까.

"그 친구는…… 그 친구는 아마 모를 걸세. 그 친구가 그토록 감추려던 일에 대해 내가 이미 알고 있다는 사실을."

말을 마친 주두진은 갑자기 온몸의 모든 관절이 사라진 사람처럼 의자 위로 몸을 축 늘어뜨렸다.

'정말로 모르고 있었을까?'

모용풍은 그 문제에 관해 어떠한 판단도 내릴 수 없었다. 그 문제에 관해 대답해 줄 수 있는 유일한 사람은 이미 흙투성이 뼛가루로 변해 이 유골함 속에 들어간 뒤였다.

"저번에는 내게 거짓말을 했더군. 자네는 그 친구가 석가장 추녀 아래에 숨어 산다는 것을 알고 있었지?"

모용풍의 덤덤한 추궁에 주두진은 힘없는 목소리로 말했다.

"작년에 석가장의 젊은 주인이 나를 찾아온 일이 있었네. 강동삼수의 막내가 실종된 사건을 조사 중이라고 하던데, 내 감정이 필요하다며 편지를 몇 장 보여 주더군. 그때 알게 되었네. 그 친구가 석가장에 살고 있다는 것을."

주두진이 주름진 손으로 머리카락을 감싸 쥐며 말을 이었다.

"그 얘기를 듣고 보니 그 친구가 석가장에 머무는 이유가 짐작이 가더군. 바로 그 일 때문이겠지. 그 누이동생⋯⋯."

"말하지 말게."

모용풍은 하나뿐인 손바닥을 내밀어 고인이 된 옛 동무의 비밀을 털어놓으려는 주두진의 말을 잘랐다.

"주귀는 그 일이 남에게 알려지는 것을 결코 원치 않겠지. 만일 자네의 말대로, 자네가 그 일에 관해 알고 있었다는 사실을 그 친구가 알았다면, 그 지랄 맞은 성격에 저승에서라도 자네를 피해 다니려 애쓸 걸세. 저승에서 얼굴이라도 보려거든 그 일에 관해 모르는 것으로 하게. 나도⋯⋯ 그러겠네."

모용풍의 마지막 말에 주두진이 눈을 부릅떴다.

"하면 자네도?"

모용풍은 쓸쓸히 웃으며 고개를 흔들었다.

"자네가 아는 것과 내가 아는 것이 반드시 같다고 생각하지

는 말게. 다만 그 친구의 바람이 그러하니 굳이 입 밖으로 꺼내
어 확인하는 짓은 삼가자는 뜻일세."

이날 이때까지 타인이 감추고자 하는 일을 캐내는 것을 천직
으로 받들고 살아온 모용풍이기에 이러한 결정을 내리는 데에
는 나름 대단한 노력이 필요했다. 우정의 대가로 천직을 포기하
는 것이 생각처럼 간단치가 않았기 때문이다. 막판까지 끈질기
게 꿈틀거리는 호기심의 끝자락을 애써 외면하며, 모용풍이 말
을 이었다.

"우리 강호오괴는 비록 성정과 취향에 편벽함이 있어 사람들
로부터 괴인으로 불렸을지언정 서로에 대한 마음만큼은 어떤
괴이함도 없었다고 믿네. 그 오괴 중에서 세 사람이 세상을 떠
났네. 그리고 나는 그 모든 죽음의 이면에 하나의 암류가 도사
리고 있음을 알고 있네."

주두진은 묵묵히 모용풍의 말을 경청했다.

"그래서 자네를, 소주에서 황제보다 끗발 좋은 주 노대가 아
닌 강호오괴의 두 생존자 중 하나인 신안자 주두진에게 부탁
하는 것일세. 과 형님을 위해, 이 형님을 위해, 그리고 이 유골
함 안에 든 불쌍한 주귀를 위해 자네의 안락한 일 년을 희생해
주게."

녹슨 자물쇠처럼 굳게 닫혀 있던 주두진의 입이 열린 것은 그
로부터 한참이 지난 뒤였다.

"빌어먹을 늙은이 같으니라고. 언제 은퇴했는지 기억조차 나
지 않는 나 같은 퇴물을 도대체 어디다 써먹으려고 하는 겐가?"

저 질문이 곧 승낙의 의미임을 안 모용풍은 마침내 활짝 웃을
수 있었다.

"자네 같은 퇴물도 팔아먹을 곳이 있다네."

"천하의 어떤 정신 나간 작자가 나 같은 퇴물을 사 간단 말인가?"

"작자가 아니라 작자들일세."

"놈들?"

모용풍은 지난여름부터 물밑으로 태동을 시작해 마침내 금번 중양절에 이르러 탄생한 그 작자들의 공식적인 이름을 기껍고 감사한 마음으로 옛 동무에게 말해 주었다.

"바로 중양회重陽會란 작자들이지."

황서계의 전임 계주가 은퇴 생활이 가져다준 안락함에 젖어 살던 옛 동무를 다시 강호에 나오도록 설득한 것은 중양절을 닷새 넘긴 구월 십사 일 자정 무렵이었다. 그리고 그들의 대화에 처음으로 등장한 신흥 세력, 중양회를 이끄는 젊은 회주는 다음 날 아침 거지와 도사와 중과 상노인으로 이루어진 참으로 보기 드문 일행을 거느린 채 복주의 메마른 관도를 터덜터덜 걷고 있었다.

(3)

"에구, 서리 내린다는 상강霜降이 낼모렌데 이 동네는 아직도 덥네요."

무양문의 네 대문 중 한 곳인 가향문家鄕門을 지키는 열두 수문위사 중 조장인 진복두秦福斗는 물기 젖은 이마를 훔치며 자신을 향해 느릿느릿 말을 건네는 남루한 차림의 청년을 물끄러미 쳐다보다가 물었다.

"자네는 개방 방주의 장제자가 아닌가?"

남루한 청년이 땟국이 흐르는 하관을 헤벌쭉 벌리며 미소 지었다.

"기억하시네요."

수문위사는 곧 문지기였고. 문지기를 잘하려면 체력과 담력 같은 육체적인 요소뿐 아니라 예절과 기억력 같은 정신적인 요소도 필요하다는 것이 진복두의 신조였다. 그중 기억력이란 과거에 찾아온 적이 있는 내방객의 얼굴을 머릿속에 담아 두는 능력을 말함인데, 세상에는 기억력이 좋지 않더라도 쉽사리 잊어버릴 수 없는 별스러운 얼굴의 소유자도 있는 모양이었다. 지금 진복두가 마주한 청년, 개방 방주의 장제자가 바로 그런 얼굴의 소유자였다.

'그러고 보니……'

진복두는 저번의 만남에서 별스러웠던 점이 비단 본인의 생김새 하나만이 아니었음을 떠올릴 수 있었다.

'동행한 자도 별스러웠지.'

나귀를 탄 외팔이 노인. 젊은 거지를 무시로 두들겨 패던 손버릇은 과히 아름답지 않았지만, 그런 와중에도 얼핏얼핏 드러내는 추상같은 기파는 웬만한 고관 명숙을 찜 쪄 먹을 만했다. 그만하면 좀처럼 보기 드문 동행이라 할 터인데, 그 외팔이 노인도 이번 동행들에 비하면 조족지혈에 지나지 않았다.

"대단한 일행을 데려왔군."

진복두가 젊은 거지의 어깨 옆으로 고개를 삐죽 내밀며 말했다. 거지를 앞세운 채 예닐곱 걸음 뒷전에 옹기종기 모여 있는 사람들의 수는 모두 다섯. 한데 그 면면이 참으로 다채로웠다. 젊은 중에, 중년 도사에, 파면破面 무사에, 허리 꼬부라진 상노인에, 이제 막 코밑이 거뭇해진 말라깽이 애송이까지. 애써 꾸리라고 해도 꾸리기 힘들 이 굉장한 조합 앞에 진복두는 진심으로 감탄했다. 그때 개방 방주의 장제자가 물었다.

"이런 날씨에 그렇게들 차려입으신 까닭이 궁금하네요."

"응?"

진복두가 얼른 못 알아듣자 거지가 턱짓을 보냈다. 진복두는 그 턱짓을 좇아 자신의 차림을 내려다보다가 퍼뜩 정신을 차렸다. 맞다. 현 시국은 태평한 시절이던 저번과 비교할 수 없을 만큼 위태로웠다. 때문에 그와 그의 조원들은 평소 창고에 쌓아 두었던 쇠가죽 견갑肩甲도 모자라 청동으로 만든 호심경護心鏡까지 끄집어내어 패용한 상태였다. 무기도 살벌한 놈으로 바뀌어 지금 들고 있는 것은 길이 일곱 자에 날 한쪽에 커다란 도끼가 달린 부겸창斧鎌槍. 졸다가 실수로 놓치기라도 하는 날에는 앞 사람 머리통 쪼개기 십상이었다.

거지의 말처럼 이곳 복주의 날씨는 상강을 얼마 앞둔 요즈음에도 만만한 것이 아니었다. 동쪽 바다로부터 끊임없이 날아드는 후텁지근한 해풍은 입동立冬에 접어들기 전에는 가을의 조그만 자락조차 허락해 주지 않았다. 그럼에도 이런 중무장으로 근무에 나선 까닭은 간단했다.

"자네 같은 사람들 때문이지."

진복두의 날 선 대답에 거지가 눈을 끔벅거렸다.

"무슨 말씀인지 모르겠네요."

"교주님을 뵙겠다며 억지를 부려 대는 소위 정파인이라는 작자들 말일세. 자네도 그래서 온 건가?"

"어, 그게, 무양문주님을 뵈러 온 것도 맞고, 정파인인 것도 맞지만……."

거지가 뒷전의 일행을 돌아보며 말끝을 어물거렸다. 거지를 향한 진복두의 눈매가 매서워졌다.

"흥! 내 짐작이 맞았군. 들여보내지 않겠다면, 자네도 행패를 부릴 작정인가?"

열두 자루의 부겸창이 곧게 세워졌다. 조장인 진복두의 한마디면 하늘을 향한 저 뾰족한 촉들이 일제히 아래로 내려올 터였다. 그 점을 짐작한 듯 소를 닮은 거지의 얼굴에 난처해하는 기색이 떠올랐다.

그때 새로운 목소리가 두 사람 사이로 끼어들었다.

"이곳에 와서 행패를 부린 정파인이 있었소?"

듣기 좋은 이 중저음의 주인공은, 그러나 눈길을 주는 것만으로도 어금니 사이에 신 침이 고이게 만드는 추괴한 용모의 무사였다. 어디서 화상을 단단히 입은 모양인데, 기이한 점은 그럼에도 타인의 눈길을 전혀 의식치 않는 듯한 무사의 당당함이었다. 그런 파면을 가지고도 자신이 마치 천하제일의 미남자라도 되는 양, 무사의 언행에는 한 톨의 주저함도 찾아볼 수 없었다.

인간관계란 한쪽이 당당하면 다른 쪽은 위축되는 법. 지은 죄도 없건만 고개를 외로 꼬아 자신을 향한 파면 무사의 빛접은 눈길을 애써 외면하며, 진복두가 대답했다.

"나흘 전엔가 광동의 명숙이란 늙은이 둘이서 이 가향문 앞에 와서 악을 쓰고 통곡하고 온갖 난리를 부리더구려."

파면 무사가 흉터로 대칭을 잃은 양 눈썹을 추켜올렸다.

"그래서 그들은 어찌 되었소?"

"어찌 되긴, 혼자서는 측간도 못 갈 것 같은 쭈그렁바가지들이 본 교를 상대로 무슨 대단한 일을 할 수 있다고. 십당十堂에서 사람이 나오자 찍소리도 못 하고 물러가더이다."

그러자 젊은 거지가 파면 무사의 귓전에 대고 작게 속살거리는데, 과연 개방의 후계자답게 아는 것이 많은 듯했다.

"십당이란 호교십군을 말하는 거네요."

파면 무사가 고개를 끄덕이며 거지에게 대꾸했다.

"그래도 불미스러운 일은 생기지 않은 모양이군."

"그러게 말이네요."

　　한마디씩 주고받는 두 사람을 향해 진복두가 어깨를 으쓱거리며 말했다.

"철벽같이 방어하되 불요한 피를 보는 일은 삼가라는 교주님의 자비로우신 명이 아니 계셨던들 그 늙은이들, 지금쯤 송장벌레를 이불 삼아 땅 냄새를 맡고 있을 거요."

　　파면 무사가 진복두를 돌아보며 씩 웃었다.

"귀문의 서문 문주께서는 참으로 자비로우시오. 정파인을 자처하는 사람으로서 그분의 높은 덕을 칭송하고 싶소이다."

　　교주에 대한 칭찬은 교도를 감동시킨다. 진복두는 왼손에 쥔 부겸창을 얼른 겨드랑이에 끼더니 양손으로 불꽃 모양의 수결을 만들어 올렸다.

"대자대비하신 무생노모시여, 교주님의 성덕을 찬미하는 중생에게 축복을 내리소서."

　　그런데 진복두가 백련교의 수결을 만들자, 놀랍게도 거지의 일행 중 두 사람이 같은 수결을 만드는 것이었다.

"미륵하생 명왕출세, 미륵하생 명왕출세……."

　　허리 꼬부라진 상노인과 그를 부축한 말라깽이 애송이, 늙고 어린 남자 둘이서 한목소리로 읊조리는 백련교의 여덟 자 진언이 진복두의 관심을 끌었다.

"저분들은 뉘신지?"

진복두가 구면이라 할 수 있는 거지에게 물었지만, 거지는 길쭉한 메기입으로 벙긋이 웃기만 할 뿐이었다. 그때 진언을 마친 상노인이 댓가지처럼 앙상한 손으로 만들고 있던 수결을 풀고는 게송 한 수를 읊조렸다.

"비 내린 산, 바람에 씻긴 봉우리, 광명의 우물 깊고 깊으니 개벽천지 새 물이 고이도다."

이유는 알 수 없지만 게송을 듣다 보니 자신도 모르게 경건한 마음이 일어났다. 진복두가 상노인에게 공손히 물었다.

"교의 교도이십니까?"

"그렇다네, 성실한 형제여. 나는 원산原山에서 왔다네."

진복두는 깜짝 놀랐다. 백련교의 원래 이름은 여산백련교. 그들의 본 뿌리는 바로 여산에 있었던 것이다.

"여산에서 오셨습니까?"

이어진 진복두의 질문에 상노인을 부축하고 섰던 말라깽이 애송이가 목소리를 높여 말했다.

"여기 계신 어른께서는 묘妙, 각覺, 보普, 도道, 사대명두 중 지혜의 상징이신 석, 반 자, 천 자, 석반천錫盤天 묘두이십니다."

진복두의 눈이 퉁방울처럼 휘둥그레졌다. 민간 백련교에서 사대명두라 하면 무양문에서 호교십군의 군장들이 차지하는 위치 이상이라고 할 수 있었다. 그중에서도 묘두는 네 명두의 으뜸이었으니, 말직이라 할 수 있는 수문위사로서는 감히 눈길조차 섞지 못할 존귀한 인물을 맞이한 셈이었다.

"미, 미륵하생 명왕출세! 진복두가 묘두 어른의 존체를 뵙습니다!"

진복두가 외치자 나머지 수문위사들 또한 일제히 수결을 받들어 올리며 머리를 조아렸다.

"묘두 어른의 존체를 뵙습니다!"

그 모습을 지켜보던 거지가 파면 무사의 귓전에 대고 다시 한 번 속살거리고.

"우와, 그리 안 봤는데 저 영감님 끗발 한번 끝내주네요."

파면 무사는 못 들은 체 팔짱을 꼈다.

허리 꼬부라진 상노인, 사대명두 중 으뜸인 묘두 석반천이 진복두에게 물었다.

"교주님을 뵈려 하는데 들어가도 되겠는가?"

"황송하신 말씀을! 당장 가향문을 활짝 개방하겠나이다!"

진복두의 지시를 받은 수문위사 여섯이 쪽문을 통해 안으로 달려 들어갔다.

드그그그-

잠시 후 바닥에 만든 쇠틀의 홈을 따라 쇠바퀴들이 구르는 소리가 둔중하게 울리더니 가향문을 이루고 있던 두 개의 거대한 문짝이 천천히 열리기 시작했다.

"고맙구먼, 형제."

말라깽이 애송이의 부축을 받은 석반천의 노구가 진복두의 앞을 지나 열린 대문 쪽으로 비척비척 향하자 개방 방주의 장제 자와 파면 무사, 거기에 뒷전에 서서 대기하고 있던 젊은 중과 중년 도사까지, 마치 어미 오리 뒤를 좇는 새끼 오리들처럼 줄 줄이 따라붙으려 했다. 당황한 진복두가 손을 내밀어 그들을 제 지했다.

"자, 잠깐! 당신들 지금 어디 가는 거요?"

파면 무사가 턱짓으로 석반천을 가리키며 말했다.

"같은 일행이오만."

"여기까지는 일행이었는지 모르지만 여기서부터는 아니오."

"저분도 그리 생각하시는지 물어봐 주시겠소?"

파면 무사가 어깨를 으쓱거리며 물었다. 그러자 앞서 가던 석반천이 뒤를 돌아보았다.

"나를 호위하여 수천 리 길을 오신 분들이네. 저분들이 아니었으면 여기까지 올 생각도 못 했을 터이니 이 늙은이의 체면을 봐서 그냥 들여보내 주게나."

진복두는 망설이지 않을 수 없었다. 삼로군의 출정과 함께 비상 경계령이 떨어진 이후, 외인의 무양문 출입이 엄격히 통제되고 있는 상황이었다. 하지만 그 통제를 묘두가 보증하는 인물들에게까지 적용시켜야 하는지에 관해서는 쉽게 판단이 서지 않았다. 임의로 통과시켜 주었다가 덜컥 말썽이라도 일어나는 날에는 수문을 책임진 자로서 곤란한 일이 아닐 수 없는 것이다.

그때 진복두의 판단을 돕기라도 하듯 개방 방주의 장제자가 툭 끼어들었다.

"맛난 월병만 내준다면 우리는 종일이라도 얌전히 기다릴 수 있네요."

누가 거지 아니랄까 봐 메기입으로 입맛을 다시는 품이 몹시 탐욕스러워 보였다.

결국 성실하고 신심 깊은 수문위사는 그들 모두의 통과를 허락할 수밖에 없었다. 묘두의 보증이 그 신망만큼이나 확실하기를 바라면서.

"콜록."

서문숭이 기침을 했다. 육건은 아무 말도, 아무 행동도 하지 않고 문 쪽을 바라보기만 했다.

"콜록!"

서문숭이 조금 크게 기침을 했다. 이번에도 반응을 보이지 않는다면 다음에는 피라도 토할 것 같았다. 입속으로 작게 혀를 찬 육건은 시선을 천천히 돌려 서문숭을 쳐다봐 주었다.

"왜 그러십니까, 교주?"

흑옥으로 장식한 통천관에 곤룡포 비슷한 붉은 장포를 입고 상석에 앉아 있던 서문숭은 육건의 늙은 고개가 다시 돌아갈까 두려웠는지 급히 대답했다.

"아침부터 목이 자꾸 간질거려서……. 아무래도 감기 기운이 있는 것 같소이다."

"허어, 요즘 같은 환절기에 존체 보중하셔야지요."

"아무렴, 이 몸뚱이에 걸린 목숨이 몇인데 당연히 보중해야 겠지요. 그래서 하는 말인데, 나는 들어가서 좀 쉴 테니 대장로 께서 이 자리를 지키면 안 되겠소?"

한마디로 웃기는 소리였다. 무양문에 치명적인 역병이 돌아 줄초상이 벌어진다 해도 그 모든 시신을 다 수습할 만큼 건강한 사람이 저 서문숭임을 육건은 모르지 않았다.

"하지만 이 자리에 저 혼자만 나와 있다면 석 묘두가 몹시 실 망할 겁니다. 저는 그 친구를 실망시키고 싶지가 않아요."

"그래도 이렇게나 목이 아픈데……. 콜록콜록."

말끝에 가짜 기침까지 연달아 붙이는 것을 보니 석반천을 만 나는 일이 싫긴 싫은 것 같았다. 하지만, 그래도 만나야 했다. 교주가 교단의 지붕이고 호교십군이 그 지붕을 받치는 기둥이 라면 민간에서 활동하는 묘각보도의 사대명두는 그렇게 만들어진 공간을 둘러싸는 사방의 외벽이나 다름없었다. 외벽이 거북하다고 지붕이 달아난다면 천장이 뻥 뚫린 그 공간을 결코 집이라 부를 수 없을 터였다.

"오래 걸리지는 않을 겁니다. 아시다시피 말수가 많은 친구는 아니잖습니까."

"말수야 많지 않지만……."

서문숭이 말꼬리를 흐렸고, 육건은 그가 생략한 뒷말을 짐작할 수 있었다. 석반천이 비록 말수 많은 사람은 아니지만, 그 입에서 흘러나온 말 중 듣기 좋은 것도 그리 많지 않았다. 교주의 면전이라도 직언과 고언을 감추는 법이 없는 대쪽 같은 강직함. 무공 한 초식 익힌 적 없는 민간 백련교의 늙은 묘두는 바로 그런 강골이었다.

"그 꼬장꼬장한 양반이 대체 무슨 바람이 불어 이곳까지 왔는지 혹시 짐작 가는 바라도 있소?"

서문숭이 육건에게 물었다. 육건은 대답 대신 눈을 지그시 감은 채 팔짱을 낀 상체를 앞뒤로 가늘게 흔들었다. 그 유유자적한 모습이 더욱 애를 태운 듯 서문숭이 채근하고 나섰다.

"누구보다 머리 좋은 대장로가 아니오. 대장로라면 그 양반이 온 목적을 충분히 아시리라……."

육건이 눈을 뜨고 서문숭의 말을 잘랐다.

"그 일 때문이겠지요."

"그 일이라니?"

"교주께서 우려하시는 그 일 말입니다."

서문숭이 찔끔한 얼굴로 상체를 의자 등받이 깊숙이 물렸다.

"내, 내가 무엇을 우려한다고 그러시는 거요?"

육건은 계속 의뭉을 떠는 서문숭에게 약간의 동정심을 느졌다. 그는 팔짱을 풀며 한숨을 쉬었다.

"사대명두는 이 대륙 구석구석에 사는 모든 민간 교도들의 상징이요, 대표자입니다. 기분에 따라 만나고 안 만나고 할 사람들이 아니지요. 다만, 이번 일에 관해서만큼은 제 책임도 일정 부분 있는 듯하니, 교주께서는 자리만 지키고 계십시오. 석묘두는 제가 상대하겠습니다."

늙어 꼬부라진 대장로가 이렇게까지 말하는 데에야, 더 이상 빠져나갈 구멍이 없어진 서문숭이 울상을 지었다.

잠시 후, 문제의 강골이 접견실로 들어왔다.

묘두 석반천.

우측으로 살짝 뒤틀려 구부러진 허리와 드러난 피부 곳곳에 핀 검버섯이 꺼지기 직전의 촛불처럼 안쓰러워 보이는 노인이었다. 그러나 나이는 육건보다 한참 아래인 육십칠 세. 삶의 각박함이 명존에 대한 신심을 생명보다 소중히 여겨 온 독실한 교도를 저리도 모질게 우그러뜨려 놓은 것이었다. 혼자서는 걸음을 내딛기도 어려운 듯 말라깽이 소년 하나가 그런 그를 부축하고 있었다.

"오! 어서 오시오!"

이제까지 늘어놓던 핑계와 의뭉은 남의 일이라는 양, 서문숭이 의자에서 벌떡 일어나 양팔을 활짝 벌렸다.

"이게 대체 얼마 만이오, 석반천 묘두!"

석반천과 그를 부축한 말라깽이 소년이 주춤주춤 거리를 벌리더니 교주를 향해 큰절을 올렸다.

"아하, 그것참…… 우리 사이에 이럴 필요까지는 없는데……."

서문숭이 뭐라 하든, 이마를 바닥에 붙인 채 뒤통수 위로 불꽃 모양의 수결을 만들어 올리는 것은 민간 백련교도들이 행하는 극존의 예법이었다. 저 예법을 받을 수 있는 자격은 오직 명존과 교주, 신과 반신에게만 있었다.

두 사람이 몸을 일으키기를 기다려 육건이 입을 열었다.

"오랜만일세, 석 묘두."

앞서 일어선 말라깽이 소년의 부축을 받고서야 몸을 힘겹게 일으킨 석반천이 육건을 돌아보며 희미한 미소를 지었다.

"그렇군요. 칠팔 년은 되었지요, 대장로?"

"칠 년하고 두 달이지. 안 본 사이 많이 늙었군."

"늙다마다요. 이제는 혼자 돌아다니는 것도 쉽지 않더군요. 한데 대장로께서는 어째 예전보다 더 정정해지신 것 같습니다."

"끌끌, 나야 하는 일 없이 밥이나 축내는 팔자 좋은 늙은이 아닌가. 세파를 이겨 내며 힘들게 살아온 민간의 교도들 보기에 부끄럽구먼."

"명존께서 각자에게 내리신 쓰임새가 다름을 잘 아시는 분이 별말씀을 다 하십니다."

서문숭이 열없이 벌리고 있던 양팔을 오므린 것은 그즈음이었다. 육건이 보기에 백련교의 교주는 어른들의 관심에서 멀어진 아이처럼 '여기 있는 나도 좀 봐 달라'는 얼굴로 멀뚱히 서 있었다. 그 바람이 용케도 통했는지, 석반천이 서문숭을 돌아보더니 옆에 선 소년에게 말했다.

"광명의 법체, 명존의 화신이신 교주가 바로 저분이니라. 정식으로 소개 올려라."

석반천의 곁에 있던 열대여섯 살쯤 되어 보이는 말라깽이 소년이 다시 한 번 수결을 만들며 서문숭에게 고개를 숙였다.

"황송하옵게도 다음 대 묘두로 낙점을 입은 국미중菊米重이라고 하옵니다."

반색을 한 서문숭이 양팔을 다시 벌리며 상대 불문으로 질문을 던졌다.

"이 아이가 다음 대 묘두라고요? 하하, 고놈 참 똘똘해 보이지 않소, 대장로? 그런데 몇 살이지?"

교주의 질문은 지엄한 것이어서, 석반천은 '그렇습니다.' 육건은 '영민해 보이는군요.' 국미중은 '올해로 열다섯이옵니다.'라고 동시에 대답해야만 했다.

그러고 나니 대화가 끊겼다. 서문숭이 벌린 팔을 다시 오므리며 도움을 청하듯 육건을 힐끔거렸다. 그 눈길에 등 떠밀린 육건이 고소를 지으며 석반천에게 말했다.

"우선 자리에 앉으시게. 국미중이라고 했나? 자네도 그 옆에 앉고."

두 사람이 자리를 잡자 육건이 운을 떼었다.

"우선 원로에 수고가 많았다는 빤한 소리부터 해야겠군. 들리는 얘기로는 정파인들의 호위를 받았다고 하던데?"

석반천이 고개를 끄덕였다.

"몇 분의 도움을 받았지요."

"흠, 시국이 시국이니만치 문제 될 소지도 있겠군. 뭐, 그건 그렇다 치고……."

육건은 짜부라뜨린 눈썹을 펴며 물었다.

"무슨 대단한 용무가 있기에 이 먼 복주까지 친히 발걸음 하신 겐가?"

민간 백련교와 무양문 사이를 왕래하며 크고 작은 일들을 소통하고 처리하는 것은 사대명두 중 각두覺頭인 북경의 어물상,

이안李雁의 책무였다. 민간 백련교의 정신적인 지주라 할 수 있는 묘두가 복주를 방문한 것은 무척이나 이례적인 일. 그래서 던진 질문인데, 석반천의 부연 노안이 서문숭을 향했다.

"이 년 전부터 찾던 후계자를 얼마 전에야 구하게 되었습니다. 해서 교주께 소개해 올리려고 이렇게 찾아왔지요."

이 대답에 서문숭의 얼굴이 보름달처럼 환해졌다.

"석 묘두의 후계자라면 당연히 내가 만나 봐야지요! 아, 고놈 보면 볼수록 똘똘하게 생겼네. 다음 대 묘두로는 딱인 것 같소."

얼씨구나 끼어드는 서문숭을 보며 육건은 북받치는 한숨을 참았다. 눈치가 조금이라도 있다면 겨우 그깟 문제 때문에 정파인들까지 대동하고 이곳으로 찾아올 리 없다는 점을 알 텐데 말이다. 아니나 다를까, 석반천이 구부정하던 허리를 꼿꼿이 세우며 말했다.

"그것 말고도 교주께 여쭙고 싶은 점이 한 가지 있습니다."

"음?"

"바라옵건대 이 늙은이의 질문에 솔직히 대답해 주십시오."

육건은 서문숭의 얼굴에서 웃음기가 천천히 가시는 것을 보았다. 그는 작게 헛기침을 하며, 눈치 없는 교주가 낚아채 간 대화의 한쪽 꼬리를 자신 쪽으로 슬며시 감아 당겼다.

"흠흠, 교주님의 일언은 만금보다 무겁다는 것을 모르지 않으리라 믿네. 묘두의 질문에 내가 먼저 대답하도록 해 주지 않겠나?"

이 접견실에 있는 모든 사람들에게 무척이나 다행스러운 점 하나는, 묘두 석반천이 강직하기는 하되 앞뒤 꽉 막힌 벽창호는 아니라는 것이었다. 잠시 생각하던 석반천이 고개를 끄덕였다.

"무슨 말씀인지 알겠습니다. 그럼 대장로께 먼저 여쭙기로 하지요."

"고마우이."

육건은 웃었지만 석반천은 웃지 않았다. 검버섯에 뒤덮인 그 늙은 얼굴 위로 서릿발처럼 엄정한 기운이 어렸다.

"지난달에 명두대회가 열린 것은 대장로께서도 아시겠지요."

육건은 '역시'라고 생각했다. 석반천은 육건의 대꾸를 기다리지 않고 말을 이어 나갔다.

"그 자리에 놀랍게도 외인이 한 사람 찾아왔습니다. 얼마 전 작고한 신무전주의 독자가 되는 사람이었지요."

무양문과 민간 백련교는 묘한 관계라고 할 수 있었다. 일견하기에 한쪽은 전폭적인 지지를 보내고 다른 한쪽은 보살펴 주는 상하관계 같지만, 그 안에는 일방적이라고만은 할 수 없는 복잡한 역학 관계가 감춰져 있었던 것이다. 무양문을 실질적으로 움직이는 육건은 그래서 민간 백련교 내에도 많은 이목을 심어 놓았다. 그 대표적인 사람이 각두인 이안. 덕분에 육건은 지난달 명두대회에서 벌어진 뜻밖의 일에 관해 나름의 경로를 통해 이미 보고를 받은 뒤였다. 그는 그 사실을 굳이 숨기려 하지 않았다.

"신무전의 약사가 명두대회를 찾았다는 소식은 나도 들었네."

그러리라 여긴 듯 석반천은 별로 놀라지 않았다.

"하면 우리가 그 사람으로부터 무슨 말을 들었는지에 관해서도 아시겠군요."

육건은 고개를 끄덕였다. 이 무렵에 이르러 서문숭은 그야말로 좌불안석, 가시방석에라도 올라앉은 사람처럼 안절부절못하는 눈치였다.

석반천이 육건에게 물었다.

"그 사람의 말이 사실입니까?"

육건은 질문으로써 대답을 대신했다.

"묘두께서 개방 방주의 장제자를 포함한 정파인들을 데려오신 것은 그 점을 확인하시기 위함인가?"

그 순간 석반천의 노안 위로 비장하면서도 숭고한 빛이 떠올랐다. 그것은 한 가지 신념을 지키며 평생을 살아온, 그래서 그 이름만으로도 가장 의심 많은 자들마저 안심시키는 당당한 사람만이 가질 수 있는 영혼의 빛이었다. 그 빛의 조각들처럼 선명한 말이 석반천의 메마른 입술을 통해 흘러나왔다.

"진실은 폭풍우를 뚫고 옮겨야 하는 촛불과 같습니다. 그들은 그 촛불을 지키고자 저를 따라온 것입니다."

육건은 누구 못지않게 지혜로운 자. 말속에 숨은 뜻을 읽는 데 큰 노력이 필요치 않았다. 그래서 그는 씁쓸해졌다. 저 말인즉, 석반천이 그들의 호위를 필요로 한 것은 폭풍우로부터 촛불을 지키기 위함이라는 뜻이었다. 그 폭풍우가 과연 누구겠는가? 진실을 감추려는 자들. 진실을 저 머리 위 삼생도 안에 감금한 자들. 바로 서문숭과 육건이 아니면 누구겠는가! 그리고 솔직히 말하자면, 육건의 마음속에는 진실의 촛불을 꺼트리고자 하는 욕망이 분명히 존재했다. 다만 민간 백련교와의 관계를 고려해 그 욕망을 실천에 옮기지 않았을 따름이었다.

"이 늙은 목숨을 걸고 다시 여쭙겠습니다."

석반천의 비장하고 숭고한 눈이 서문숭이 앉은 상석을 향해 돌아갔다.

"교주님의 영손이신 아기씨께서 정파의 위선자들에게 납치되지 않았다는 신무전 약사의 말이 사실입니까?"

이번만큼은 육건이 끼어들 틈도 없었다. 어느새 무서우리만치 진지해진 서문숭은 횃불처럼 형형한 눈으로 늙은 묘두의 눈을 마주 보며 무겁게 대답했다.

"사실이오."

꼿꼿하던 석반천의 허리가 아래로 풀썩 허물어졌다. 그를 지탱해 주던 중요한 뼈대 하나가 갑자기 사라져 버린 것 같았다.

"그렇군요."

"그것으로 끝이오? 내가 왜 그랬는지는 묻지 않을 셈이오?"

서문숭이 채찍을 휘두르듯 맹렬한 기세로 물었다. 석반천은 고개를 힘없이 흔들었다.

"묻지 않겠습니다. 누구보다 강대한 힘을 소유하셨으면서도 오랜 세월 이곳에서 웅크리셔야만 했던 교주님의 심정을 모르지 않으니까요."

괴로운 듯 얼굴을 일그러뜨리던 석반천이 의자에 무너뜨린 허리를 힘겹게 일으키더니 서문숭을 쳐다보았다.

"다만 이 늙은이, 존귀하신 교주께 감히 몇 말씀 올리고자 합니다."

백련교주이자 무양문주인 서문숭에게 조언을 할 수 있는 몇 안 되는 인물 중 하나가 바로 석반천이었다. 서문숭이 짧게 허락했다.

"해 보시오."

"교의 출정은 천하를 혼란에 빠트렸습니다. 강호 도상에서만 벌어지는 흉사로 치부하기에는 민간에 미치는 여파가 결코 작지 않지요. 교도들은 걱정스러워합니다. 오늘 저들이 흘린 핏물이 천하의 공분으로 바뀌어 교도들의 머리 위로 떨어지지 않을까 두려워합니다. 그리고 그들의 걱정과 두려움은 현실로 드러나고 있습니다. 사람들은 본 교를 더욱 증오하게 되었고, 그 피해는 신심을 드러낸 일부 교도들에게 고스란히 돌아가는 실정입니다. 그런데 교의 출정에 가장 큰 명분이었던 아기씨의 납치가 거짓이었음이 드러나게 된다면…….”

“그런 일은 없을 것이오.”

서문숭의 단정적인 말에도 석반천은 물러나지 않았다.

“월말월흑越抹越黑(닦을수록 검어진다)이란 말을 아실 겁니다. 진실을 감추는 것은 불씨를 종이로 덮어 감추려 하는 것만큼이나 어리석은 일입니다. 감추려고 애를 쓰면 쓸수록 진실 안에 담긴 파괴력은 점점 커져만 간다는 것을 헤아려 주시기 바랍니다.”

“내게는 그 진실을 영원히 감출 능력이 있소.”

“아니, 교주님께는 그런 능력이 없습니다. 누구에게도 진실을 감출 능력은 없지요. 진실은 명존의 뜻과 같습니다. 처음에는 촛불처럼 미약해 보이지만, 한 사람이 알게 되고 두 사람이 알게 되고 그렇게 퍼져 나가 마침내는 세상을 태우는 거대한 불길이 됩니다. 일시적이라면 모르지만, 누구도 진실을 영원히 막지는 못합니다.”

서문숭의 수염이 부르르 떨렸다. 노기 때문이라기보다는 평생 자신을 신처럼 받들어 온 늙은 교도의 신념을 꺾지 못하는 데 따른 당혹감 때문으로 보였다. 두 사람의 대화를 듣던 육건은 자신이 나설 때가 되었음을 직감했다.

“묘두의 뜻은 무엇인가?”

육건이 단도직입적으로 물었다.

“우리는 어둠 위에 어둠이 쌓이는 것을 막아야 합니다. 진실이 더 큰 파괴력을 갖기 전에 세상에 밝히고 용서를 구해야 한다는 것이 제 뜻입니다.”

석반천의 대답은 어떤 금과옥조보다 명쾌했다. 하지만 육건은 그 명쾌함을 마냥 존중해 줄 수 없는 입장이었다.

"백련교와 무양문이 천하를 기망한 불의의 집단이란 것을 우리 스스로 밝히라는 건가? 그리고 그들의 용서를 기다리자고? 허허, 순진한 친구 같으니라고. 그들은 결코 용서하려 들지 않을 게야. 기회를 잡았다며 이참에 백련교를 뿌리 뽑기 위해 관까지 움직이려 하겠지. 석 묘두, 자네가 간과한 점이 있다네."

"제가 간과한 점이 무엇입니까?"

"진실이 가진 파괴력은 이미 충분히 커진 상태라네."

주름살에 짓눌린 석반천의 눈이 가늘게 떨렸다.

"그 말씀은……?"

"순진함으로 해결할 수 있는 상황은 지났다는 뜻이지."

육건의 이 말에 석반천의 입에서 탄식이 흘러나왔다. 석반천은 탁자 위에 놓인 앙상한 두 손으로 수결을 만들며 중얼거렸다.

"명존이시여, 교의 머리 위에 지혜의 빛을 내려 주소서."

그러나 백련교의 두뇌가 육건인 바에야 명존께서는 이미 석반천의 기도를 들어주신 셈이었다. 육건이 은근한 목소리로 말했다.

"내게 차선책이 있네."

석반천이 푹 수그린 고개를 들었다.

"차선책……이라고요?"

"신무전이 어느 날 갑자기 쓰러졌네. 신무대종과 군사, 사방대주 중 둘이 죽었다지. 생존한 이들이 재기를 꾀하는 중이라고는 하지만 짧은 기간 안에는 어려운 일이라고 보네. 게다가 장강 전선에서 일군장이 건정회를 격파했네. 전면전을 피한 상태에서 얻어 낸 승리인 만큼 건정회가 받은 충격은 더 심각하다 할 걸세. 내부로부터 시작된 지휘부에 대한 불신을 감당하기 어려울 테니까."

육건은 어깨를 한 번 으쓱거린 뒤 석반천에게 물었다.

"자, 강호와는 멀리 떨어져 사는 묘두에게 내가 왜 이런 얘기들을 들려주는지 알겠는가?"

이 질문에 석반천은 백태 낀 눈을 끔뻑거리기만 했다. 그 순간 육건은 석반천의 옆자리에 앉은 국미중이 아랫입술을 움찔거리는 것을 놓치지 않았다. 그가 국미중에게 말했다.

"다음 대 묘두에게 할 말이 있는 것 같군. 어려워 말고 말해 보게나."

늙은 스승과 교주의 눈치를 슬쩍 살핀 국미중이 조심스럽게 말문을 열었다.

"대장로님의 말씀을 듣다 보니 고장난명孤掌難鳴이라는 말이 떠올랐습니다."

"옳거니!"

육건은 무릎을 탁 치고는 그 손바닥을 추켜올려 국미중의 다음 말을 재촉했다.

"아기씨의 존체가 적당들의 수중에 있지 않은 바에야 상대가 사라진 싸움을 지속할 이유는 없겠지요. 아마도 부진불퇴不進不退 지연술로써 사태 수습에 필요한 시간을 확보하신 연후, 적당한 시점에 적당한 이유를 들어 이번 출정을 매듭지으시려는 것이 대장로님께서 마련하신 차선책이자 수습책이 아닐까 생각합니다."

국미중은 조심스러움을 잃지 않는 가운데에도 주눅 든 기색 없이 자신의 의견을 또박또박 밝히고 있었다. 이에 감탄한 육건은 석반천이 이 년 유랑 끝에 발굴해 냈다는 다음 대 묘두를 새삼스러운 눈으로 살펴보았다. 사과 속살처럼 싱싱한 피부와 밤하늘에 박힌 별처럼 흑백이 뚜렷한 눈을 가진 그 소년은 서문숭이 한 칭찬 이상으로 똘똘해 보였다.

"자네를 보니 교단의 미래가 어둡지 않음을 알겠구먼."

육건은 소년의 뺨이 기쁨과 수줍음으로 발그레 달아오르는 것을 보며 말을 이었다.

"잘 보았네. 그것이 내가 말한 차선책이고, 실제로 강북 깊숙이 북진한 삼로군에게 다시 장강 전선으로 철수하여 진지를 구축하라는 지시를 보내 두었다네."

"철수라고?"

서문숭의 눈썹이 세차게 꿈틀거렸다.

"대장로, 내게는 왜 그런 얘기를 하지 않은 것이오?"

"허허, 저를 탓하시면 안 되지요. 신공 연무에 재미 들리셔서 한번 뵙자는 이 늙은이를 이 핑계 저 핑계로 피하신 분은 교주 아니십니까."

육건이 핀잔을 주자 서문숭이 갈래진 콧수염을 실룩거리다가 한숨을 푹 내쉬었다. 팔자로 짓눌린 그의 눈가에 우울한 기색이 떠올랐다.

"신공은 무슨……. 그저 며칠 혼자 있고 싶었을 뿐이오."

신공 때문이 아님은 육건도 알고 있었다. 서문숭의 기분이 저리 저상된 것이 언제쯤이냐 하면, 신무대종의 죽음이 무양문에 전해진 날부터였다. 좋은 적수란 좋은 친구만큼이나 마음의 버팀이 되어 주는 법. 그는 신무대종의 부음이 서문숭에게 가져다준 충격의 강도를 짐작할 수 있을 것 같았다.

'나 또한 그랬으니까.'

동병상련이랄까. 그날 날아든 부음은 신무대종 한 사람의 것만이 아니었다. 주군과 함께 세상을 떠난 신무전의 군사를 떠올릴 때마다 육건은 평생 단 한 번도 맛보지 못한 기이한 상실감에 사로잡히곤 했다. 왜냐하면…….

　그때 한동안 침묵을 유지하던 석반천이 입을 열었다.

　"그것이 대장로께서 염두에 두신 차선책이라면 저도 더 이상 뭐라 하지 않겠습니다. 다만 그것이 미봉책에 불과하다는 점은 잊지 마시기 바랍니다. 이 세상에 대가를 치르지 않는 책임은 존재하지 않습니다. 언젠가 교는 진실이 던지는 무서운 책임과 마주해야만 할 겁니다."

　육건은 고개를 끄덕였다.

　"아네. 그리고 그날 지불해야 할 대가를 최소한으로 줄이는 것이 나 같은 책사의 임무겠지."

　"그런가요?"

　석반천은 '과연 쉬울까?'라는 눈으로 쳐다보지만, 육건에게는 이미 대책이 마련되어 있었다. 아무 대책도 없었다면 서문숭이 뭐라 하건 이번 출정처럼 엄청난 파급력을 가진 일을 추진하지는 않았을 것이다. 책사의 머릿속은 신념에 찬 이상주의자처럼 단순하지 않았다.

　상석에서 듣고 있던 서문숭이 혀를 찼다.

　"이거야 원…… 내가 허수아비도 아니고, 노인네 두 분이서 북 치고 장구 치다 끝내고 마는구려. 대체 교주는 뭐 하는 자리인지 모르겠소."

　물론 서문숭은 허수아비가 아니었다. 누구보다 무소불위하고 자존자대한 희대의 패도지존이었다. 그런 서문숭이 육건이 제안한, 서문숭의 성에는 절대로 차지 않을 지극히 온건한 수습책을 별말 없이 받아들인 것은 사대명두로 대표되는 민간 백련교의 움직임이 심상치 않다는 점을 눈치챘기 때문이었다. 생각이 거기에 미치자 육건은 쓴웃음을 지을 수밖에 없었다.

'바로 그것이 신무전 군사가 백련교와 무양문을 상대로 펼친 비장의 한 수였어.'

다시 말하지만 서문숭은 무소불위하고 자존자대한 자. 그런 서문숭을 눈치 보게 할 수 있는 유일한 집단이 바로 민간 백련교임을 신무전 군사는 알고 있었던 것이다. 그래서 그는 금번 명두대회에 신무전주의 독자를 보냈다. 그가 준비한 패는 서문관아의 신병에 얽힌 진실 하나. 그것은 아이의 몸뚱이만큼이나 작았지만 그 효과는 실로 굉장했다. 실체조차 불분명한 민간 백련교가 그 진실에 공명하여 움직이기 시작했고, 무소불위하고 자존자대한 무양문주는 마침내 궁지에 몰리고 만 것이다.

서문숭은 두말할 필요도 없는 절대 강자였다. 엄지손가락으로 개미를 눌러 죽이듯, 자신의 패도에 딴죽을 걸고 나선 늙은 묘두의 목숨을 간단히 빼앗을 수 있었다. 하지만 그는 그러지 못했다. 민간 백련교는 무양문의 뿌리. 뿌리를 죽이고도 살아남을 수 있는 줄기란 존재하지 않기 때문이었다.

백련교주와 무양문주는 비록 한 사람이지만, 각각의 자리에 부여된 입장에는 사람들이 알지 못하는 미묘한 차이가 있었다. 신무전 군사는 그 차이를 정확히 간파했고, 통렬히 공략했고, 깨끗이 성공했다. 그래서 더욱 궁금한 자, 얼굴이라도 한번 보고 싶은 자, 그러나 이제는 만날 수 없는 자…….

그자의 이름은 삼절수사 운소유라고 했다.

같은 책사의 길을 걷다 먼저 세상을 떠난 유능한 후배를 떠올리며 다시 한 번 씁쓸한 상실감에 잠기는 육건의 귓전으로 토라진 심사가 그대로 배인 서문숭의 목소리가 실렸다.

"짝짜꿍이 맞는 노인네들끼리 어디 잘들 해 보시구려. 나는 폭풍우를 뚫고 이곳까지 촛불을 날라 온 그 대단한 일꾼들이나 만나러 갈 테니까."

서문숭 본인도 젊다 할 수 있는 나이를 넘긴 지 오래지만 그래도 쉰내 나는 노인네를 상대하는 것은 유쾌하지 못한 일이었다. 하물며 제자의 부축 없이는 제대로 돌아다니지도 못하는 곯아빠진 몸뚱이를 가진 주제에도 남패지존이자 천하제일 고수—이 대 혈랑곡주인 석대원으로부터 전대 혈랑곡주가 죽었다는 소식을 들은 이후, 그는 자신이 천하제일 고수가 되었음을 단 한 번도 의심해 본 적이 없었다—인 그의 면전에서 일말의 위축됨도 드러내지 않는 심지 굳센 노인네라면 더더욱 그럴 수밖에 없었다. 그래서……

'해방감이란 게 바로 이런 거구나!'

짐짓 삐친 체 광명전의 접견실을 뛰쳐나온 서문숭의 마음은 표정 관리를 위해 애써 일그러뜨린 얼굴과는 딴판으로 날아갈 것처럼 후련하기만 했다. 머리 쓰는 일을 딱히 피하는 것은 아니지만 시시콜콜한 부분까지 신경 쓰는 것은 성격에 안 맞았다. 문주는, 그리고 교주는 그런 일을 하는 자리가 아니었다. 그런 일에 적임은, 이제는 진짜 요물이 된 게 아닌지 의심스러운 능구렁이 대장로였다. 만인지상의 자리에 앉아 있음에도 울며 겨자 먹기로 해 줄 수밖에 없었던 그간의 존장 대접에 대한 보상이랄까. 더구나 대장로 스스로가 그런 일을 즐기는 눈치이기도 하니 따로 가책을 느낄 필요도 없었다. 그러니 어찌 아니 좋을 쏜가.

그렇게 등등하게 걷기를 백여 보, 만인지상이라는 자리로 인해 평소 쉽사리 맛보지 못할 해방감에 흠뻑 젖어 있던 서문숭은 광명전이 보이지 않는 거리에 이르러서야 비로소 다음 일정에 생각이 미쳤다. 만나겠다고 큰소리치고 나왔으니 만나긴 만나야겠는데, 생각해 보니 누구를 만나야 하는지도 모르고 있었던 것이다. 이래서는 곤란하다 싶어 그는 걸음을 멈추고 뒤를 돌아보았다. 뒤따라오던 한 사람—사망량까지 포함하면 다섯이지만 그들은 비밀 호위답게 훤한 상오임에도 초절한 은신술을 발휘, 모습을 감추고 있었다—이 화들짝 놀라 몸을 세웠다.

"촛불을 날라 온 대단한 일꾼들은 지금 어디 있는가?"

서문숭이 물었다. 묘두 석반천을 안내해 온 뒤 광명전 바깥에서 멀뚱히 대기하다가, 접견실 문을 열어젖히고 나온 교주를 총총히 배행해 온 교무당教務堂의 교례향주教禮香主 화두홍華斗洪이 조심스럽게 반문했다.

"촛불이라니 무슨 말씀이온지요?"

"묘두, 그 영감쟁이와 함께 온 자들이 지금 어디 있냐고!"

그제야 비유를 알아들은 화두홍이 얼른 대답했다.

"그들은 지금 빈청에 머물고 있나이다."

"빈청?"

삐딱하던 서문숭의 고개가 이내 아래위로 움직였다.

"하긴 손님으로 왔으니 당연히 빈청에 데려다 놓았겠군. 대접에 소홀함은 없었겠지?"

"예, 가장 좋은 방에 가장 좋은 다과를 제공했나이다."

"좋아, 아주 잘했어. 그런데 누구지?"

"예?"

"배첩을 받았으니 그들이 누군지 알 것 아닌가."

화두홍은 다음 대 교무당주 후보에 오를 만큼 머리가 잘 돌아가는 위인이지만, 영문도 모른 채 엉겁결에 배행한 교주로부터 갑작스레 질문 세례를 받자 두개골 안쪽이 잠시 뒤죽박죽이 된 것 같았다.

"그게…… 일전에 찾아온 개방 방주의 장제자와……."

화두홍이 가뜩이나 말려 내려간 눈썹을 더욱 끌어내리며 몇 사람의 명호를 어물어물 읊었다. 네 개의 명호를 연달아 들은 서문숭은 얼굴을 우그러뜨렸다.

"소 닮은 거지 놈이야 한번 만나 봤으니 됐다 쳐도…… 소림 승이라고 했나?"

"예."

"신무대종의 아들도 있고?"

"배첩에 신무전 약사라고 쓴 것을 보니 신무대종의 아들이 맞을 겁니다. 성명과 인상착의도 교례향에서 파악해 둔 것과 일치했습니다."

"흐음, 거기에 강동제일인이라……."

서문숭은 팔짱을 끼며 떨떠름하게 중얼거렸다. 말은 대단하다고 했지만 대단해 봐야 얼마나 대단하겠느냐 여겼는데, 과연 대단했다. 어떤 쪽으로 대단하냐 하면, 껄끄러운 쪽으로 대단했다. 소 닮은 거지 놈이야 논외로 친다 해도…….

우선 소림승.

여산백련교의 종통을 이은 서문숭이 세상에 처음 모습을 드러내는 과정에서 제물로 삼은 곳이 바로 소림사였다. 당시 소림사 방장 대사를 상대로 악연자惡緣者 운운하며 도발한 것도 서문승이었고, 도발에 좀체 응하지 않는 소림을 끌어내기 위해 그 속가 제자들에게 비무를 가장한 처형을 이어 나간 것도 서문숭이었고, 그 일로 인해 산문을 내려온 나한승들을 보란 듯이 주살한 것도 서문숭이었고, 더 이상 참지 못하고 마침내 낙일평에 나선 소림사 방장 대사를 천중무애의 신공으로 쓰러뜨린 것도 서문숭이었다. 왜 하필 소림이냐고 묻는다면, 소림이니까 그렇게 한 거다. 무림의 태산북두. 희고 바른 길을 걷는다는 백도 정파의 상징. 여산백련교의 피 맺힌 한을 되갚는 제일보로 그보다 효과 좋은 곳은 없다고 여겼을 뿐, 소림에 대한 특별한 악감정은 없었다. 하지만 그 결과로 방장 대사를 위시한 다수의 정예를 잃은 소림은 복구하기 힘든 타격을 입고 말았다. 순찰당에서 수집한 정보에 따르면, 현임 방장인 적공寂空이 수년간 공석에 모습을 보이지 않는 것도 당시의 일과 무관하지 않다고 했다. 그러니 소림승 보기가 껄끄러울 수밖에.

다음은 신무대종의 아들.

소철이라는 존재는 예나 지금이나 서문숭에게 어느 정도 부담을 안겨 주는 몇 안 되는 인사 중 하나였다. 말로야 그깟 늙은이 어찌 내 적수가 되겠느냐며 큰소리치긴 했지만, 본심으로는 북악의 주인을 일생일대의 숙적 혹은 경쟁자로 여기며 살아온 것을 부정할 수 없었다. 한데 그 소철이 얼마 전에 죽었다. 그것만으로도 공연히 맥 빠지고 울적해지는 마당인데 그 아들되는 놈이 제 아비 장례는 나 몰라라 수천 리 떨어진 남패의 심장부에 떡하니 손님으로 나타난 것이다. 세상에 이런 불효자식을 봤나, 소철이 아들놈을 잘못 가르친 걸까? 한데 그런 게 아니었다. 묘두 석반천이 말하지 않았던가. 금번 명두대회에 신무대종의 아들이 찾아왔다고. 놈은 서문숭이 천하를 상대로 쓴 기만술에 대해 꽤나 소상히 알고 있는 것이 분명했다. 그래서 석반천 이하 사대명두에게 그 일을 일러바친 거고. 그로 인해 곤란해진 자신의 입장을 생각하면 단매에 패 죽이지 못하는 게 분할 지경이지만, 그럼에도 얼굴 마주하면 아비의 부음에 대한 조의부터 표하게 생겼으니 이 또한 껄끄러운 일이 아닐 수 없었다.

그래도 여기까지는 큰 문제 없었다. 그 정도 껄끄러움은 오랜 세월 쌓아온 지존의 관록으로써 적당히 뭉개 줄 수 있을 테니까. 정작 문제는…….

"그 꼬마 놈의 형님이 오셨다 이거지, 허."

정식 명호는 강동제일인 석대문이라고 했다. 서문숭은 사적으로 아무 은원 관계도 없고 경쟁의식 같은 것도 한 번도 느껴보지 못한 새까만 후배를 놀랍도록 껄끄러워하는 스스로를 발견하고는 헛웃음을 흘리고 말았다. 이런 기분으로 누군가를 껄끄러워해 보기는 명존께 맹세코 처음이었다. 그 기분을 어떻게 표현할 수 있을까? 미래의 사돈과 상견례를 하는 기분이라면 너무 이상한 비유일까?

"까짓것, 사돈 맺지 못할 이유도 없지."

자신도 모르게 툭 뱉은 혼잣말에 화두홍이 고개를 발딱 치켜들며 눈을 동그랗게 떴다.

"소인의 여식 말씀이옵니까?"

"어?"

"모자란 여식을 어여삐 봐주시는 교주님의 성덕에 오직 황송할 따름이옵니다!"

화두홍의 희열에 찬 부르짖음을 들으며 서문숭은 요사이 잠자리 시중을 드는 시녀가 화 씨 성을 가졌음을 떠올릴 수 있었다. 당연한 얘기지만, 그가 사돈 맺으려는 대상은 화 씨가 아니었다. 삼생도에 유폐시킨 목연이 나중에라도 내려오게 되면, 그녀의 부친인 제사장 목군평과 의논하여 자신의 수양딸로 입적시킨 뒤 꼬마 놈과 맺어 주겠다는 것이 그가 준비한 회심의 복안이었던 것이다. 목연도 꼬마 놈을 좋아하는 눈치요, 꼬마 놈이 아무리 숫보기라도 목연처럼 참하고 똑똑한 데다 예쁘기까지 한 여자를 마다하는 바보짓은 하지 않을 테니, 상황이 복안대로만 흘러간다면 그는 처음 대면한 날부터 탐내 마지않던 꼬마 놈을 진정한 자기 사람으로 만들게 되는 셈이었다. 마침내 말이다!

하지만 그건 어디까지나 나중의 일이었고, 지금 서문숭의 앞에는 남의 부엌 고기 삶는 냄새에 술잔부터 꺼내 드는 백망자白忙者(헛물 켠 사람) 한 놈이 있을 따름이었다. 백망은 얼른 깨주는 편이 정신 건강에 좋았다.

"나이가 몇인가?"

"올해로 스물⋯⋯."

서문숭은 화두홍의 대답을 차갑게 잘랐다.

"딸 말고 자네 말일세."

화두홍이 눈을 끔벅이다가 대답했다.

"마흔넷입니다."

"내 나이는 아는가?"

"교례를 담당한 몸으로 교주님의 춘추를 어찌 잊겠나이까."

"그런데도 내게서 장인어른 소리를 듣고 싶은 모양이지?"

이 말에 화두홍의 얼굴이 노랗게 물들었다.

"소, 소인이 어찌 감히 교, 교주님께⋯⋯."

"아니면 헛소리 집어치우고, 그 강동제일인이란 자에 대해서

나 얘기해 보게."

잠깐 사이 천당에 올랐다가 추락한 충격을 수습하기란 쉽지 않겠지만, 화두홍은 안색을 애써 바로잡고 교주의 질문에 대답했다.

"지난해 큰 부상을 당했다는 소문이 사실인 것 같았사옵니다."

"그래?"

"예, 의복 밖으로 드러난 피부에 화상 자국이 가득했사옵니다. 특히 얼굴은 너무나 흉측하여 차마 눈 뜨고 보기가……."

"검객에게 얼굴은 중요하지 않지. 손은 어떻던가?"

"손이라면…… 오른손 말씀이옵니까?"

"좌수검을 쓴다는 얘기는 못 들었으니 오른손이겠지."

미간을 모으고 잠시 기억을 더듬던 화두홍이 조심스럽게 입을 열었다.

"오른손도 마찬가지였던 것으로 기억하옵니다. 손등의 살들이 우그러지고 손가락들 중 일부는 엉겨 붙어 있었사옵니다."

그렇다면 오른손의 부상도 결코 가볍지 않았다는 얘기. 하지만 서문숭은 강동제일인 석대문이 지난 초여름 파상처럼 강동에 밀어닥친 독중선 군조의 패악을 바로 그 오른손에 들린 검으로써 통쾌히 격파하였음을 알고 있었다. 이는 오른손의 부상을 일 년도 안 되는 짧은 기간 안에 극복해 냈다는 뜻이니, 강동제일인의 의지가 얼마나 굳센지를 보여 주는 증거라 할 터였다. 피는 못 속인다고 했던가. 서른도 안 되는 나이에 양종의 절기를 이은 아우에게는 반석처럼 굳건한 형이 있었던 것이다.

'하지만 이 서문숭에게 사돈 소리를 들으려면 그 정도는 되어야 하지 않겠나!'

서문숭은 씩 웃었다. 껄끄러운 것은 사실이나, 그 껄끄러움 속에는 보기 드문 후배와 연을 맺는 데 대한 흡족함도 포함되어 있었던 것이다.

'그런 후배를 무턱대고 만날 수야 없지.'

거지는 문간에서 만나고 선비는 객청客廳(응접실)에서 만나라는 말이 있다. 만남에 있어 격식의 중요성을 일깨우는 말이다. 비록 거지가 낀 일행이기는 하지만 거지는 접어 두기로 마음먹고, 서문숭이 화두홍에게 말했다.

"먼 길 오느라 고단한 사람들이 쉬는 곳에 집주인이랍시고 불쑥 얼굴을 들이미는 것도 예의는 아닐 것 같군. 두 시진 후에 광명전 후원에서 환영연을 열 테니 교무당에서 책임지고 준비해 주게나. 단, 그들 중에는 부친상을 당한 자도 끼어 있는 만큼 지나친 호화로움은 피하도록 유의하고."

"분부를 따르겠나이다."

"그리고……."

명을 받은 뒤 허리를 펴는 화두홍에게 서문숭이 몸을 돌리며 슬쩍 덧붙였다.

"자네 딸, 꽤 괜찮은 아이 같더군."

백망자가 아쉬워해 봤자 그 이상은 해 줄 말이 없었다.

─◦◦◦─

중양절을 보낸 지 몇 날이 되었으니 계절은 가을이 한창이건만 환영연이 열린 광명전 후원에는 여름의 풍취가 여전히 자리잡고 있는 듯했다. 강동제일가가 있는 소주나 무양문이 있는 복주나 북부 사람에게는 비슷비슷한 더운 지방으로 보이겠지만,

남부 사람인 석대문의 눈에는 두 지역 간의 차이점이 몇 가지 들어왔다. 기온도 복주 쪽이 더 더웠고, 습기도 복주 쪽이 더 습했으며, 남양南洋이 가까워서인지 소주에서는 보기 드문 남국의 수종들을 다수 찾아볼 수 있었다. 야자나무, 종려나무, 관음죽, 파초, 심지어는 바다 건너 섬나라에서만 볼 수 있다는 상교樹象膠樹(고무나무)까지. 그 초록빛 풍성한 이파리들이 하오의 따가운 햇살을 넉넉히 가려 주는 가운데, 달콤한 수액에 취한 곤충들의 날갯짓 소리가 고온다습한 대기 속을 비집고 있었다.

계절과 어울리지 않는 이 나른한 여름 풍경 속으로 환영연의 주인이 걸어 들어온 것은 갈증이나 면할 요량으로 먼저 채운 손님들의 잔이 두세 차례 비워졌을 무렵이었다.

무양문주 서문숭이 모습을 드러냈을 때, 황우는 거지답게 게걸스레 처먹었고, 적송은 중답게 염주를 굴렸으며, 소홍은 도사답게 도호를 읊조렸지만, 석대문은 검객답지 않게 옷에 관해 생각하게 되었다. 인간은 계절에 맞춰 옷을 입는다. 여름에는 여름옷을 입고 겨울에는 겨울옷을 입는다. 그렇다면 지금 서문숭이 입고 온 옷은 여름옷일까 겨울옷일까?

'겨울옷.'

석대문의 판단은 그랬다. 다만 천이나 헝겊으로 지은 옷만이 옷의 전부는 아니었다. 때로는 거느린 인간도 옷이 되고, 때로는 주변의 분위기도 옷이 된다. 그런 관점에서 본다면, 지금 서문숭을 뒤따라 연회장으로 줄줄이 들어서는 인간들과 그들을 둘러싼 분위기는 엄동설한을 대비하기 위한 솜옷처럼 두껍고 단단해 보였다. 또한 강하고 기세 좋고 위엄스러워 보이기도 했다. 그리고 그런 인간들과 그런 분위기의 중심에는 가장 강하고 가장 기세 좋고 가장 위엄스러운 남패지존, 바로 서문숭이 우뚝 서 있었다.

석대문은 식탁 위로 열심히 놀리던 양손을 멈춘 채 얼빠진 얼굴로 서문숭을 쳐다보는 황우를 슬쩍 돌아보았다. 석대문은 빈청에서 휴식하는 동안 그가 한 말을 기억하고 있었다.

—실제로 만나 보면 얼마나 소탈한지 놀라실 거네요.

그러나 서문숭은 전혀 소탈해 보이지 않았다. 그리 많지 않은 수행원을 거느렸음에도 그에게서는 천승千乘을 거느린 군왕과 같은 고귀한 당당함이 풍겨 나왔다. 석대문은 황우가 안목이 없거나 거짓말을 했다고는 생각하지 않았다. 아마도 황우는 여름옷을 입은 서문숭을 보았을 것이다. 그리고 서문숭은 지금 겨울옷을 입고 나타났다. 남패의 권세를 충분히 드러낼 수 있는.

서문숭은 대체 누구에게 보이려고 겨울옷을 입은 것일까? 대답은 금방 나왔다. 석대문은 고소를 지었다.

'고맙다고 해야 할지…….'

수행원들과 갈라진 서문숭이 주인의 몫으로 준비된 상석 앞에 다다랐을 무렵에야 석대문은 천천히 자리에서 일어섰다. 미리 일어서서 맞이하는 것은 비굴했고 끝까지 앉아 있는 것은 무례했다. 본래 석대문은 예의에 지나치게 구애받는 사람이 아니지만, 그럼에도 이 만남은 무척이나 중요했다. 세세한 부분까지 신경 쓸 필요가 있었다. 석대문을 좇기로 암묵적으로 동의한 듯, 일행 셋이서 앞다투어 자리에서 일어섰다.

환영연을 위한 탁자들은 짧은 변 하나가 빠진 장방형으로 배치되어 있었다. 유일한 짧은 변은 주인석인 상석으로서 세 개의 의자가 놓였고, 상석의 탁자와 끝을 맞댄 두 개의 긴 탁자에는 양쪽이 마주 보도록 네 개씩의 의자가 놓였다. 석대문은 건너편 탁자 앞에 일렬로 늘어서는 네 사람을 바라보며 생각했다.

'열에서 여섯을 빼면 넷이 남는군.'

잔잔하던 강호에 일대 파란을 일으킨 무양문의 삼로군을 이끄는 것은 일로당 두 명씩 여섯 명의 군장들이라고 한다. 호교십군이라는 명칭이 보여 주듯 군장들의 수는 모두 열일 테니, 무양문에 잔류한 네 명이 이 자리에 참석하게 되었으리라—그러나 이 셈법에 약간의 착오가 있었음은 금세 밝혀졌다—.

"다리 튼튼하다고 저희들만 횡하니 앞서 가고. 하여튼 이 동네 젊은것들은 노인 공경할 줄 모른다니까."

투덜거리며 입장한 사람은 백황색 얇은 화복 위에 금수배자金繡褙子를 걸친 키 작은 대머리 노인이었다. 대머리 노인의 옆에는 석대문 일행이 복주까지 호위해 온 민간 백련교의 묘두와 그 후계자가 늙고 어린 팔뚝을 등나무처럼 얽은 채 꾸물꾸물 걸어오고 있었다.

"그 젊은것들에 나도 포함되오?"

서문숭이 새카만 눈썹을 찡그리며 묻자 대머리 노인이 구부러지지도 않은 허리를 퉁퉁 두드리며 반문했다.

"그러기를 원하십니까?"

잠시 생각하던 서문숭이 한숨을 푹 쉬고는 고개를 저었다.

"아니오."

"이제야 받아들이시는군요."

대머리 노인이 쪼글쪼글한 하관으로 합죽하게 웃었다.

대머리 노인과 묘두가 상석에 선 서문숭의 양쪽에 각각 자리를 잡았다. 서문숭과 석대문의 눈길이 그제야 정면으로 마주쳤다. 석대문은 서문숭을 향해 두 주먹을 모아 올렸다.

"강동 석가장의 석대문이 무양문주를 뵙습니다."

서문숭 또한 석대문을 향해 포권의 예를 보냈다.

"반갑소. 이제는 젊은것들에 끼지도 못하게 된 서문숭이오."

환갑을 훌쩍 넘긴 서문숭이 젊은것 운운한다는 자체가 우스운 일일 텐데도 실제로는 우습지 않았다. 이십 대의 젊은 나이에 곤륜지회의 전설적인 고수들과 같은 반열에 오른 남패의 주인은 세월마저도 비껴 간 듯 패기와 활력으로 꽉 채워진 사람처럼 보였다.

"순찰통령을 알게 된 뒤부터 그 가형 되는 분을 꼭 한 번 만나고 싶었소. 대체 어떤 대단한 위인이 그런 아우를 둘 수 있는지 궁금했거든."

석대문은 담담히 미소만 지을 뿐이었다. 뭐라 대꾸해 주기를 기대한 듯 석대문을 잠시 쳐다보던 서문숭이 조금 무안해진 얼굴로 시선을 옮겼다.

"또 보는구먼. 저번에 교례향주가 싸 준 월병은 잘 먹었나?"

"잘 먹다마다요. 그 월병 얘기를 사부님께 올렸더니 무척 억울해하시면서……."

석대문과 달리 황우는 제법 긴 사연을 대답으로 준비해 둔 모양이지만, 서문숭의 야박한 시선은 이미 그에게서 떠난 뒤였다. 자리에 곧게 선 채 묵묵히 염주 알만 굴리는 적송에게 서문숭이 말을 건넸다.

"범도 신승의 문하에서 불심과 공력이 한가지로 깊은 청년승이 나왔다는 얘기를 들었소. 스님이 그 옥나한玉羅漢이겠구려."

옥나한은 지난해 강상에서 많은 인명을 구한 적송에게 강호인들이 붙여 준 별호였다. 적송은 서문숭의 입에 발린 치하에도 별 반응 없이 소림사 특유의 독장례獨掌禮만 올릴 따름이었다.

거지와 중 다음은 도사 차례. 신무전 약사 소흥에게로 돌아간 서문숭의 얼굴은 이제까지와는 달리 침중히 가라앉았다.

"부친의 일은 안타깝게 생각하오. 무양문을 대표하여 삼가 명복을 비는 바이오."

사실 얼마 전 신무전에서 벌어진 변고에 관해 강호에서 보는 의견은 분분했다. 신무전에서 한 발표에 따르면 삼당 중 두 곳과 백호대가 전을 비운 사이 철마방이라는 관외 방파가 기습하였다는 것인데, 아무리 주력이 빠졌기로서니 천하에 이름 높은 북악이 한낱 마적단에 의해 본거지를 털린다는 것은 납득하기 힘든 일이 아닐 수 없었다. 더구나 그 과정에서 신무대종을 비롯한 여러 요인들까지 목숨을 잃었다니, 신무전이 허명뿐인 종이호랑이가 아니고서야 도무지 상식에 맞지 않았던 것이다. 하여 조심스럽게 고개를 든 의견이 바로 무양문 개입설이었다. 삼로군을 출정시켜 강호를 혼란에 빠뜨린 주범인 서문숭이 정예의 별동대를 비밀리에 파견하여 가장 거북한 숙적인 신무대종을 제거했다는 것이 그 의견의 골자인데, 철마방의 오랑캐들은 사악한 암수를 감추기 위한 위장술에 지나지 않는다는 것이었다.

정파 중에서도 무양문을 특별히 증오하는 몇몇 인사들에게서 흘러나온 이 의견을, 그러나 석대문은 말도 안 되는 잡설로 일축했다. 무양문 개입설이 허황된 가장 큰 이유는 그렇게 함으로써 무양문에게 돌아갈 이익이 전무하다는 점에 있었다. 비록 북악남패로 함께 불리긴 해도 신무전과 무양문은 본질적으로 다른 점이 있었다. 북악과 달리 남패에게는 적이 많았다. 남패가 사라진 강호에 북악이 우뚝 설 수는 있지만 북악이 사라진 강호에 남패가 우뚝 서기란 불가능한 것이다. 피치 못할 국면에 이르러 북악과 남패가 정면 대립하게 되었을 때에는 각자의 명운을 걸고 전력을 다해 싸울 수밖에 없겠지만, 그 경우가 아니라면 남패는 북악을 함부로 건드릴 수 없는 입장이었다. 그랬다가는 온 천하를 적으로 돌려세우게 될 테니까.

'이 점을 무양문이 과연 모를까?'

석대문은 서문숭의 우측에 서 있는 대머리 노인을 힐끗 돌아보고는 그럴 리 없다고 생각했다. 저 노인의 정체는 아마도 무양문의 대장로 육건일 터. 서문숭의 허리띠에는 한 개의 꾀주머니와 열 개의 칼날이 걸려 있다고 했던가. 머리 좋기로 이름 높은 무양문의 지낭이 그 단순한 이치를 모를 리 없었다.

다행히 신무전 약사도 무양문 개입설 따위는 믿지 않는 눈치였다.

"문주님의 우의에 감사드립니다."

무난한 답례와 함께 소홍이 고개를 숙였다.

이어 서문숭은 자신에 데려온 인사들을 손님들에게 간략히 소개했다. 대부분 석대문의 예상과 들어맞았지만 오직 한 사람만이 거기에서 벗어났다. 열 명의 군장들 중 네 명일 것이라 예상한 자들 중 가장 상석 쪽에 위치한 흑삼 중년인이 바로 그 사람이었다.

"서문복양이 귀빈들께 인사드립니다."

서문이라는 성을 곱씹은 뒤에야 그 중년인이 무양문의 부문주이자 후계자라는 사실을 떠올릴 수 있었다. 이글거리는 횃불 앞에 켜 둔 촛불은 그 빛을 뽐내지 못한다. 부친의 후광이 너무 강렬한 탓에 스스로의 존재감을 쉬 드러내지 못하는 아들. 그래서일까? 서문복양의 눈에는 음울한 그늘이 깔려 있었다. 다만 그 음울한 눈이 유독 자신의 얼굴에 고정된 것은 이상했지만, 석대문은 화상 탓이겠거니 여기며 크게 신경 쓰지 않았다. 삼로군에 참가한 호교십군 군장들의 수가 여섯이 아니라 일곱임을 알게 된 것도 그즈음. 군장 하나가 보급 부대를 통솔하고 있다나.

"자, 모두들 앉읍시다."

서문숭을 필두로 자리에 앉은 사람들은 주객 불문하고 술잔을 채웠다. 불제자인 적송과 상중인 소흥에게는 멀리 보이는 미륵봉에서 길어 왔다는 맑은 약수가 채워졌다.

"환영하오!"

서문숭이 술잔을 들며 크게 말했다. 환영연은 그렇게 시작되었다.

결론부터 말하자면 그리 유쾌하지 못한 연회였다. 주변 경치도 좋고 음식도 훌륭한 편이지만, 연회의 흥을 돋우는 데에는 그것들만으로 부족한 감이 있었다. 여기에는 상중인 소흥을 의식해 여러모로 절제하려는 주인의 배려심이 어느 정도 작용한 듯한데, 그래서인지 참석자 모두는 한동안 각자의 앞자리에 놓인 술과 음식을 비우기만 했다.

연회가 시작한 지 일 각쯤 지났을 무렵, 서문숭이 답답한 침묵을 깨며 소흥에게 말했다.

"실례가 안 된다면 상주 된 몸으로 이곳까지 온 이유를 물어도 되겠소?"

상주는 남의 집에 손님으로 가지 않는다. 잔치에 참석하는 것은 더더욱 안 되었다. 그럼에도 소흥은 석대문과 함께, 보다 정확히 말하면 민간 백련교의 묘두와 함께 무양문에 왔다. 부친의 빈소는 들여다보지도 못한 채로 말이다. 소흥의 불효에는 물론 이유가 있을 터였다. 다만 석대문으로서는 짐작만 할 뿐, 자세한 내막은 알지 못했다. 소흥 본인이 누구에게도 말하려 하지 않은 까닭이었다.

"확인하기 위함입니다."

소흥의 말에 서문숭이 턱수염을 쓰다듬으며 다시 물었다.

"무엇을 확인하고자 하시오?"

소흥은 대답 대신 서문숭의 좌측에 자리 잡은 묘두 석반천의 늙은 얼굴로 눈길을 돌렸다. 그 눈길이 어떤 대답이 되었는지 서문숭이 고개를 끄덕였다.

"공연한 것을 물었나 보구려."

소흥이 말했다.

"그 일에 관해 반드시 확인하라는 군사의 당부가 있었습니다. 그 당부가 곧 그분의 유언이 되었지요. 빈도는 그분의 유언을 지켜야 했습니다. 그래서 불효를 무릅쓰고 이곳까지 오게된 겁니다."

그러면서 서문숭을 똑바로 쳐다보니, 무거운 안색으로 잠시 침묵하던 서문숭이 다시 한 번 고개를 끄덕인 뒤 말했다.

"구양자께서는 고인의 유언을 훌륭히 지켰소. 현재 장강에 주둔 중인 본 문의 삼로군에게는 전선을 유지하라는 명령이 이미 전달되었소. 나 서문숭이 약속하건대, 그들이 내 뜻에 따라 북진하는 일은 없을 것이오."

소흥이 자리에서 일어서서 서문숭에게 깊은 읍례를 올렸다.

"고인이 된 군사께서, 그리고 선친께서도 기뻐하실 겁니다."

"흠, 군사는 모르지만 소 전주가 기뻐한다는 점에는 동의하지 않소. 아마도 이 서문숭과 한판 붙고 싶어 저승에서도 몸이 근질거리고 있을 테니까."

짧은 코웃음으로 자칫 숙연해지려는 분위기를 차단한 서문숭이 이번에는 적송을 돌아보았다.

"젊은 나이인데도 수양이 대단한 것 같소. 내가 스님이었다면 거기 앉아 맹물만 홀짝이지는 않았을 텐데 말이오."

"하면 소승이 어떻게 해야 하는지요?"

적송의 질문에 서문숭이 반문했다.

"소림승이라면 이 서문숭에게 치를 떨어야 정상 아니오?"

적송은 나직이 불호를 외운 뒤 말했다.

"화를 다스리지 못하는 것도 죄지만 거짓을 고하는 것도 그에 못지않은 죄겠지요. 말씀하신 대로 소승은 치를 떨고 있습니다."

자신에게 치를 떤다는 말에 오히려 반색을 하는 서문숭의 심리를 석대문으로서는 도무지 짐작하기 어려웠다.

"하면 그 화를 이 자리에서 한번 풀어 보겠소?"

원한다면 당장이라도 상대해 주겠다는 듯이 엉덩이를 들썩거리는 서문숭에게 적송이 천천히 고개를 저었다.

"소림이 문주께 받아야 할 빚은 분명히 있습니다. 다만 그 빚을 받는 사람은 소승이 아닐 겁니다."

"그 사람이 누군데?"

"솔직하게 답변 드리지 못하는 죄를 용서하시길. 다만 머지않은 장래에 그분을 만나시리라는 점은 약속드릴 수 있습니다."

"쯧, 소림은 예나 지금이나 신비함을 무척 좋아하는 것 같소. 부디 그 사람이 나를 실망시키지 않기를 바라오."

적송은 대답 대신 다시 한 번 불호를 외웠다.

변죽을 돌아가며 울리던 서문숭이 마침내 가장 가까운 곳에 앉은 석대문에게 시선을 맞춰 왔다.

"본 교의 묘두를 호위해 주었다고 들었소. 가까운 길도 아니었을 테니 그 수고부터 사례해야겠구려."

"대가를 바라고 한 일입니다."

"물론 그랬겠…… 방금 뭐라고 했소?"

"대가를 바라고 한 일이라고 했습니다."

서문숭은 세상에서 가장 황당한 농담을 들은 사람처럼 눈을 끔뻑거리다가 우측에 앉은 육건을 돌아보며 물었다.

"묘두를 내 앞까지 무사히 데려온 것에 대한 대가를 바라는 구려. 이 대목에서 내가 화를 내는 것이 정상이겠지요?"

"그렇습니다만, 그래도 참으시라고 권해 드리고 싶군요."

늘어진 눈까풀 아래 숨은 눈동자가 석대문을 향했다.

"이 늙은이는 석 가주의 말을 들으니 오히려 안심이 됩니다."

이 대목에서 서문숭이 왜 화를 내야 정상인지, 그리고 육건은 왜 안심이 된다고 하는지에 대해서는 짐작하기 어려웠지만, 석대문은 신경 쓰지 않기로 했다. 그가 대륙의 끝자락 복주까지 온 진정한 목적은 무양문으로부터 받아야 할 것이 있기 때문이고, 그는 그 목적을 반드시 달성할 작정이었다.

서문숭이 석대문에게 물었다.

"가주가 한 일이 내게 어떤 영향을 끼쳤는지 정녕 모르오?"

석대문은 신중히 생각한 뒤 대답했다.

"모릅니다."

눈썹까지 우그려 가며 석대문을 살피던 서문숭이 어느 순간 표정을 스르르 풀었다.

"정말로 모르는 모양이군. 그렇다면 신무전 약사께 고맙다는 말을 해야겠지."

분위기로 보아 소흥이 줄곧 함구한 사연, 그가 명두대회에 참석한 이유와 늙은 명두 하나를 복주까지 호위해 온 이유가 서문숭과 무양문에는 무척이나 큰 영향을 끼친 것 같았다.

어쨌거나 그 시점부로 서문숭은 부쩍 느긋해진 것 같았다. 그는 의자 등받이에 등을 기대며 석대문에게 물었다.

"말해 보시오. 가주가 바라는 대가라는 게 뭐요?"

석대문은 허리를 바로 세우고 서문숭을 똑바로 쳐다보았다.

"귀문의 삼로군을 당분간 장강에 주둔시킬 것이라고 하셨습니까?"

"그렇게 할 거요."

"그 병력 중 일부를 우리에게 지원해 주셨으면 합니다."

"지원?"

예상 범주에서 크게 벗어난 요구인 듯, 서문숭이 표정을 바꾸며 의자 등받이에 기댄 상체를 떼어 냈다.

"본 문의 힘을 쓰고 싶다 이 말이오?"

"그렇습니다."

석대문의 명쾌한 시인에 서문숭은 혼란에 빠진 얼굴이 되었다.

"가주가 그 아이들을 왜…… 대체 어디다 쓰려고……."

매끄럽게 정리되지 않은 서문숭의 말꼬리를 옆에서 가로채 간 사람이 있었다.

"가주의 요구에 대해 이야기하기 전에 우선 묻고 싶은 것이 있소."

석대문의 시선이 서문숭의 우측에 앉은 육건을 향했다.

"하교하시지요."

"방금 '우리'라고 했는데, 이 늙은이가 짐작하기에 그 '우리'가 강동제일가를 지칭하는 말은 아닌 듯하오."

과연 서문숭의 꾀주머니답다고 생각하며, 석대문은 이번에도 명쾌하게 시인했다.

"그렇습니다."

"그 '우리'가 누구인지 말씀해 주실 수 있겠소?"

육건의 질문에 석대문은 비로소 때가 왔음을 느꼈다.

"세상 사람들은 무양문의 출정이 평화롭던 강호를 혼란으로 몰고 갔다고 말합니다. 그러나 그보다 훨씬 전부터 강호의 평화를 무너뜨리려는 위험한 암류가 준동하였음을 아는 사람들이 있습니다. 그들이 한자리에 모여 작은 모임을 만들었습니다. 처음의 이름은 동심맹. 하지만 암류에 본격적으로 맞서기 위해 그들은 모임의 외연을 넓힐 필요를 느꼈습니다. 얼마 전 그 점에 합의한 맹원들은 동심맹이란 이름 위에 보다 부담 없고 보다 보편적인 이름을 얹기로 했습니다. 암류가 제거된 뒤에는 어차피 깨질 모임, 맹盟보다는 회會가 어울린다는 것도 그때 거론된 이야기입니다. 또한 모임의 이름에 거창한 의미를 담지 말자는 데에도 의견이 일치했습니다. 그 모든 결정이 내려진 날은 바로 지난 중양절이었지요. 그래서……."

말을 멈춘 석대문은 우측에 앉은 적송과 황우를 돌아보았다. 두 청년의 얼굴에 떠오른 자부심을 자신의 목청에 옮겨 담으려 노력하며, 석대문이 힘 있는 목소리로 말을 마무리했다.

"그 모임의 이름은 중양회입니다."

잠시 침묵이 감돌았다. 그 침묵을 깨트린 사람은 육건이었다.

"가주의 얘기를 듣다 보니 내가 알던 강호, 북악남패라는 네 글자로 상징되던 과거의 강호는 더 이상 존재하지 않는 것 같소. 용봉단에 건정회에 이제는 가주를 중심으로 한 중양회까지……."

난감하다는 듯 뒤통수에 몇 가닥 붙은 가느다란 백발을 긁적이던 육건이 말을 이었다.

"이러한 일련의 흐름이 본 문의 입장에서 과연 바람직하게 작용할지 아닐지는 지금으로서는 알 수 없구려. 다만, 이 점만큼은 분명히 말할 수 있소."

육건은 탁자 위에 놓인 서문숭의 손 위에 자신의 작고 주름진 손을 슬며시 얹으며 말했다.

"시대의 흐름은 누구도 막지 못하오. 그리고 앞으로 다가올 새로운 시대는 석 가주처럼 젊은 사람들의 몫이오."

별생각 없이 고개를 끄덕이던 서문숭이 갑자기 육건의 손을 탁 쳐 내더니 버럭 고함을 질렀다.

"그 얘기를 하는데 내 손은 왜 잡는 거요?"

육건이 손목을 쓰다듬으며 노회하게 웃었다.

"받아들이셨잖습니까. 이제는 젊은것들에 끼지 못하신다는 점을요."

오만상을 찡그린 서문숭이 육건의 말을 부정하려는 듯 입술을 실룩거리다가 긴 한숨을 내쉬었다.

"대장로 말씀이 옳소. 나는…… 받아들였소."

이어 서문숭은 소홍을 향해 맥없이 웃었다.

"소 전주가 내게 무슨 짓을 했는지 똑똑히 보시오. 그날 이후 내가 늙은이처럼만 여겨지고 있으니……."

석대문은 소철의 죽음으로 인한 서문숭의 낙심이 결코 엄살이 아니라는 것을 믿었다. 하지만 그렇다고 해서 저 서문숭이 갑자기 뒷방늙은이로 바뀌리라고는 여기지 않았다. 서문숭은 현존하는 최강 세력의 지존이었고, 일신의 무공 또한 천하에서

짝을 찾기 힘들 만큼 고절할 것이 분명했다. 서문숭은 낡은 시대의 상징인 동시에 새 시대를 가로막는 가장 강력한 관문이기도 했다. 그 관문은 절대로 스스로 열리지 않을 것이다. 누군가는 강제로 열어야 할 관문. 그렇다면 그 관문을 여는 누군가가 다음 시대의 진정한 주역이 되지 않을까?

그런 생각을 하며 석대문이 서문숭에게 말했다.

"중앙회주로서 정식으로 청하겠습니다. 무양문의 병력을 지원해 주십시오."

환영연은 반 시진가량 이어지다 흐지부지 파했다. 잔치라면 음주가무가 필수인데, 가무가 빠진 데다 음주도 자제하는 분위기라 애당초 흥을 기대하기 힘든 자리임은 주객 모두가 아는 터. 무양문 측에서 준비한 술과 음식도 반 이상 남아 있었다.

"동생분에 관해서는 묻지 않으시는군요."

머릿속으로 오늘의 성과를 정리하는 석대문에게 뜻밖의 사람이 다가와 말을 건 것은 연회의 주인인 서문숭이 두 노인네를 거느리고 자리를 뜬 직후였다. 연회가 시작되기 전 짤막한 소개말을 한 이후 줄곧 침묵으로만 일관하던 서문복양이 바로 그 사람이었다. 석대문이 자리에서 일어서며 말했다.

"이 자리에 오기 전에 이미 들었습니다. 사적인 일로 얼마간 자리를 비우게 되었다고 하더군요."

"사적인 일은 아닙니다. 하지만 비밀스러운 일이기는 하지요."

서문복양의 말에 석대문이 웃었다.

"그 녀석이 제법 자리를 잡은 모양입니다. 비밀스러운 일도 맡고 말입니다."

그러나 서문복양은 웃지 않았다. 그가 풍기는 진지함이 석대문에게도 곧바로 전염되었다. 석대문은 웃음을 거두고 서문복 양에게 물었다.

"제 동생에게 무슨 일이라도 생겼습니까?"

"노복이란 분께 말씀드리려 했는데 이미 동생분을 뒤따라 이 곳을 떠나셨더군요. 그래서 가주께 부탁드리고자 합니다. 차후 에 동생분을 뵙게 되면 꼭 전해 주십시오."

주위를 한번 둘러본 서문복양이 속삭이듯 덧붙였다.

"동생분이 찾는 것은 소생의 부친이 가지고 있다고 말입 니다."

서문숭이 중양회의 회주를 위해 자신의 집 뒷마당에 환영연 을 베푼 것은 계절에 걸맞지 않은 땡볕이 복주의 거리를 달구던 구월 십오 일 오후였다. 그 무렵, 서문숭이 삼생도에 감춘 아이 를 찾아 오천 리가 넘는 길을 북행한 석대원은 차가운 가을비를 뚫고 목적지인 태원부의 경내로 들어서고 있었다.

태원야太原夜

(1)

"위 감승."

빗소리에 섞인 작은 부름 소리가 서너 마신馬身 앞에서 울렸다. 위심고는 타고 가던 구렁말의 옆구리에 발꿈치를 가볍게 찔러 넣었다. 진창으로 변한 대로에 뚜렷한 편자 자국을 남겨 가며 평보로 철벅철벅 걷던 구렁말이 속도를 높이고, 잠시 후 위심고는 앞서 가던 사두마차를 따라잡게 되었다.

"찾으셨습니까?"

위심고가 고하자 마차 오른편에 난 비단 창문이 옆으로 스르르 열렸다. 빗물이 들이치는 것을 막기 위해 창 위에 덧댄 작은 나무 차양 아래로 갸름한 얼굴 하나가 나타났다. 분칠을 한 듯 새하얀 안색과 모근조차 찾아볼 수 없는 맨송맨송한 하관으로부터 저 사람의 성별과 나이를 짐작하기란 쉽지 않을 터였다. 하긴 저 사람을 포함한 부류가 대체로 그러했다. 남자도 여자도 아니기에 보편의 시각으로는 연령대를 짐작하기 어려운 자들. 위심고 또한 그 부류에 속해 있었다.

마차에 탄 사람, 사례감의 소감 홍향이 길쭉한 눈초리를 실처럼 가늘게 접으며 위심고에게 질문 하나를 던졌다.

"서북 지방 음식에 가장 많이 들어가는 양념이 무엇인지 아는가?"

참으로 뜬금없는 질문이 아닐 수 없었다. 그들이 이제 막 들어선 이곳 태원시가 서북 지방에 속한 곳임은 분명하지만, 추적추적 내리는 가을비를 맞고 시커먼 흙탕물을 튕겨 가며 이동하는 중에 난데없이 양념 타령이라니?

하지만 위심고는 그런 내심을 얼굴에 드러내지 않았다. 같은 이십사아문 소속이라 해도 천자의 뒤에서 국정을 좌지우지하는 사례감의 소감과 말먹이를 장만하느라 아침부터 저녁까지 골머리를 썩이는 어마감의 감승은 보름달과 반딧불이처럼 감히 비교할 수 없는 자리였다. 서른을 갓 넘긴 홍향은 두툼한 보료 깔린 사두마차 안에서 지붕을 두드리는 빗소리를 즐겨 가며 편안히 이동하는데, 머리 허연 위심고는 딱딱한 안장 위에서 물에 빠진 생쥐 꼴이 되어 그 뒤를 따르는 데에는 그럴 만한 이유가 있었던 것이다.

"송구합니다만 잘 모르겠습니다."

위심고가 공손히 대답하자 마차의 창문 밖으로 하얀 손바닥이 불쑥 튀어나왔다. 가을비치고는 제법 빗발이 굵어 그 손바닥 위에는 금세 빗물이 고였다. 홍향이 손바닥을 위심고에게로 내밀며 말했다.

"맡아 보게."

"예?"

"한번 냄새 맡아 보라고."

위심고는 홍향의 손바닥에 얼굴을 가져다 대고 킁킁거렸다.

"무슨 냄새가 나는가?"

미처 눈치채지 못한 비유라도 숨어 있는 게 아닐까 궁리해 보았지만 딱히 떠오르는 것이 없었다. 위심고는 솔직히 대답하기로 마음먹었다.

"속하의 코에는 흙냄새밖에 들어오지 않는군요."

"바로 그걸세."

홍향이 빗물을 털어 낸 손바닥을 마차 안으로 집어넣으며 말을 이었다.

"서북 지방 음식에 가장 많이 들어가는 양념이 바로 이 빌어먹을 흙먼지라네. 음식에서도, 강물에서도, 심지어는 땅속에서 솟아나는 우물물에서도 퀴퀴한 흙냄새를 지울 수 없지. 오죽하면 서북인들의 몸에는 빈대보다 지렁이가 많다는 얘기까지 나왔을까. 흥, 매일같이 흙먼지를 먹고 마시니 지렁이들이 들러붙을 수밖에."

그러면서 코를 움켜쥐고 볼 근육을 찡그리는 품이, 비가 내리면서 한층 짙어진 흙냄새가 몹시도 불쾌한 눈치였다. 위심고는 그런 홍향의 시선을 피하며 쓴웃음을 지었다. 저 홍향이 냄새에 유달리 예민하다는 점은 알고 있었다. 본래부터 코가 좋은 것은 아니고, 향수 수집에 기벽이 있는 사례태감 왕진을 가까이 모시는 과정에서 그런 체질로 바뀌었다나. 아무리 그렇기로서니, 그 퀴퀴한 빗물을 맨몸으로 맞아 가면서도 끽소리 못하고 배행하는 사람을 상대로 부릴 투정은 아니었다. 더구나 지렁이 운운하며 서북인 전체를 폄하하는 것은…….

'문제 될 소지가 다분하지.'

위심고는 멀찌감치 뒤따라오는 이십여 기의 인마를 슬쩍 돌아보았다. 벽에도 귀가 있다는데, 나이에 비해 지나치게 높은 자리에 앉은 탓에 신중의 미덕을 망각한 젊은 상관에게 그 점을 상기시켜 줄 필요가 있을 것 같았다. 위심고는 가볍게 헛기침을 한 뒤 마차의 창문 쪽으로 얼굴을 붙였다.

"따지고 보면 태감 영감께서 비연증(비염)에 걸리신 것도 이 지방의 흙먼지 탓이 아니겠습니까."

이 말인즉, 지렁이를 빈대처럼 달고 사는 서북인 중에는 사례태감 왕진도 포함된다는 뜻이었다.

"태, 태감 영감?"

새하얗던 얼굴이 잠깐 사이 흙빛으로 물드는 것을 보는 기분은 과히 나쁘지 않았지만, 사십 년 가까운 대내 생활은 위심고로 하여금 심중의 기분을 얼굴 위로 드러나지 않게 하는 방법을 가르쳐 주었다.

"그, 그렇다마다! 그래서 내가 흙먼지를 이리 탓하는 걸세!"

자신의 실언을 무마하기 위해 허둥거리는 홍향에게 위심고가 노회하게 덧붙였다.

"태감 영감께서 힘들어하시는 모습을 오랜 시간 가까이에서 지켜보신 분이 바로 소감 영감 아니겠습니까. 이곳의 괴악한 풍토를 증오하시는 심정, 속하는 십분 이해합니다."

"흠흠, 알아주니 고맙군."

위심고는 쓰고 있던 챙 넓은 방갓을 슬쩍 젖혀 하늘을 올려다본 뒤 홍향에게 말했다.

"쉽게 그칠 비는 아닌 듯합니다. 바닥이 젖을까 저어되니 그만 창문을 닫으시지요."

"아, 알았네."

갑자기 폭우가 들이치기라도 하듯 비단 창문이 황급히 닫혔다. 그제야 피식 웃음을 흘린 위심고는 고삐를 당겨 말의 속도를 늦췄다. 본래 유지하던 대형대로 사두마차로부터 서너 마신 후미로 뒤처지는 도중에, 후방에서 말을 타고 따라오던 이십여 명의 수행원 중 두 사람이 앞으로 달려 나와 그가 탄 구렁말과 말 머리를 나란히 했다. 일신에 먹물처럼 새까만 경장을 입은 그들은 구릿빛 살갗에 멋들어진 콧수염을 길러 일견하기에도 마차 안의 홍향과는 부류가 다른 진짜 남자임을 알 수 있었다.

'나와도 부류가 다르지.'

이제는 익숙해진 탓에 별로 씁쓸하지도 않은 자조를 지그시 삼키는 위심고에게, 그들 중 한 남자가 비수를 찔러 내듯 불쑥 질문을 던졌다.

"뒤에서 듣자 하니 태감 영감에 관해 이야기하는 눈치 같던데, 맞소이까?"

방갓 챙을 타고 떨어지는 빗물 사이로 보이는 그 남자의 눈빛에는 새파란 날이 서 있었다. 위심고는 앞서 가는 사두마차를 힐끔 돌아보며 벽에도 귀가 있다는 오래된 경구를 다시 한 번 떠올려야만 했다.

'경솔한 애송이 놈 뒤치다꺼리까지 해 줘야 하다니, 이번 서북행은 정말 괴롭군.'

위심고로부터 쉬 대답이 나오지 않자 그 남자가 다시 물었다.

"왜 대답이 없소? 제독태감을 비방한 자들이 어떤 꼴을 당했는지 모르시오?"

대내 환관의 편제상 이십사아문을 통솔하는 사례태감과 동창을 지휘하는 제독태감은 두 사람이어야 마땅하지만, 그 마땅함이 지켜진 예는 오히려 드물었다. 커지면 커질수록 무력을 더욱 필요로 하는 권력의 속성 탓이었다. 때문에 작금의 사례태감 왕진은 제독태감 자리까지 겸하고 있었으니, 왕진의 환복宦服이 보이는 자리에서는 황족조차도 숨소리를 죽여야 한다는 말이 괜히 나온 것이 아니었다.

병부시랑 우겸을 중심으로 한 군부의 신진들이 왕진의 무소불위한 전횡에 맞서기 위해 세력을 결집하는 중이라고는 하지만, 위심고가 보기에 왕진이 마음만 먹으면 하루아침에 무너질 사상누각에 불과했다. 왕진은 장님도 아니요, 귀머거리는 더욱 아니었다. 그럼에도 우겸 들의 불온한 준동에 대해 모른 체 내버려 두는 까닭은 더욱 중요한 문제가 목전에 닥쳐 있기 때문이었다. 제국과의 조공 무역을 통해 하루하루 강성해지는 오이라트. 그 문제가 아직 해결되지 않아서 왕진은 애송이들의 터무니없는 만용을 기꺼이 눈감아 주는 것이었다.

작금의 정국에서 군부를 흔들어 놓으면 가장 쾌재를 부를 사람이 오이라트의 에센임을 왕진은 모르지 않았던 것이다. 저마다의 속셈들이 난마처럼 얽히고설킨 복잡한 국면. 문득, 어쩌면 이번 서북행이 그 난마를 풀어내는 하나의 전기를 불러올지도 모른다는 생각이 들었다. 좋은 방향으로든, 안 좋은 방향으로든.

각설하고, 그 대단한 사례태감 겸 제독태감의 귀들 중 하나가 지금 위심고를 겁박하고 있었다. 어물거리다가 험한 꼴을 당하고 싶지는 않았다.

"태감 영감에 관한 이야기도 있었지."

위심고가 느릿하게 대답하자 질문한 남자, 동창의 당두 중 하나인 초력楚力이 눈을 한층 매섭게 빛내며 추궁했다.

"무슨 이야기를 했소?"

"그 어른을 괴롭히는 비연증 이야기를 했지. 지금 초 당두가 맡고 있는 이 흙먼지 냄새가 비연증의 원인일 거라 하시며 소감 영감께서 무척 안쓰러워하시더군."

초력의 눈이 가늘어졌다.

"정말이오?"

"의심이 나면 소감 영감께 직접 물어보시게."

말을 맞추지 않았더라도 이 정도 대답조차 지어내지 못할 밥통이라면 사례감 소감에 오를 자격도 없으리라. 위심고가 태연스레 대답하자 초력과 함께 말을 몰아 온 들창코 남자가 너털웃음을 흘리며 말했다.

"거 보라고, 내가 뭐라고 했나? 위 감승은 어디 가서 입방정 떨고 다니는 분이 아니라고 했지?"

초력과 마찬가지로 동창의 당두 자격으로 이번 서북행에 참가하게 된 나문시羅門匙라는 자였다. '자물통'이라는 뜻의 이름과는 반대로 입이 깃털보다도 가벼워 개인적인 정보원으로 꽤나 요긴히 쓰고 있는 위인이기도 했다.

"나 당두께서 늙은 말구종의 낯에 금칠을 해 주는군."

고마운 조력자를 향해 슬쩍 목례를 보낸 위심고가 여전히 안색을 굳히고 있는 초력에게 부드러운 목소리로 말했다.

"일정이 빡빡한 데다 날씨까지 이 모양으로 궂다 보니 초 당두의 신경이 조금 예민해진 것 같으이. 말똥이나 치우다 늙어버린 나도 그렇거니와 태감 영감을 지근에서 모시는 소감 영감이 어찌 그 어른께 불손한 마음을 품겠는가. 행보가 고되더라도 조금만 참으시게. 늦어도 오늘 자정 안에는 목적지에 당도할 수 있을 테니.”

초력이 그제야 안색을 풀며 위심고에게 고개를 숙여 보였다.

“감승 영감에게 무례를 범할 의도는 없었소이다. 다만……음, 어쨌거나 불쾌했다면 사과드리겠소.”

위심고는 초력의 저 말이 진심에서 우러난 것임을 알고 있었다. 또한 말 중에 생략한 부분이 무엇인지도 알고 있었다.

동창을 관장하는 제독태감 밑에는 좌우 두 명의 첩형帖刑이 있는데, 실질적으로 당두들을 지휘하여 동창 본연의 감찰 업무를 수행하는 것은 대내 제일 고수로 알려진 좌첩형의 몫이었다. 그에 반해 우첩형은 실무와는 무관한, 제독태감의 지시를 실무 책임자인 좌첩형에게 전해 주는 일종의 비서 역할이라고 할 수 있는데, 문제는 두 해 전부터 사례감의 애송이 소감이 그 우첩형 자리를 겸하고 있다는 데에서 비롯되었다. 게다가 위심고도 경험한 바, 그 애송이에게는 아랫사람에 대한 배려심이란 게 티끌만큼도 없었으니, 직속상관인 좌첩형을 하늘처럼 여기는 당두들로서는 어떻게든 흠을 잡아 찍어 내고 싶은 눈꼴신 존재임에 분명할 터였다. 하지만…….

‘찍어 낼 때 찍어 내더라도 내 입을 통해서는 아니지.’

제 잘난 줄만 아는 애송이가 예뻐서가 아니었다. 위심고가 진짜로 말똥 치우는 일로 하루하루를 보내던 시절, 그에게 마구간 일을 가르치던 늙은 환관이 해 준 말이 있었다.

─튀어나온 못 머리는 망치에 얻어맞는 법. 사람도 마찬가지란다. 좋은 일이건 나쁜 일이건 남의 입에 오르내리는 일에는

엮이지 않는 것이 최선이지.

이 말은 사십 년 가까운 세월에 걸쳐 진득하니 숙성되어 이제
는 위심고의 생활신조로 자리 잡았다.

용무를 마친 초력은 본래의 자리로 돌아갔지만 나문시는 위
심고의 옆에 남아 말벗을 해 주었다. 이런저런 얘기를 나누던
중 나문시가 먹구름이 낮게 낀 하늘을 올려다보며 말했다.

"날씨가 이 모양이라 시간이 어찌 되었는지도 모르겠군요."

"슬슬 배가 고파 오는 것을 보니 신시申時(오후 3시~5시)는 넘긴
것 같은데……."

위심고가 불룩한 배를 문지르며 대꾸했다. 그러자 나문시가
음충스럽게 웃었다.

"감승 영감이야 위장이 원체 크니 당연히 그러시겠지요."

"이 사람이, 지금 내가 뚱보라고 놀리는 겐가?"

"하하! 부정하시는 겁니까, 길에 난 발굽 자국만 봐도 금방
알 수 있는 것을요?"

"그거야 내가 탄 말이 덩치가……."

짐짓 삐친 체 대꾸하면서도 내 말의 발굽 자국이 진짜로 더
깊은지 궁금해 지나온 길을 돌아보던 위심고가 후방의 풍경 속
에서 무엇인가를 발견하고는 고개를 길게 뽑았다.

"저것……."

"왜 그러십니까?"

"저 담벼락 옆에 붙어 있는 것, 사람이 맞지?"

안장 위에서 상체를 돌린 나문시가 위심고의 손가락이 가리
키는 방향을 쳐다보다가 고개를 끄덕였다.

"사람 맞군요."

두 사람이 문답을 나누는 가운데에도 점점 멀어지는 그 담벼락 옆에는 시커먼 인영 하나가 돌비석처럼 우두커니 서 있었다. 신시를 넘겼으면 시간도 늦은 셈이고 거기에 싸늘한 가을비까지 내리는 만큼 길거리에 인적이 드문 것은 당연한 일이었다. 하지만 인적이 드물다고는 해도 태원의 경내였고, 태원은 산서에서 손꼽히는 성시라고 할 수 있었다. 행차를 피해 담벼락 옆으로 비켜 선 사람 하나를 발견했다고 의아해할 만한 일은 아니라는 뜻이었다. 정작 의아한 일은 따로 있었다.

"나 당두는 저렇게 큰 사람을 본 적이 있는가?"

위심고가 묻자 나문시가 이상하다는 투로 반문했다.

"크다고요?"

"잘 보라고."

방갓의 차양을 추켜올리고 후방을 유심히 살펴보던 나문시가 어느 순간 '아!' 하는 탄성을 내뱉었다.

"다시 보니 정말 크군요. 저 정도면 칠 척은 족히 되겠는걸요."

"그렇지?"

그렇다면 잘못 본 것이 아니었다. 그리고 위심고를 의아하게 만든 것은, 저렇게 큰 사람을, 그것도 생전 처음이라고 해도 좋을 만큼 큰 사람을, 조금 전 그 곁을 지나치면서도 '보았다'는 사실이었다.

분명히 보았다.

나이가 그리 많지 않은 남자고, 배경으로 삼은 젖은 담벼락처럼 칙칙한 빛깔의 옷을 걸치고 있었던 것을 위심고는 똑똑히 기억하고 있었다.

참으로 이상하지 않은가! 곁을 지나칠 때에는 그 정도 감상 외에는 별생각 없이 그냥 넘어갔는데, 다른 것을 확인하기 위해

뒤돌아보았을 때에야 비로소 저렇게 덩치가 큰 사람임을 깨닫게 되다니!

비 때문에 시야가 좋지 않아 그런가 싶어 고개를 갸웃거리는 위심고의 귓전에 나문시의 말소리가 들어왔다.

"이상하군요. 지나면서 보았을 때에는 저렇게 크다는 느낌을 받지 않았는데 말입니다."

"나 당두도 그랬나?"

"어? 그렇다면 감승 영감도?"

시선을 교환한 두 사람이 홀린 듯한 표정으로 다시 뒤를 돌아보았을 때, 담벼락 옆에 서 있던 시커멓고 커다란 인영은 떨어지는 빗물에 녹아 버린 양 이미 종적을 감춘 뒤였다.

◈

비는 저녁 전에 그쳤지만 하늘은 개지 않았고, 흙냄새 밴 눅눅한 공기 위로 갑작스레 어둠이 무너져 내렸다.

태원에서 다섯 손가락 안에 꼽히는 번화가인 동문로東門路.

부지런한 가게 주인들은 저녁상을 받기도 전에 크고 작은 등롱들을 자신의 가게 앞에 내걸었고, 등갓에 입힌 염료에 따라 갖가지 색으로 빛나는 불빛들은 거리 곳곳에 고인 빗물에 반사되어 가을 산처럼 찬란한 도로를 만들어 냈다. 낮은 병자처럼 음울했지만 밤은 귀부인처럼 화려했다. 그 화려함이 백옥선白玉扇의 우윳빛 부챗살 사이로 나타났다 사라지기를 반복하고 있었다.

짜르륵.

펴지고 접히기를 반복하던 부챗살들이 경쾌한 옥돌 소리와 함께 포개지고, 이군영은 앉아 있던 접의자에서 몸을 일으켰다. 등지고 있던 탕실湯室의 문이 열리는 소리를 들었기 때문이다.

"이런, 이 공자가 온 줄 알았으면 약차라도 한 잔 내 드려야 했을 것을."

탕실의 문을 열고 나온 노인, 동문로에서 가장 용하다는 천수의방天壽醫房의 주인인 약선생이 밖에 서 있는 이군영을 보고 허연 눈썹을 치올리며 말했다.

"차 대접은 이미 받았습니다."

이군영이 두 손을 모으며 공손히 답하자 약선생이 엷은 노기를 드러내며 주위를 둘러보았다.

"그래도 예의란 게 있는데, 다른 사람도 아닌 이 공자가 왔는데 주인 된 몸으로 얼굴도 비치지 못한 것······."

"다른 분들을 탓하지 말아 주시길. 제약하시는 데 방해가 될까 두려워 선생께는 통지해 올리지 말아 달라고 소생이 당부드린 탓이니까요."

약선생은 찌푸린 얼굴로 이군영을 쳐다보다가 못 말리겠다는 듯이 혀를 끌끌 찼다.

"이러고 있는 이 공자를 보니 내가 실수했다는 생각이 드는구려."

이군영의 안색이 가볍게 변했다.

"무슨 말씀인지······?"

"약고藥膏를 풍로에서 내리는 때가 오늘 밤이 아니라 내일 아침이라고 말해 줬다면, 이 공자가 이 늦은 시각에 약초 냄새 맡아 가며 기다리고 있을 일은 없었을 테니 말이오."

이 말에 굳었던 이군영의 눈매가 풀렸다. 실수했다고 하기에 제약에 무슨 문제라도 생긴 것은 아닌가 걱정했는데, 그렇지는 않은 모양이었다.

"그녀가 한시라도 빨리 입맛을 되찾을 수 있다면 아무리 늦은 시각이라 해도 움직여야 마땅하지요."

약선생이 감탄했다는 듯이 고개를 끄덕였다.

"본시 좋은 약을 만드는 데는 정성이 칠이요, 약재가 삼이라고 했소. 이 공자의 정성이면 길가에 핀 잡초 뿌리를 달여다 써도 효과를 볼 거라 믿소."

"감당하기 어려운 말씀이십니다. 선생의 도우심 없이 소생이 어찌 명약을 얻을 수 있겠습니까."

실제로도 그랬다. 산서에서 명의로 손꼽히는 약선생이 저 탕실 안에서 보름간 고아 만든 약고, 금궤당백고金櫃當白膏 안에는 같은 무게의 황금을 주고도 구할 수 없다는 극상품의 당귀當歸와 백 년 묵은 백하수오白何首烏, 거기에 임부姙婦에게 좋다는 진귀한 약재들이 다수 녹아들어 있었다. 정성이야 몸뚱이 가진 사람이라면 얼마든지 낼 수 있지만 약재는 그럴 수 없는 법. 약선생이 오랜 세월 쌓아 올린 인맥과 좋은 약재를 알아보는 감별력, 거기에 풍로의 화력을 알맞게 조절하여 최상의 약고를 고아내는 능력이 없었다면 금궤당백고는 결코 만들어지지 못했을 것이다.

"아니지, 아니야. 산산이라는 아이에게 들었소. 이 공자가 이번 제약을 음지에서 지켜보느라 급한 공무마저도 외면했다는 이야기를."

산산이 한 말은 사실이었다. 이군영은 금궤당백고의 제약을 지켜보기 위해 이비영이 계획한 산월월 작전에 참가하지 않았다. 무적의 검객인 삼비영이 선봉에 나서고 그에게는 종조부가 되는 오비영이 내부에서 호응하는 이상 작전이 성공하리라는 점은 의심치 않았지만, 여간해서는 같은 말을 되풀이하지 않는 이비영이 그의 참가를 거듭하여 권유한 것을 보면 이번 작전이 향후 정국에 미치는 영향이 작지 않음을 충분히 짐작할 수 있었다.

하지만, 그럼에도 불구하고 이군영은 후회하지 않았다. 그 작전이 설령 천하를 가져다준다 해도 그에게는 약선생의 작은 풍로가 고아 내는 한 단지의 약고가 훨씬 더 소중하기 때문이었다. 인간이 판단하는 가치란 게 언제나 정량적인 것은 아니었다. 언제나 정성적인 것도 아니었다. 때때로 그 가치는 마음의 작은 쏠림에 의해 결정되기도 했다. 그리고 그의 마음은 오래전부터 한 방향으로 쏠려 있었다. 그 방향의 끝에 있는 것은…….

먹으로 찍은 듯 선명하던 이군영의 눈동자가 몽롱해졌다. 철새처럼 그녀에게로 회귀하는 상념의 한쪽 빗면을 따라 약선생의 늙수그레한 말소리가 물처럼 흘러내리고 있었다.

"그 아이의 이야기를 듣다 보니 무서운 생각마저 들더구려. 만일 제약에 실패라도 하는 날에는 이 늙은 뼈다귀가 온전치 못하겠구나 하는 생각 말이오. 그러자 정수리에 냉수라도 부은 듯 정신이 바짝 들더이다. 허허, 담대한 면으로는 누구 못지않다고 자부해 온 내가 누구를 무서워하게 될 날이 올 줄은 몰랐소."

말끝에 처진 어깨를 과장스럽게 움츠리는 약선생을 보며 이군영은 실소를 흘렸다. 본래 너스레를 즐기는 사람은 아닐 텐데, 긴 시간 공들인 제약에 성공했다는 기쁨이 마음의 끈을 느슨히 풀어 놓은 것 같았다.

"선생께서는 일전에 소생이 저지른 무례를 빗대어 지금의 소생을 꾸짖으려 하시는군요."

"어이쿠, 이 늙은이에겐 이 공자처럼 무서운 사람을 꾸짖을 담량 같은 것 없소이다."

평소와는 달리 자꾸 짓궂게 나오는 약선생을 향해 이군영이 뭐라 대꾸하려 하는데, 의방의 열린 문 안으로 분홍색 그림자 하나가 뛰어들어 왔다.

"노야, 말씀하신 날짜가 바로 오늘인데 약은 어찌 되었…… 어머, 공자님!"

의방 안으로 들어서기가 무섭게 할 말을 와다다닥 퍼붓다가 약선생과 마주한 이군영을 발견하고는 토끼 눈이 되어 버린 분홍 옷의 소녀. 바로 그녀의 시비인 산산이었다. 산산을 본 약선생이 고개를 절레절레 흔들었다.

"정성이 하늘에 닿는 사람이 한 분 더 계셨군. 그래, 어린 아가씨도 약고를 받으러 오셨는가?"

"예? 예에. 천비가…… 공자님을 뵙습니다."

대답은 약선생에게 하고 인사는 이군영에게 올리는 산산은 순식간에 목덜미까지 빨갛게 달아올라 버렸다.

"잘됐군. 복약하는 데 주의할 사항이나 금해야 할 음식 같은 것에 관해서는 이 공자보다 아가씨가 들어 두는 쪽이 낫겠지."

약선생이 이군영을 돌아보며 말을 이었다.

"기왕 기다린 김에 조금만 더 기다려 주시겠소?"

이군영은 담담한 웃음으로 대답을 대신했고, 약선생은 산산을 데리고 탕실 안으로 들어갔다.

잠시 후 탕실에서 나온 산산의 품에는 주황색 비단 보자기로 감싼 약단지가 보물처럼 소중히 안겨 있었다. 뒤따라 나온 약선생이 기지개를 길게 펴며 말했다.

"긴장이 풀려서인지 사지가 노곤거리는구려. 정성이 난형난

제하신 두 분께서 이만 돌아가 주신다면 이 늙은이, 이불 뒤집어쓰고 밀린 잠이나 채워야겠소."

이군영이 두 손을 모아 얼굴 앞에 올린 뒤 허리를 깊이 숙였다.

"선생의 크나큰 은혜, 결코 잊지 않겠습니다."

"돈 받고 약 지어 주는 게 업인 사람에게 은혜는 무슨……. 길이 미끄러우니 살펴 가도록 하시오."

귀찮다는 듯이 손을 내두르는 약 선생을 뒤로하고 두 사람은 의방 문을 나섰다. 앞장선 사람은 산산, 뒤따른 사람은 이군영이었다.

사단이 벌어진 것은 바로 그때였다.

"꺅!"

이군영이 의방의 문턱을 막 넘어선 순간, 앞서 가던 산산이 뭔가에 놀란 듯 황급히 뒷걸음질을 치다가 이군영에게 부딪히면서 안고 있던 약단지 꾸러미를 놓치고 만 것이다.

중심을 잃고 자신의 품 안으로 쓰러지는 산산을 받아 안으며, 이군영은 눈앞이 캄캄해지는 것을 느꼈다. 천금을 주고도 구하기 힘든 약재와 보름이라는 긴 시간과 약선생의 지긋한 공이 한데 어우러져 탄생한 금궤당백고가 진창에 뿌려지는 꼴을 목전에 두고 있기 때문이었다.

"안 돼!"

"어?"

이군영의 비명 같은 절규 뒤로 짤막한 경호성이 섞였다. 다음 순간, 붉은 벽돌이 깔린 바닥으로 떨어지던 약단지 꾸러미 아래로 크고 두꺼운 무엇인가가 불쑥 들이밀어졌다. 그것에 의해 떠받쳐진 약단지 꾸러미가 허공으로 둥실 떠오르더니, 곧바로 누군가의 커다란 손 안으로 들어갔다.

산산이 비명을 지르며 뒷걸음질을 치다가 이군영에 부딪혀 약단지 꾸러미를 놓치고, 이군영이 소리치고, 바닥으로 떨어지던 약단지 꾸러미가 누군가의 발등에 떠받쳐져 둥실 떠오르고, 그 누군가의 손이 그것을 낚아채고……. 이 모든 일들이 정말로 눈 한 번 깜짝할 사이에 벌어졌다.

"약단지…… 약단지가……."

산산은 눈으로 보고서도 상황을 파악하지 못한 듯 넋 빠진 목소리로 '약단지'라는 말만을 반복하여 중얼거리고 있었다. 넋이 빠지기로는 이군영도 별반 다르지 않았다. 다만 어린 산산과는 달리 그는 약단지가 무사하다는 것과 저 앞에 서 있는 누군가가 그렇게 해 주었다는 것을 파악하고 있었다.

"이제 됐다."

이군영이 그의 품에서 까무룩 정신을 놓으려는 산산의 어깨를 가볍게 움켜쥐었다.

"제가 깨트렸어요. 아씨의 약단지를 제가 깨트렸어요."

산산이 계속 넋 빠진 소리를 중얼거렸다. 이군영은 산산의 귀에 얼굴을 가져다 대고 차분히 속삭여 주었다.

"약단지는 괜찮다. 저분이 잡아 주셨단다."

"저분……이라고요?"

산산은 옆으로 꺾인 고개를 들고 앞을 쳐다보다가 또 한 번 '꺅!' 하고 비명을 질렀다. 그사이 황망하던 정신을 가다듬고 새삼스러운 눈으로 전방을 바라본 이군영은 산산의 입에서 조금 전과 지금, 두 번에 걸쳐 비명을 뽑아낸 장본인의 실체를 확인하게 되었다.

그 남자는 컸다. 얼마나 큰가 하면, 이군영이 세상에서 가장 큰 남자라고 믿어 의심치 않던 육비영만큼이나 컸다. 그렇게 큰 사람이 어둠 속에서 불쑥 나타나 거칠고 지저분한 수염으로 텁수룩한 얼굴을 들이밀었으니, 이제 갓 방년을 넘긴 어린 계집애가 어찌 소스라치지 않겠는가.

"그것참, 어린 아가씨가 나 때문에 많이 놀란 모양인데……
미안하게 됐소."

육비영만큼이나 커다란 체구를 가진 거한이 약단지 꾸러미를 잡지 않은 오른손으로 뒤통수를 긁적이며 사과의 말을 건네왔다.

"그것을 내게 주시오."

이군영은 표정을 딱딱하게 굳힌 채 거한의 왼손에 들린 약단지 꾸러미를 손가락으로 가리키며 요구했다. 기껏 건넨 사과가 무시당했다고 여겼는지 거한의 시커먼 눈썹이 꿈틀거렸다. 그럴 가능성은 별로 없겠지만, 만에 하나 저 거한이 심술이 나서 꾸러미를 팽개치기라도 한다면……. 이군영은 조금 전 꾸러미를 잡는 과정에서 확인한 거한의 움직임을, 저 엄청난 체구로 펼친 것이라고는 믿어지지 않을 만큼 날렵하고 유연한 움직임을 떠올리지 않을 수 없었다. 거한이 등에 멘 봇짐 양쪽으로 삐죽 튀어나온 물체가 눈에 들어온 것도 그 무렵이었다. 때 묻은 헝겊으로 둘둘 말려 실체를 파악할 수는 없지만 길이와 굵기로 미루어 필시 도검류의 병장기일 터.

'상대는 강호인, 그것도 고수다!'

이군영은 마른침을 삼켰다. 손바닥에 식은땀이 고이는 것이 느껴졌다. 그는 자꾸 갈라져 나오는 목소리를 애써 간곡하게 다듬어 다시 한 번 거한에게 요구했다.

"그 안에는 소중한 사람에게 먹일 약이 들어 있소. 부탁하오.

그것을 내게 주시오."

이 말에 담긴 진심이 전해진 듯, 거한의 선 굵은 눈매가 스르르 부드러워졌다. 거한이 왼손에 쥔 약단지 꾸러미를 흘끔 내려다본 뒤 이군영에게 내밀었다.

"그랬소? 하마터면 귀한 약이 상할 뻔했구려."

약단지 꾸러미가 거한의 손에서 이군영의 손으로 넘어왔다. 안도의 한숨을 내쉰 이군영은 혹시라도 다시 떨어질세라 약단지 꾸러미를 가슴 안으로 조심히 끌어안은 다음 거한을 쳐다보았다.

"고맙소. 노형이 손을 쓰지 않았다면 나는…… 나는……."

이군영은 뒷말을 잇지 않았다. 그는 너그러운 사람이지만 그 너그러움이 언제나 그의 행동을 결정하지는 않았다. 만약 이 약단지가 깨져 그간의 모든 공이 수포로 돌아갔다면 그는 산산을 용서하지 않았을 것이다. 그리고 산산의 잘못에 원인을 제공한 저 거한 역시 그대로 보내 주지 않았을 것이다.

그런 이군영의 내심을 알 길이 없는 거한은 남루한 행색에 걸맞지 않은 푸근한 미소를 지으며 커다란 손바닥을 내둘렀다.

"따지고 보면 나로 인해 벌어진 일 아니겠소. 머리 숙여야 할 사람은 나일지도 모르니 그냥 없었던 일로 합시다."

이 약단지 꾸러미의 가치를 모르기에 하는 말이리라. 이군영은 고개를 저었다.

"얼마 전까지만 해도 신상필벌信賞必罰을 집행하던 몸으로 그럴 수는 없소. 원하는 것이 있다면 말씀해 주시오. 능력이 닿는 대로 들어 드리리다."

완곡하지만 고집이 실린 이군영의 말에 거한이 뜻밖이라는 듯 눈을 끔벅거렸다.

"국록을 받는 몸이셨소?"

"그런 셈이오."

두 사람의 대화가 이 시점에서 끊긴 것은, 이군영 곁에 바짝 붙어 서서 어깨를 바들바들 떨던 산산이 별안간 대성통곡을 터뜨렸기 때문이었다.

"으아앙! 으어, 어어, 으어어엉!"

의방 문 안쪽에서 돌아가는 상황을 내다보던 약선생이 허리에 차고 있던 침 주머니를 꺼내 들고 산산에게 다가왔다.

"쯧쯧, 이 나이에 경풍驚風(경기)이라니, 다 큰 줄 알았는데 아직 아기 티를 못 벗었나 보군. 이 공자, 이 아가씨 신발 좀 벗겨야겠소."

과년한 처자의 맨발을 보는 것은 이 시대의 풍속상 얄궂은 광경이 아닐 수 없었다. 이군영이 산산의 신발을 벗기자 거한이 민망한 표정으로 고개를 돌렸다. 약선생은 산산의 양쪽 엄지발가락과 집게발가락 사이 태충혈太衝穴을 몇 차례 꾹꾹 주무른 뒤, 양쪽 엄지손가락과 집게손가락 사이 합곡혈合谷穴에 침을 꽂았다. 그러고는 이군영으로 하여금 산산의 등줄기를 훑어 주게 하자 끊임없이 흘러나오던 울음소리가 점차 가라앉더니 이내 작은 딸꾹질로 바뀌었다.

"잠자리에 들기 전에 찬물을 마시거나 손발을 씻으면 안 되네."

산산에게 신발을 다시 신기고 주의까지 내려 준 약선생이 거한을 힐끔 돌아보더니 힐난하듯 투덜거렸다.

"뭘 먹고 자랐기에 저리도 클꼬. 어린 아가씨를 탓할 일만은 아니지. 나라도 오밤중에 만나면 기함했을 테니까. 다음부터 조심하시게나."

거한의 얼굴이 우스꽝스럽게 일그러졌다.

약선생이 거한 들으란 듯이 의방 문을 쾅 닫고 들어간 뒤, 이 군영이 산산에게 물었다.

"이제 괜찮은 거냐?"

"예."

산산이 기어들어 가는 목소리로 대답한 뒤 거한을 향해 쭈뼛 거리며 고개를 숙였다.

"죄, 죄송합니다. 나리의 모습을 보고 소녀가 너무 놀란 바람 에……."

거한의 얼굴이 다시 한 번 일그러졌다. 하기야 그의 입장에 서 본다면 억울할 만도 했다. 아무 악의 없이 단지 제 모습을 보였다는 이유 하나로 이 사달을 치르고 있었으니 말이다.

그런 거한을 향해 이군영이 아까의 이야기를 이어 갔다.

"내가 도와 드릴 일이 있는지 말씀해 보시오."

"도와줄 일이라……."

거한은 팔짱을 낀 상태에서 오른쪽 주먹으로 턱을 툭툭 두드 리다가 산산을 향해 불쑥 물었다.

"이 근처에 여자가 좋아할 만한 물건을 파는 가게가 있소?"

이군영은 눈살을 찌푸렸다. 질문한 상대도 뜻밖이거니와 질 문한 내용은 더더욱 뜻밖이었다. 저 덩치로 규중지물을 찾다니 곰이 궁장을 입겠다는 격이 아니겠는가. 하지만 산산은 거한의 질문을 그리 별나게 여기지 않는 듯했다.

"선물 받으실 여자분이 젊으신가요?"

거한이 잠시 생각하다가 대답했다.

"아가씨보다야 늙었지만 노파는 아니오."

"좋아하시는 분인가 보죠?"

약선생이 명의인 건지 저 나이 때 소녀가 다 저런 건지, 조금 전만 해도 숨넘어갈 것처럼 굴던 아이가 눈까지 초롱초롱 빛내며 묻자 당사자인 거한은 물론이거니와 곁에서 듣고 있던 이군영마저도 황당해지고 말았다.

"그건 아가씨가 알 바 아니고…… 그런 가게가 있소, 없소?"

거한이 화제를 본론으로 돌리자 산산이 자신 있는 목소리로 대답했다.

"여자라면 나이가 많건 적건 예쁜 옷이 최고죠."

"예쁜 옷?"

거한과 이군영 모두 솔깃한 표정이 되었다.

"이 길이 끝나는 곳에 고급 비단을 파는 가게가 있으니 그리로 가 보세요. 천문관天門關 아래 사는 산산이 소개해 줬다고 하면 바가지를 씌우지는 않을 거예요."

"고급 비단…… 한데 내 주머니 사정이 그리 넉넉한 편이 아니라서……."

거한이 곤란하다는 얼굴로 말꼬리를 흐렸다.

"옷값이 부족하다면 보태 드릴 용의가 있소만."

이군영의 제안에 거한이 픽 웃으며 고개를 저었다.

"호의는 고맙지만, 다른 남자의 돈으로 내 여자에게 줄 선물을 사고 싶지는 않소."

입장을 바꿔 놓고 생각하니 지당한 말이었다. 이군영은 무안함을 감추려 헛기침을 흘렸다. 그러는 사이 제 턱을 두드리며 고민에 잠겨 있던 거한이 산산을 향해 다시 물었다.

"그 가게에서 다른 물건은 안 파오? 예를 들면…… 옷보다 싼 가격에 살 수 있는……."

"왜 없겠어요. 옷 말고도 여자들이 좋아하는 물건이 그 집에 얼마나 많은데. 아! 채대彩帶는 어때요?"

"채대?"

"비단으로 만든 허리띠 말이에요. 여자들 중에는 옷보다 채대를 더 좋아하는 사람도 있다고요. 우리 아씨도 그렇고요."

이군영은 자신도 모르게 고개를 끄덕거렸다. 그가 어린 시절부터 지켜본 바, 확실히 그녀는 옷보다 채대 쪽에 더 관심을 두는 것 같았기 때문이다. 한데 세상에는 비슷한 취향을 가진 여자가 또 있는 모양이었다.

"그렇군. 그 사람도 채대를 꽤나 좋아하는 눈치였지."

거한의 혼잣말 같은 중얼거림에 신이 난 산산이 덧붙였다.

"게다가 채대는 옷보다 훨씬 싸지요. 옷 한 벌 값이면 열 장도 살 수 있을걸요."

"그러면 채대로 해야겠군. 고맙소, 어린 아가씨."

산산에게 사례를 한 거한이 이군영에게 눈길을 돌렸다.

"귀하가 주겠다는 도움, 저 아가씨의 친절한 조언으로 대신해도 되겠소?"

"그래도 될 것 같구려."

이군영이 빙긋 웃으며 대답하자 거한이 섬뜩할 만큼 큼직해 보이는 두 주먹을 모아 그를 향해 들어 올렸다.

"뜻하지 않은 곳에서 뜻하지 않은 분을 만나 도움을 받았구려. 나중에라도 인연이 닿아 다시 만나게 된다면 한 잔 술로써 답례하리다."

약단지 꾸러미를 안은 탓에 포권을 할 수 없는 이군영은 비어 있는 오른손을 흔들어 주었다.

"그런 날이 오기를 빌겠소. 잘 가시오."

인사를 끝낸 두 사람은 의방의 문 앞에서 밝은 낮으로 헤어졌다. 거한은 채대가 있는 비단 가게로, 이군영은 그녀가 기다리는 집으로. 향하는 목적지는 각기 다르지만 그리로 발길을 옮기는 두 남자에게는 한 가지 공통점이 있었다. 그들 모두는 자신이 장만한 선물을 받고 기뻐할 여자의 얼굴을 머릿속에 떠올리고 있었다. 그래서 그들의 마음은 설렜고, 그들의 입가에는 미소가 걸릴 수 있었다.

두 남자는 알지 못했다.

지금 각자의 머릿속에 그리고 있는 얼굴이 한 여자의 것이라는 점을 두 남자는 알지 못했다. 그들의 재회가 놀랍도록 빠른 시간 안에 이루어지리라는 점을 두 남자는 알지 못했다. 그리고…….

재회의 순간 그들이 나누게 될 것이 호의 어린 술잔은 결코 아니리라는 점을 두 남자는 알지 못했다.

어떤 인연은 운명만큼이나 잔인했다.

(2)

햇볕에 바래 본래의 색깔을 가늠하기 힘든 주기酒旗에는 '금준객청金樽客廳'이라는 네 글자와 함께 아마도 술통[樽]일 것으로 여겨지는 허옇고 둥그스름한 덩어리가 수놓아져 있었다. 완전히 그친 줄 알았던 빗발은 밤새 오락가락할 모양이었다. 주기 하단에 무겁게 늘어진 지네발에서 떨어지는 빗물이 돌바닥에 고인 물웅덩이로 합쳐지고 있었다. 그 모습이 마치 주기 속 술통에서 넘친 술이 아래로 떨어지는 듯했다.

연상은 욕망을 낳고 욕망은 합리화로 이어졌다.

'하긴 맨 정신으론 힘든 일일지도…….'

앞섶 안에 넣어 둔 종이 꾸러미의 존재가 철판처럼 무겁게 느껴졌다. 그 안에 든 것이 너비 반 척에 길이 여덟 척짜리 하늘하늘한 명주 천임을 감안하면 터무니없는 무게감이 아닐 수 없어서 석대원은 쓴웃음을 짓고 말았다.

이유가 무엇이었든, 붙잡지 못해 떠나보낸 여자를 다시 만나는 데에는 상당한 용기가 필요했다. 커다란 몸뚱이 안에서도 발견하지 못한 용기를 몇 잔의 술에서 찾으려는 자신을 비웃으며, 석대원은 불빛과 연기와 소음을 한 덩이로 쏟아 내는 객잔의 입구를 향해 걸음을 옮겼다.

해시亥時(밤 9시~11시)에 접어든 늦은 시각임에도 객잔은 이상하리만치 북적거리고 있었다. 때와 그을음으로 검게 변한 나무 천장 아래에는 스무 명에 가까운 손님들이 탁자에 차려진 술과 음식을 먹으며 저마다의 이야기를 풀어놓고 있었다.

입구에 우두커니 선 채 안쪽으로부터 밀려오는 온갖 번잡함을 음미하는 석대원에게 길쭉한 목에 수건을 두른 점소이가 다가왔다. 몸집은 어른에 가깝지만 얼굴에는 여드름이 채 가시지 않은 열예닐곱 살쯤 되어 보이는 소년이었다.

"손님, 죄송합니다만 오늘은 모든 방들이 꽉 찼습니다. 묵으실 곳을 찾으신다면 다른 객잔을 소개해 드릴…… 아!"

피로에 전 얼굴로 준비한 말을 늘어놓던 소년이 어느 순간 석대원을 올려다보던 눈을 동그랗게 뜨며 탄성을 터뜨렸다. 묻지 않아도 이유를 알 것 같기에 석대원은 덤덤한 얼굴로 소년을 쳐다보고 있었다. 그로서는 드물게 겪는다 할 수 없는 이런 경우, 대체로 상대하는 사람 쪽에서 켕기는 얼굴로 이유까지 설명해 주곤 했다. 이번에도 그랬다. 소년이 그의 눈치를 살피며 조심스럽게 덧붙였다.

"정말로 큰 분이시네요. 여기서 일하며 온갖 손님들을 만나

보았는데, 손님처럼 큰 분은 처음입니다."

"빈방은 없어도 빈자리는 있는 것 같군. 식사는 할 수 있겠지?"

만실인지는 몰라도 만석은 아니었다. 석대원은 객잔 구석진 곳에 있는, 주인은 없지만 위에 벌려 놓은 식기들이 아직 치워지지 않은 탁자 한 곳에 눈길을 주며 물었다. 소년이 난처하다는 듯 뒤통수를 긁으며 대답했다.

"간단한 식사는 가능합니다만 고기는 종류 불문하고 떨어졌습니다. 낮부터 손님들이 밀려와서 주방이 난리가 아니었거든요."

소년의 얼굴에 여드름처럼 들러붙은 피로도 아마 그래서일 터였다. 석대원은 얼굴을 찡그리며 다시 물었다.

"양고기도 떨어졌나?"

"예. 저희 객청에서 가장 유명한 것이 양고기 요리라서 아마 가장 먼저 떨어졌을 겁니다."

"아쉽군. 태원에 가면 양고기를 꼭 먹어 보라는 얘기를 들었는데."

그 얘기를 들려준 사람은 산서 출신 검객으로 비각의 이십비영 자리에 올라 있던 호활뇌정검 금청위였다. 금청위는 죽었다. 다른 사람도 아닌 석대원에 의해. 억수같은 비가 쏟아지던 고도孤島의 그날 밤, 결코 적이 되고 싶지 않았던 호활한 남자와 검을 맞대야만 하는 운명을 원망하는 석대원에게 금청위는 이렇게 말했다.

─그게 바로 강호인이지.

금청위가 마지막으로 남긴 그 말은 석대원을 두고두고 쓸쓸하게 만들었다. 발을 들여놓은 인간으로 하여금 적과 친구를 선택할 자유마저 허락하지 않는 비정한 세상. 그곳이 바로 강호였다.

"어떻게 하시겠습니까, 손님?"

점소이 소년이 물었다. 석대원은 잠시 망설이다가 말했다.

"고기가 없다고 안주를 못 만들지는 않겠지. 한잔 마시고 갈 테니 적당히 알아서 내오너라."

그러고는 눈여겨봐 둔 탁자로 걸어가 자리를 잡으니, 소년이 총총히 따라붙어 선객이 남긴 술잔이며 그릇, 접시 들을 치우기 시작했다. 메고 있던 봇짐을 옆자리에 내려놓은 뒤 물기에 젖어 허벅지에 불쾌하게 휘감긴 하의를 잡아당기던 석대원이 소년을 쳐다보며 눈을 찌푸렸다.

"내 몸뚱이가 크다는 것은 알지만 그렇게 계속 힐끔거릴 정도는 아니지 않느냐?"

소년이 화들짝 놀라며 고개를 저었다.

"아니, 그게 아니라……."

"아니면 뭐냐?"

"분명히 무지 큰 분인데, 잠깐만 딴 일을 하면 이렇게 큰 분이라는 것을 금방 까먹게 되네요. 온종일 손님들을 치르느라 소인이 너무 지친 모양입니다. 불쾌하셨다면 용서해 주십시오."

불쾌하다기보다는 이상하다는 기분이 들었다. 근래 들어 비슷한 얘기를 몇 차례 들은 적이 있기 때문이었다. 석대원은 그의 거구가 사람들의 눈에 얼마나 잘 띄는지 모르지 않았다. 물론 청류산에서 수련할 때야 만나는 사람이 손으로 꼽을 정도밖에 되지 않았으니 딱히 인지할 길이 없긴 했다. 하지만 강호에 나온 뒤부터는 무슨 괴물이라도 만난 것처럼 휘둥그레진 눈으로 쳐다보는 사람들의 시선에 익숙해질 수밖에 없었다. 한데 그러던 것이 어느 시점부터인가 달라졌다. 그 시점이 언제냐 하면…….

'이번 여행부터였어.'

지난 십이 년간 닷새 이상은 떨어져 살아 본 적이 없는 충복에게도 알리지 않은 채 홀로 오른 북행길이었다. 한데 노중에 스친 사람들이 그들 틈에 끼어 돌아다니는 거대한 남자를 크게 의식하지 않는 눈치였던 것이다. 변화의 이유가 뭘까? 비상식적이라고 할 만한 석대원의 거구가 갑자기 줄어들었을 리도 없고, 세상에 그런 거구를 가진 자들이 갑자기 늘어났을 리도 없는데 말이다.

'이번 여행 중에 무슨 일이 있었던 거지?'

그러나 이번 여행에 대한 회상은 하지 않는 쪽이 나았다. 떠올리고 싶지 않은 사건 하나가 생각의 흐름을 단숨에 빨아들여 버렸기 때문이다. 제원이라는 이름의, 산서와 하남 경계에 위치한 작은 도시의 어느 객방에서 벌어진 그 사건.

그날 밤 석대원은 '붉은 아이'에게 자아를 빼앗긴 채 한 여자와의 정사에 몰입해 있었다. 그러던 중 객방 창문이 안쪽을 향해 부서졌고, 그는 바깥으로부터 날아 들어온 바위 같고 강철 같은 단호한 일격 앞에 무방비로 노출되고 말았다. 붉은 아이로부터 급히 돌려받은 자아가 파악한 당시의 상황은 말 그대로 치명적이었고, 그는 아무것도 할 수 없었다. 그가 죽음으로부터 벗어날 길은 어디에도 없어 보였다.

바로 그 순간, 석대원과 단호한 일격 사이에서 뾰족한 비명이 터져 나왔다.

─안 돼!

절정의 희열에 몸부림치던 여자가 솟구치듯 상체를 일으켜 석대원을 감싸고, 살과 뼈가 한 덩어리로 으스러지는 섬뜩한 소리가 울리고, 여자의 입에서 뿜어진 핏물이 석대원의 얼굴을 뒤덮었다.

그토록 단호해 보이던 일격이 마지막 순간에 이르러 단호함을 잃은 것은 지금 생각해도 이상한 일이었다. 본래의 궤도에서 벗어나 여자의 오른쪽 젖가슴을 꿰뚫은 꼬챙이가 석대원의 왼쪽 겨드랑이 아래 긴 고랑을 남기고 지나간 것과 석대원이 반사적으로 뻗어 낸 오른손 손날에 단호한 일격을 날린 남자의 머리통이 부서진 것은 거의 동시에 벌어진 일이었다.

그러고는 피 냄새가 번졌다. 석대원은 구역질 나는 피 냄새에 둘러싸인 채 한동안 침대 위에 망연히 앉아 있을 수밖에 없었다.

'그 침대 위에는 세 사람이 뒤엉켜 있었지.'

한 사람은 살아남았고, 한 사람은 죽었으며, 한 사람은 죽어 가고 있었다. 그중 죽어 가던 사람, 사효가 힘겹게 물었다.

—석 대형…… 당신인가요?

질문의 뜻을 이해하는 데는 약간의 시간이 필요했다.

—그렇소.

—다행이군요. 아까의 당신은 너무 무서웠어요.

사효는 붉은 아이를 보았을 것이다. 그녀는 그날 밤 두 개의 방문을 열었다. 첫 번째 방문을 열었을 때 본 사람이 석대원이라면, 두 번째 방문을 열었을 때 본 것은 붉은 아이였다. 석대원은 오른쪽 가슴이 넝마처럼 되어 버린 고통 속에서도 안도의 한숨을 내쉬는 그녀를 이해할 수 있었다. 붉은 아이는 그에게도 무서운 존재였으니까.

사효가 다시 물었다.

-혹시 다쳤나요?

걱정이 가득한 그 질문에 석대원이 참지 못하고 되물었다.

-당신은 나를 죽이려고 했잖소?

붉은 아이를 통해 들여다본 사효의 마음은 그녀가 석대원을 죽이기 위해 파견된 살수임을 알게 해 주었다.

-맞아요. 나는 석 대형을 죽이려고 했어요.

-그런데 왜 나를 걱정해 주는 것처럼 말하는 거요?

-죽이지 못했으니까요. 내 것으로 만들지 못했으니까요. 석 대형을 내 것으로 만들지 못하면 내가 석 대형의 것이 되어야 해요.

-그래서…… 그래서 나를 대신해…….

사효의 가슴을 등 쪽으로부터 관통한 꼬챙이를 내려다보며 석대원이 중얼거리자 사효가 피에 물든 얼굴로 웃었다.

-그게 바로 나예요, 남자를 홀려 죽이는, 하지만 실패하면 남자 대신에 죽어야만 하는 올빼미 사효.

석대원은 한동안 아무 말도 할 수 없었다. 그는 자신이 느끼는 감정이 배신감인지 동정심인지, 노여움인지 가여움인지 분간할 수 없었다.

-이자는 누구요?

한참 만에 나온 석대원의 질문에 사효가 침대 한쪽에 죽어 널브러진 있는 남자를 돌아보았다.

-날다람쥐, 내 오라버니죠.

-오라버니라고?

-그래서 당신을 오라버니라고 부르지 않은 거예요. 내게는 두 명의 오라버니가 있는데 그들 모두를 좋아하지 않거든요. 그들은…….

말을 잇지 못하고 핏물을 쿨럭쿨럭 게우는 사효를 석대원은 그저 보듬어 안을 수밖에 없었다. 그를 속인 여자고 그를 죽이려 한 여자인데도 적개심이나 증오심은 일어나지 않았다. 두 사람은 그녀가 익힌 어떤 수법을 통해 서로의 과거를 들여다보았다. 그들의 과거는 고통과 슬픔으로 점철되어 있었고, 그들은 상대의 고통과 슬픔을 자신의 것으로 받아들이는 공감과 동화의 과정을 경험했다. 비록 한때에 불과했지만, 그들은 둘인 동시에 하나였다. 그리고 그녀는 죽어 가고 있었다.

침대보가 축축해질 만큼 많은 양의 피를 토해 놓은 뒤, 눈처럼 창백해진 얼굴로 사효가 말했다.

-우리 남매가 실패했으니 다음에는 산로가 올 거예요. 그는 천하제일인이 아니지만 어떤 천하제일인이라도 죽일 수 있지요. 그의 역용술과 은신술은 누구도 알아차리지 못하니 석 대형은 조심해야 할 거예요.

숨이 끊어지기 직전임에도 사효는 석대원의 안전을 염려하고 있었다. 석대원은 가슴이 먹먹해지는 것을 느꼈다.

-내가 당신을 위해 무엇을 해 줄 수 있겠소?

사효가 떨리는 손을 들어 석대원의 얼굴을 어루만졌다.

-석 대형은 참 이상한 사람이에요. 속에는 그토록 무서운 악마를 감추고 있으면서도 착하고 여리지요.

사효에게서 생기가 떠나기 시작했다. 두 사람 사이에 이어져 있던 일체감의 잔재가 석대원으로 하여금 그것을 느끼게 해 주었다. 석대원은 자신의 볼에 대어진 그녀의 손을 감싸 쥐었다. 그의 체온이 반가운 듯 그녀가 희미한 미소를 지었다.

-나를 위해 뭔가를 해 주고 싶다면 우리 남매를 화장해 주세요. 그리고 낙양성 서문로 회로호동에 흐르는 도랑에 뿌려 주

세요.

그곳이 어디인지는 알 것 같았다. 붉은 아이가 보여 준 그 좁고 더러운 도랑 안에서 석대원은 시체의 몸으로 누워 있었다.

—반드시 그렇게 해 주리다.

석대원은 그 대답이 끝나기도 전에 사효가 죽었음을 알았다. 그러나 그녀의 얼굴에 여전히 붙은 미소는 그가 승낙하리라는 것을 의심치 않았음을 말해 주고 있었다.

그 밤을 도와 남녀의 시신을 메고 객잔을 떠난 석대원은 폭우가 그치고 날이 밝은 뒤 제원 뒷산에 자리 잡은 작은 암자 한 곳을 찾아갔다. 시신을 두 구씩이나 메고 쳐들어온 거한에게 겁먹은 늙은 승려는 군소리 한마디 없이 시신을 화장해 주었고, 잿더미 속에서 수습한 유골을 작은 단지에 담은 그는 사효의 유언을 마저 들어주기 위해 행로를 되돌려야만 했다.

다행히 하남의 고도 낙양은 제원에서 이틀 거리밖에 떨어지지 않았고, 회로호동은 석대원이 사효의 마음속에서 엿본 것과 똑같은 모습으로 오래전 자신의 품을 떠난 고아들을 기다리고 있었다.

더러운 도랑 위로 하얀 뼛가루가 뿌려지는 동안, 석대원은 골목 여기저기에 작은 몸을 숨긴 채 신기해하는 얼굴로 그를 바라보는 몇몇 혼혈 고아들의 얼굴을 발견할 수 있었다. 저들 중 누군가는 장차 또 다른 올빼미, 또 다른 날다람쥐가 될지도 몰랐다. 그래서 자신들을 팽개친 세상을 상대로 소리 없는 죽음으로써 앙갚음하려 들 몰랐다. 세월이 흘러도, 또 세대가 바뀌어도 세상은 좀처럼 나아지지 않았다. 그 속에서 인간은 같은 고통과 슬픔을 반복할 따름이었다……

탁.

작은 소리와 함께 기름 냄새가 콧속으로 흘러 들어왔다. 석대원은 상념을 멈추고 탁자 위에 놓인 접시에 눈의 초점을 맞췄다. 땅콩기름에 볶은 죽순과 청경채가 이빨이 나간 접시 안에서 고소한 향기를 풍기고 있었다.

"주방에서 이 요리밖에는 안 된다고 하네요."

접시에 이어 반 되들이 자기 술병 하나를 탁자에 올려놓은 점소이 소년이 말했다. 석대원이 소년을 향해 빙긋 웃었다.

"이거면 충분해."

소년이 석대원의 눈치를 살피며 덧붙였다.

"죄송합니다만 손님들이 많아서 장궤掌櫃(계산대, 혹은 계산대에 앉는 사람)를 볼 사람이 없습니다. 식대는 지금 계산해 주셨으면 합니다."

금준객청은 번쩍거리는 이름에 걸맞지 않게 저렴한 가게였고, 명주 채대를 사느라 남은 여비의 대부분을 써 버린 석대원이지만 저렴한 가게에서 간단한 술과 안주를 사 먹을 돈 정도는 남아 있었다. 부르는 식대에다 동전 몇 문을 인정전으로 얹어 준 석대원이 고맙다고 굽실거리는 소년에게 물었다.

"그나저나 손님들이 많긴 많구나. 이 가게의 음식 맛이 특별히 좋아서 그런 거냐, 아니면 이 동네에 술고래들이 유독 많이 살아 그런 거냐?"

소년이 빈 쟁반을 가슴에 끌어안으며 씩 웃었다.

"저희 객청의 음식 맛이 이 동네에서 가장 좋은 것은 사실이지만, 저 손님들이 전부 이 동네 사는 분들은 아닙니다."

"하면 나 같은 객지 사람이란 말이냐?"

"그렇습니다. 쓰는 말투를 잘 들어 보시면 중원 각지에서 온

분들이라는 걸 금방 아실 수 있을 겁니다."

십일 년이란 세월을 심산에 틀어박혀 보낸 탓에 석대원의 견문은 그리 넓지 않았다. 소년의 말을 듣고 주위의 소음에 새삼 귀를 기울여 보니 과연 객잔 안을 떠도는 갖가지 말투들이 소년이 쓰는 산서 말투와는 자못 달랐다. 심지어 그들 중에는 석대원처럼 소항蘇杭(소주와 항주) 지역의 말투를 쓰는 사람도 끼어 있었다. 소항과 태원이 얼마나 멀리 떨어져 있는지 석대원은 이번 여행을 통해 톡톡히 배울 수 있었다.

"각지에서 사람들이 모여든 것을 보니 태원에 무슨 대단한 시장이라도 열린 모양이구나."

손님들의 대부분이 장사치로 보여서 한 말인데, 소년은 이상하다는 표정을 짓는 것이었다.

"하면 손님께서는 마시馬市 일로 오신 것이 아닌가요?"

"마시?"

"예, 얼마 전부턴가 이 부근에 큰 마시가 열린다는 소문이 쫙 퍼졌습니다. 그다음부터 태원을 찾는 분들이 눈에 띄게 늘어났지요. 저분들도 아마 그 마시 때문에 오셨을 겁니다."

금시초문이기도 하거니와 딱히 관심을 끌 것도 없는 내용이기에 석대원이 그런가 보다 넘어가려는데, 옆 탁자를 차지하고 있던 두 사람 중 하나가 대화에 불쑥 끼어들었다.

"애야, 그건 네가 잘 몰라서 하는 얘기란다. 산서 경내에 큰 마시가 열릴 예정인 것은 맞지만 그곳이 이 부근은 아니지."

코밑에 염소수염을 기른 중년인인데 금실이 반짝거리는 비단옷에 혈색 좋은 동글동글한 얼굴이 상인의 전형을 보는 것 같았다. 염소수염이 말하자 맞은편에 앉은 사람이 맞장구를 치고 나섰다.

"아무렴, 사례태감의 고향이 후보지라니 여기서는 제법 거리가 떨어졌다고 할 수 있겠지."

염소수염과 비슷한 차림, 비슷한 나이대로 보이는 그 사람은 합죽한 턱 한가운데 커다란 사마귀가 달려 있어서 턱수염을 기르는 쪽이 나을 것 같았다.

일 년 반 남짓한 강호 생활은 석대원으로 하여금 당금의 정국에 관해 귀동냥을 할 기회를 주었다.

"사례태감이라면 옥좌 뒤에 앉아 천자를 제 마음대로 쥐락펴락한다는 그 왕진 말씀입니까?"

석대원이 그 이름을 서슴없이 입에 담자 두 상인이 화들짝 놀라며 주위를 둘러보았다.

"허! 그 친구, 덩치만 큰 게 아닌가 보군."

"맞아, 간덩이도 덩치만큼이나 큰 게 분명해."

칭찬인지 질책인지 구분하기 모호한 말을 주고받더니, 염소수염이 목소리를 낮춰 석대원에게 주의를 주었다.

"그 이름을 입에 담을 때에는 주위를 살피라고 충고하고 싶군. 안 그래도 마시를 개장하는 문제로 동창의 인사 다수가 이곳에 파견되었다는 얘기가 있으니까."

"지당한 말일세. 동창은 아무리 조심해도 모자랄 만큼 무서운 곳이지."

'동창이라, 그들인가?'

석대원은 오늘 오후 그의 곁을 지나쳐 간 한 무리의 행렬을 떠올렸다. 검은색 관모와 관복을 입은 그들 중에는 환관처럼 보이는 인물도 포함되어 있었던 것이다.

"어쨌거나 요즘 같은 세상에 간담 큰 젊은이를 보는 것은 나쁘지 않은 일이지. 괜찮다면 이쪽으로 오게나. 이 집 양고기는 꽤나 먹을 만하다네."

"특히 이 집 양 갈비 요리는 일품이라고 할 수 있지."

염소수염이 권하고 사마귀가 맞장구를 쳤다.

"사양하지 않겠습니다."

양고기도 그렇거니와 왕진과 관련된 마시 얘기에 갑자기 흥미를 느끼게 된 석대원이 옆자리에 둔 봇짐을 챙겨 들고 자리에서 일어섰다. 그가 몸을 일으키자 염소수염이 눈을 휘둥그레 떴다.

"어이쿠, 이렇게 큰 사람이었나?"

"그러게 말일세. 크다는 생각은 하고 있었지만 저렇게 큰 줄은 몰랐군."

그러면서도 젓가락과 술잔을 들고 자리를 내주는 사마귀는 장사가 아니라 맞장구가 본업인지도 몰랐다.

"이렇게 만난 것도 인연인데 통성通姓이나 하세. 나는 남경에서 온 심沈 가라고 하네."

"나는 이李 가라네. 이 친구와 동업을 하고 있지."

석대원이 두 상인에게 포권을 올렸다.

"소주 사람이고 석이라는 성을 씁니다."

자신을 심 가라고 소개한 염소수염이 고개를 끄덕였다.

"말투로 봐서 그럴 거라고 짐작했네. 장사판이야 남경에 벌였지만 사실 우리도 그 지역 출신이거든."

"정확히 말하면 주장周莊 출신이지."

주장이라면 석대원도 아는 곳이었다. 소주 동남쪽에 자리 잡은 이름난 수곽水廓(물가 마을)으로서 북송 시대 주 씨 성을 가진 거부의 도움으로 조성되어 그런 이름이 붙었다고 한다.

"주장에는 국초부터 큰 부를 쌓은 집안이 있다는데 그분들의 성이 심이라고 들었습니다."

석대원의 말에 정작 심 가는 가만히 웃기만 하는데 이 가 쪽에서 뻐기고 나섰다.

"자네도 아는군. 바로 이 친구의 집안이라네."

외지에서는 동향인이라는 이유 하나만으로 얼마든지 친근해질 수 있다는 점을 심 가와 이 가, 두 상인이 가르쳐 주었다. 그들이 사전에 시켜 놓은 맛좋은 양 갈비 요리 또한 분위기를 끌어 올리는 데 한몫했음은 물론이었다. 술잔과 더불어 오간 대화를 통해 석대원은 두 상인이 마시 문제로 태원에 왔음을 알게 되었다. 남경에 이미 자리를 잡은 그들은 얼마 전부터 상권을 강북으로 확장할 구상을 하고 있었는데, 그 일에 필수적인 요소가 바로 말이기 때문이었다.

"……자고로 남선북마南船北馬라고 하지 않던가. 선박이 아무리 많아도 고개 너머로 물건을 나르지는 못하지. 게다가 평지가 많은 산동까지 진출하려면 많은 말이 반드시 필요하다네. 그러던 참에 산서에 큰 마시가 준비 중이라는 소식을 듣고 흙비 맞아 가며 이렇게 오게 된 것이지. 마시 후보지인 대동이 아니라 태원으로 온 것은 부지를 확정하는 데 영향력을 끼칠 만한 높은 양반들이 이 부근에 살기 때문이고."

"그러셨군요."

이 가의 장황한 설명에 석대원이 고개를 끄덕이자 심 가가 염소수염을 매만지며 물었다.

"한데 석 노제는 강호의 무사처럼 보이는구먼. 내 눈이 맞는가?"

"그렇습니다."

석대원은 굳이 부정하지 않았다. 누가 보더라도 그의 외모와 가장 어울리는 직업은 무사라고 여길 것이기 때문이었다. 그러자 이 가가 눈썹을 찌푸리며 물었다.

"한데 강호의 무사치고는 기가 조금 약한 것 아닌가?"

"예?"

강호에 나온 뒤로 기가 약해 보인다는 소리를 들은 것은 이번이 처음이라서 석대원은 어리둥절해졌다.

"내가 듣기로 강호의 고수에게서는 눈에 보이지 않는 기가 뻗어 나와서 우리 같은 사람들은 눈길만 마주쳐도 오금을 펴지 못한다고 하더군. 한데 석 노제는 그 덩치를 가지고도 그다지 눈에 띄는 것 같지가 않아. 지금도 그래. 어찌 된 영문인지 이렇게 한자리에 앉아 이야기를 나누면서도 석 노제가 크다는 점을 깜빡깜빡 잊게 된다 이 말이지. 이게 다 기가 약해서 그런게 아닐까?"

아까 점소이 소년이 한 것과 비슷한 맥락의 말이었다. 석대원은 고소를 지으며 말했다.

"말씀을 들어 보니 보약이라도 지어 먹어야겠군요."

"보약까지는 아니라도 조금 더 자신감을 가질 필요는 있는 것 같으이. 어깨를 쫙 펴고 허리도 꼿꼿이 세우고. 사람이라는 게 첫인상이 중요한데, 자네 같은 덩치를 가지고도 눈에 띄지 않는다는 게 말이나 되는가."

그러나 자세 문제일 리는 없었다. 석대원은 자신의 자세가 누구 못지않게 바르다는 점을 의심하지 않았다. 그렇다고 기가 약해진 것은 더더욱 아니었다. 군조로부터 고향집을 지키기 위해 벌인 처절한 전투 이후, 석대원의 무공은 한층 더 깊어졌다. 지금의 그는 어느 때보다도 강했다. 그럼에도 외부인들의 주의에서 자꾸 빠져나가는 까닭은…….

'내 천선기가 정말로 이기혼연以棄渾然의 경지에 접어든 것일까?'

이기혼연은 스스로를 버림으로써 천지의 조화와 하나를 이룬다는 도가의 최고 경지였다. 석대원은 스스로에게 한 이 질문에 대해 심각히 고민해 보았지만 가부를 판단하기 어려웠다.

대체로 무공이란 광물과 달라서 그 수준을 한눈에 알아볼 수 있는 시금석이 따로 있는 것이 아니었다. 이 말인즉, 스스로 어떠한 경지에 이르렀는지 확인할 방법이 그리 많지 않다는 뜻이었다. 가장 좋은 방법은 안목과 실력을 두루 갖춘 고수로부터 평가를 받는 것인데, 다른 사람이라면 몰라도 현재의 석대원의 수준을 평가할 수 있는 고수가 천하에 존재할 리 없었다. 그가 이제껏 만난 무인 중 최고수는 아마도 무양문주 서문숭일 텐데, 그 서문숭조차도 현재의 그를 평가하기는 어려웠다. 서문숭이 천외천의 고수라고는 하나 그와의 격차가 그리 크지는 않을 터였다. 게다가 그가 수련한 천선기와 서문숭이 수련한 백련 공부는 느티나무와 삼나무처럼 뿌리부터가 달랐다.

석대원이 스스로의 경지에 대한 생각에 잠시 잠겨 있는 동안, 심 가가 무거운 표정으로 말했다.

"어쩌면 남들 눈에 띄지 않고 쥐 죽은 듯 사는 것이 나을지도 모르지."

내내 맞장구만 치던 이 가가 동업자의 말에 처음으로 반박하고 나섰다.

"그게 무슨 소린가? 사내대장부로 태어나 강호에 뜻을 둔 바에야 세상에 이름 한 번은 떨쳐 보고 죽어야 마땅한 일이지."

"쯧쯧, 신무전의 노전주와 그 제자가 어떤 꼴을 당했는지 알면서도 그런 말이 나오는가?"

"흠, 하기야 그들이 조용히 살았다면 그런 횡액은 당하지 않았겠지. 자네 말이 맞네."

이 가는 곧바로 수긍하고 본연의 자세로 돌아갔다. 두 사람의 대화를 듣던 석대원이 심 가에게 물었다.

"신무전에 무슨 일이 생겼나요?"

심 가가 믿을 수 없다는 듯이 눈썹을 치올리며 석대원을 쳐다보았다.

"아니, 강호인이라면서 그 소식도 모른단 말인가?"

"여러 날 원행을 하느라 근자에 벌어진 일들에 관해서는 들을 기회가 없었습니다."

"하긴 남부에서 예까지 왔다면 그럴 수도 있겠군. 내가 얘기해 줄 테니 지금이라도 알아 두게나. 제남혈사濟南血事라고들 부르는 그 일이 벌어진 것은⋯⋯."

심 가는 제법 오랜 시간에 걸쳐 제남혈사, 즉 이달 초 신무전에서 벌어진 참극에 관한 이야기를 늘어놓았다. 그 이야기에 따르면, 세칭 제남혈사로 말미암아 신무전이 입은 피해는 치명적이라고 해도 무방했다. 머리에 해당하는 전주와 군사가 죽었고, 몸통에 해당하는 사방대주 중 둘이 죽었다. 게다가 외지로 파견 나간 후계자마저 불의의 피습을 당해 사경을 헤매는 처지라니, 복수는 둘째 치고 수습을 하는 데만도 얼마가 걸릴지 모를 일이었다.

"⋯⋯만일 백호대가 제남을 떠나지 않았다면 모든 게 달라졌겠지. 천산철마방이 비록 서역 일대에서 악명을 떨친 마적단이라고는 하지만 언감생심 신무전의 최정예라는 백호대를 상대로 허튼수작을 부리지는 못했을 것 아닌가. 더구나 신무전에서 신무대종을 제외하고 가장 무서운 무공을 가진 사람이 백호대주

이창 대협이라고 하니, 그와 백호대가 제남에 머물러 있었다면 천하에 이름 높은 북악이 서역의 오랑캐들에게 목줄을 물어뜯기는 치욕은 당하지 않았을 걸세."

안타까움에 속이 탔는지 한 모금 술로 입술을 축인 심 가가 이야기를 이어 나갔다.

"이번 일이 벌어지고 난 뒤 사람들은 백호대주 이창 대협을 다시 보게 되었다네. 석 노제도 강호인이니 알겠지만, 본래 독안호군 하면 성질 급하고 난폭하기로 유명한 사람 아닌가. 하지만 신무전에 변고가 닥쳤다는 비보를 접하고 관외에서 부랴부랴 복귀한 그가 가장 먼저 한 일은 복수가 아니었다네. 지난달 유람 나갔다가 연락이 끊긴 신무대종의 아들과 난리 통에 실종된 신무대종의 손녀를 찾기 위해 대원들을 백방으로 풀었다지."

신무대종의 손녀가 실종되었다는 말에 석대원의 표정이 변했지만 백호대주에 대한 칭찬에 한창 열이 오른 심 가는 그런 기색을 눈치채지 못한 듯했다.

"실로 대단한 충성심이지. 복귀한 이후 지금껏, 멀쩡한 자기 집 놔둔 채 연무장에다 천막을 치고 한뎃잠을 자청하고 있다니 말일세. 주군과 그 핏줄을 지키지 못한 불충한 몸으로 번듯한 지붕 아래에서 잠을 잘 수는 없다나. 그 얘기를 들으니 내 가슴이 다 찡하더군. 표리부동한 자들이 넘치는 요즘 같은 세상에 참으로 갸륵한 일이 아닐 수 없지. 제남혈사로 인해 비록 큰 타격을 받았다 하나 그런 올곧은 인물이 버티고 있는 이상 신무전이 재기하는 것은 시간문제라고 보네."

심 가의 이야기가 끝났다. 듣는 내내 침묵을 지키던 석대원이 그제야 무거운 목소리로 물었다.

"신무전 군사가 죽은 것은 확실합니까?"

"삼절수사라는 책사 말인가?"

"그렇습니다."

심 가가 안타깝다는 얼굴로 고개를 끄덕였다.

"그 또한 죽었지. 처소에서 시신이 발견되었네. 다른 희생자들과는 달리 독살되었다고 하더군. 때문에 적당들에게 치욕을 당하기 전 스스로 독을 삼켰을 것이라는 얘기도 돌고 있지."

석대원은 입술을 지그시 깨물었다. 그는 신무전의 군사 운소유가 석가장 후원에 웅크리고 있는 대머리 노사부의 아들임을 알고 있었다. 비록 부자간에 뜻이 맞지 않아 오래전 왕래를 끊었다고는 하지만 그렇다고 핏줄의 정까지 끊어졌을 리는 없을 터. 자식을 먼저 보낸 노사부의 마음이 어떠할지는 굳이 물어보지 않아도 짐작할 수 있었다.

'거기에 그 아가씨마저 실종되었다니…….'

마음을 무겁게 만드는 것은 운소유의 부음만이 아니었다. 석대원은 청류산 적심관에서 혈랑탈을 쓴 괴한들에게 쫓기던 말괄량이 소녀를 잊지 않고 있었다. 신무대종의 손녀인 소소. 부담스러움을 느낄 만큼 달라붙는 그 새끼 고양이 같은 눈망울에 못 이겨 어머니의 유품이나 다름없는 반지를 덜컥 뽑아 준 다음, 말도 안 되는 짓을 저질러 버린 것은 아닌가 마음속으로 후회한 날이 얼마나 많았던지. 한데 그 소소마저 행방이 묘연해졌다고 하니, 비록 호감 이상의 감정은 품은 적이 없는 관계라도 걱정하는 마음이 들지 않을 수 없었던 것이다.

"안색이 안 좋군. 혹시 그날 변을 당한 사람 중에 친인이라도 있는가?"

심중의 걱정이 표정에 떠오르기라도 했는지 심 가가 조심스럽게 물었다.

"친인이라고까지는 할 수 없지만…… 아닙니다. 신경 쓰지 마십시오."

그 안에 담긴 세세한 사정을 설명하기도 어렵거니와 초면인 사람들 앞에서 드러낼 일은 더더욱 아니었다. 석대원은 표정을 고치고 화제를 돌렸다.

"신무대종이 죽고 그 후계자인 철인협도 사경을 헤맨다니, 결국에는 백호대주가 새로운 전주가 되어 신무전을 이끌어 나가겠군요."

"아무래도 그렇게 되지 않겠나 싶군. 이창 대협 본인이야 주군의 핏줄을 찾기 전에는 불가하다며 고집을 부리는 모양이지만, 작은 기업도 아니고 신무전 같은 거대 방파의 주인 자리를 언제까지고 비워 둘 수는 없는 노릇 아니겠는가. 늦어도 다음 달 중에는 그가 새로운 전주에 취임할 거라는 소문이 파다하다네."

그러자 이 가가 걱정스러운 얼굴로 동업자에게 물었다.

"우리도 그 자리에 가 봐야 하는 것 아닌가? 썩어도 준치라고, 산동에서 판을 벌이려면 아무래도 신무전에 잘 보일 필요가 있을 테니 말일세."

심 가가 고개를 끄덕였다.

"안 그래도 돌아가는 길에 제남을 들러야 하나 고민 중이네."

"그러는 편이 좋겠네. 기왕 눈도장 찍는 김에 새 전주가 될 사람에게 그럴싸한 선물도 바치고 말일세."

"선물이라……. 그 생각도 안 해 본 것은 아닌데 강호인이 뭘 좋아하는지 알 수가 없어서……."

"이창 대협이 애꾸라지? 황금으로 만든 안대 같은 것을 주면 좋아하지 않을까?"

"애꾸에게 안대를? 오히려 기분 나빠 하지 않을까?"

"그래도 황금인데 설마 기분 나빠 할까."

이기혼연의 영향인지는 모르지만, 두 상인은 석대원의 존재를 금세 잊고 사업 이야기에 빠져들었다. 그들을 잠시 지켜보던 석대원은 자신의 앞에 놓인 술잔을 비웠다. 반 시진 가까운 합석을 통해 뜻하지 않은 소식을 접하게 되었고, 그중에는 마음을 무겁게 만드는 내용도 포함되어 있었지만, 그 어떤 것도 그가 태원에 온 목적과는 무관했다. 그는 긴 여행에 지쳐 있었고, 한 시라도 빨리 목적을 달성하고 싶었다.

"저는 이만 일어나 보겠습니다."

석대원이 봇짐을 집어 들고 자리에서 일어서자 두 상인이 대화를 멈추고 그를 올려다보았다.

"방을 못 잡아서 그러는 건가?"

"그 문제라면 우리와 함께 묵어도 좋네. 잠이야 바닥에서 자야겠지만 그래도 제법 넓은 방이니 불편하지는 않을 걸세."

"두 분의 호의는 고맙지만 만나야 할 사람이 있습니다."

두 상인이 눈을 끔뻑거렸다.

"이 늦은 시각에 말인가?"

"태원이 초행이라면서?"

눈치가 더 좋아 보이는 심 가가 뭔가를 깨달았다는 얼굴로 덧붙여 물었다.

"혹시 만나야 할 사람이 여자인가?"

석대원이 태원에서 만나야 할 사람은 둘인데 공교롭게도 둘 다 여자였다. 그가 대답할 말을 찾지 못해 어물거리자 이 가가 눈을 가늘게 접으며 음충스러운 미소를 지었다.

"알고 보니 엉큼한 사람이었군. 여자를 만나러 간다는데 우리같이 쉰내 나는 늙은이들이 말릴 수는 없는 노릇이지."

심 가가 동감이라는 듯이 고개를 끄덕이며 덧붙였다.

"하려는 일이 부디 잘되길 빌겠네."

그 일이 심 가의 짐작처럼 단순하지는 않을 테지만 어쨌거나 빈말이라도 고마운 것은 사실이었다.

"두 분께서도 목적을 이루시길 바랍니다. 그럼……."

석대원은 두 상인을 향해 포권을 올린 뒤 객잔 입구를 향해 몸을 돌렸다.

자정이 머지않은 시각. 비는 내리지 않았지만 거리에 짙게 깔린 어둠은 그 자체만으로도 충분히 눅눅했다. 객잔 문턱에 선 석대원은 가슴을 더듬어 그녀에게 줄 선물이 제대로 있는지 확인했다. 종이 꾸러미가 아까처럼 무겁게 느껴지지 않는 것을 보면 객잔을 들른 효과가 아주 없지는 않은 모양이었다.

"나쁘지 않아."

짧은 혼잣말로 마음을 가다듬은 석대원은 자신을 기다리고 있는 눅눅한 어둠 속으로 성큼 걸음을 떼어 놓았다.

(3)

산서 중부에 위치한 천문관은 대륙의 서북 지역이 이민족의 등쌀에 시달리던 북송 시대에 전략적 요충지인 태원을 수비하기 위해 건설된 보堡(상설 군영)였다. 그러던 것이 강북이 온통 이민족의 수중으로 떨어진 남송 시대에 접어들면서 본래의 용도 대부분을 잃고 버려지게 되었고, 대외 무역을 국가가 통제하는 명나라에 이르러서는 오이라트나 타타르를 상대로 한 밀수를 단속하는 감밀관監密關으로 자리 잡게 되었다.

대규모 수비 병력을 주둔시켜야 하는 군사 업무라면 모를까, 수레 밑에 금수품을 감춰 나가는 암상들이나 적발하는 감밀관 업무를 수행하는 데에는 특별히 넓은 부지가 필요하지 않았다. 하여 처음 건설된 사백 년 전 당시 천문관 아래에 조성된 각종 시설의 대부분은 국초부터 관상官商(나라와 계약한 상인)의 지위를 유지해 온 어떤 가문에 매각되었다. 개국 이래 삼 대를 이어 온 그 가문의 현 주인은 상인에 걸맞지 않게 풍채가 늠름하고 언행이 신중하여, 천문관 일대에 사는 사람들은 그를 가리켜 '점잖은 이 대야' 혹은 '과묵한 이 대야'라고 불렀다.

천문관 밑에 둥지를 틀었다 하여 단천원壇天園이라는 이름이 붙은 이 대야의 장원은 일만 오천 평이나 되는 어마어마한 규모를 자랑했다. 대저 장원이라 하면 하나의 담으로 구획되는 것이 상례일 텐데, 이 단천원의 경우에는 광대한 부지 위에 드문드문 자리 잡은 과거의 시설들을 바탕으로 증축된 탓에 전체의 경계를 구별하기가 쉽지 않았다. 그럼에도 불구하고 장원 내의 경비가 삼엄하다는 것은······.

'그 주인 되는 사람이 절대로 평범한 상인은 아니라는 뜻이겠지.'

수풀 속에 몸을 숨긴 채, 칠팔 보 앞쪽에서 다가오는 두 명의 번초番哨를 쳐다보며 석대원은 생각했다.

암상에게서 압수한 금수품을 헐값에 인수하여 이윤을 올리는 감밀관 부속 관상은 천하의 모든 상인들이 탐내는 알토란같은 자리임에 분명하지만, 산등성이 두 곳과 개울 세 곳을 포함한 일만 오천 평 전체에 걸쳐 여느 강호 문파 못지않은 삼엄한 경비망을 깔 만한 능력은 당연히 없을 터였다. 그 대단한 능력을 가진 이 대야의 정체는 모용풍의 ≪비세록≫에도 실려 있지 않은 비밀 중의 비밀이지만, 석대원은 지난해 연벽제로부터 받은 얄팍한 책자를 통해 그의 정체를 알게 되었다.

일비영 이명.

비각의 각주인 잠룡야의 아들이자 사십구비영의 수좌.

달리 묵여뢰默如雷라는 별호로도 불린다고 했다. 침묵하는 것만으로도 벼락이 치는 듯한 위압감을 뿜어낸다니, '점잖고 과묵한 이 대야'라는 애칭과 잘 어울린다고 할 터였다. 항목 말미에 달린 이명의 무공 수위에 대한 연벽제의 평가는 호부하불생견자虎父下不生犬子(호랑이는 개새끼를 낳지 않는다)라는 말을 그대로 보여 주었다.

상상上上

높을 상 자를 두 개 겹친 이 평가가 얼마나 높은 것인지를 판단할 수 있게 해 주는 대목이 조금 아래에 나와 있었다. 육비영 자리를 차지한 거경 제초온에 대한 항목이 바로 그것인데, 강호사마 중 최강이라는 제초온마저도 연벽제의 기준으로는 '상중上中'에 지나지 않았다. 그밖에는 대개가 '상하上下' 혹은 '중상中上'인데, 특이한 점은 사비영의 자리를 차지한 잠룡야의 손자가 제초온과 나란히 '상중'에 올라 있다는 점이었다.

옥선공자玉扇公子 이군영.

석대원보다도 세 살이나 연하인 만큼 발전 가능성 측면에서 높은 점수를 받을 수는 있었겠지만, 그 점을 고려한다 해도 놀라운 평가임에는 부정할 수 없었다.

책자의 내용을 떠올리던 석대원은 문득 연벽제 본인은 스스로에게 어떤 평가를 내릴지 궁금해졌다. 물론 책자에는 적혀 있지 않았지만, 만일 적혀 있다면 높을 상 자 두 개로는 부족할 거라는 생각이 들었다. 이것은 결코 석대원 혼자만의 판단이 아니었다. 강호에서 가장 넓은 견문을 자랑하는 순풍이 모용풍은 일 년여 전 이렇게 말한 바 있었다.

－은공의 검학은 이미 곤륜지회의 오대고수에 조금도 뒤지지 않는 절대적인 경지에 올라 있소. 아니, 어쩌면 그들을 능가할지도 모르지.

금준객청에서 제남혈사에 관한 이야기를 듣는 동안, 석대원은 이달 초 신무전을 덮친 참극의 이면에 드리운 비각의 음습한 그림자를 감지할 수 있었다. 그날 밤 신무대종이 죽었다. 용 같고 범 같은 고수들이 즐비한 비각이라지만, 살아 있는 전설로 추앙받는 곤륜지회의 오대고수를 죽일 만한 강자는 잠룡야와 검왕, 두 사람밖에 없었다.

'잠룡야가 나섰을 리는 없지.'

석대원이 증조부로부터 전해 들은 잠룡야 이악은 신중과 인내를 최고의 미덕으로 받들고 살아온 자였다. 그런 잠룡야이기에 생사가 한순간에 결정되는 진검 승부의 외나무다리에 올라설 리는 없었다. 그렇다면 연벽제였다. 석대원의 외삼촌이자 원수이기도 한 검왕 연벽제가 신무대종을 죽인 것이다. 결국 모용풍의 예상은 현실이 되었다. 검왕의 검에 전설의 한 축이 꺾였으니까.

그러나 달리 생각하면 그리 놀랄 일도 아니었다. 앞선 자는 뒤따르는 자로부터 도전을 받게 되고, 언젠가는 꺾이고 만다.

이것은 강호의 법칙이자 세상의 법칙이기도 했다.

"날씨가 개서 다행이네요. 저녁 번이었다면 꽤나 고생했겠죠?"

"다른 날이면 당연히 비 피해 서는 번이 좋겠지만 오늘 밤에는 얘기가 다르지. 저녁 번을 선 놈들은 술 냄새라도 맡을 수 있었을 테니까."

"형님도 참, 어제 내내 숙취로 고생하고도 또 술타령입니까?"

"그게 어디 보통 술인가? 자금성 술 창고에 있던 어주御酒란 말일세, 어주! 평생 가도 한 번 맛보기 힘든 그 어주가 저녁 번들에게 돌아갔다는 얘기를 듣고 얼마나 아쉽던지……."

"아무리 귀한 어주라도 불알 없는 고자들이 가져온 것은 사양입니다."

"허, 이 사람, 말조심 좀 해야겠군. 그 고자들이 활개 치는 천하임을 모르지 않는 사람이……."

번초들의 잡담이 물기 밴 발소리에 실려 멀어졌다. 석대원은 웅크리고 있던 수풀 뒤에서 몸을 일으켰다.

'자금성에서 나온 고자라…….'

마시를 개장하는 문제로 동창의 인사들이 이곳으로 파견되었다던데, 그들을 두고 하는 말인지도 모른다는 생각이 들었다. 만일 그렇다면 마시 일에 비각도 관여한다는 뜻인데, 비정상적으로 큰 몸뚱이 탓에 어릴 때를 제외하면 안장에 엉덩이 한 번 붙여 보지 못한 석대원에게는 다른 세상 얘기나 마찬가지였다.

'그나저나 넓기는 정말 넓군.'

굵은 목을 휘돌려 칠흑 같은 어둠에 덮인 주위를 둘러본 석대원은 바다 위에 홀로 떠 있는 것 같은 막막함을 느꼈다. 단천원이 비각의 비밀 본거지라는 사실은 무양문을 출발하기 전 육건

에게서 들었고, 그 규모가 웬만한 소읍小邑을 능가한다는 사실
또한 이미 파악한 바지만, 직접 들어와 보니 일만 오천 평 안에
서 누군가를 찾아낸다는 것은 결코 만만한 일이 아니었다. 그나
마 구름이 걷혀 계명성이라도 뚜렷이 보이기에 망정이지, 아니
라면 이 광대한 경내 어느 구석에서 미아 신세로 헤매고 있을지
도 몰랐다. 하물며 길눈도 밝지 못한 석대원이 아니던가.

　－석 대형 같은 길치가 혼자서 강호를 돌아다니는 것 자체가
웃기는 일이라고요.

　대륙을 종단하는 동안 사효로부터 귀에 못이 박이도록 들은
핀잔이었다. 돌이켜 보면 매신장부 하던 사효를 필요로 한 것도
그 이유 때문이었다. 아니, 그 점을 사전에 알고 사효 쪽에서
그 방법으로 접근했을지도 모른다.
　'쯧, 또 그 생각이군.'
　석대원은 입술을 슬쩍 비틀었다. 그녀를 만나기 위해 그녀의
집에 야밤 잠입한 와중에도 문득문득 다른 여자를 떠올리는 스
스로가 어처구니없게 여겨진 것이다. 사효가 그의 마음에 새겨
놓은 흔적은 그만큼 깊고 강렬했다. 그 흔적을 털어 내듯, 그는
고개를 세차게 흔들었다.
　'이러고 있을 때가 아니다.'
　사효와 그 오라비인 날다람쥐는 명령을 받고 사람을 죽이는
전문적인 자객이었다. 그렇다면 석대원을 죽이라는 명령을 내
린 사람은 과연 누구일까? 석대원은 그 사람이 사효가 말한 최
강의 자객, 산로라고 추측했다. 그리고 그 산로의 배후에는 비
각이 도사리고 있을 터였다. 이는 그의 이번 행보가 비각에 이

미 알려졌을 공산이 크다는 점을 의미했다. 비각의 입장에서 볼 때 그의 행선지가 어디인지 짐작해 내기란 그리 어려운 일이 아닐 것이다. 정확한 목적까지야 알지 못해도 그가 자신들의 안방이나 다름없는 태원에서 뭔가를 획책하고 있다는 것 정도는 능히 짐작할 터. 확실하지도 않은 이기혼연의 공능을 믿고 단천원 경내에 마냥 머물 처지는 아니라는 뜻이었다.

그러나 단천원은 너무 넓었고, 그녀의 거소를 파악하기 위해 석대원이 동원할 수 있는 방법은 극히 제한적이었다. 가장 확실한 방법은 내부 사정에 밝은 누군가를 붙잡아 그녀의 거소를 캐내는 것일 텐데, 단지 그녀를 만나는 일이 이번 행보의 유일한 목적이라면 석대원은 단천원에 잠입한 직후 그 방법을 곧바로 시행에 옮겼을 것이다. 하지만 그에게는 또 다른 목적, 엄밀히 말하면 이번 행보의 진짜 목적이 있었다. 그녀를 만나는 일은 사적인 갈망을 충족시키는 동시에 진짜 목적을 이루기 위한 과정에 지나지 않았다. 때문에 그는 진짜 목적을 이루는 데 위험 요소로 작용할지도 모르는 모든 방법들을 배제할 수밖에 없었다. 결국 그에게 허락된 방법이라고는 가장 원시적이면서도 가장 비효율적인, 발로 뛰고 눈으로 살피는 방법뿐이었다.

그런 석대원에게 뜻하지 않은 행운이 찾아온 것은 계명성이 빛나는 동쪽 하늘 밑자락으로 미명의 검푸른 빛이 서서히 물들기 시작한 인시寅時(오전 3시~5시) 말엽이었다. 장소는 단천원 북쪽 산등성이 아래 서늘한 냉기가 감도는 돌우물 주변인데, 부근을 잠행하던 석대원의 눈에 우물물을 길어 올려 나무 물통에 붓는 자그마한 인영 하나가 들어온 것이다.

'저 사람은……?'

길눈은 어두워도 안력만큼은 뛰어난 석대원이었다. 아니, 설

사 안력이 뛰어나지 않아도 만난 지 여섯 시진도 되지 않는 사
람을 기억 못 할 리는 없었다.

'그 아이다!'

어둠이 짙어질 무렵, 석대원은 그녀에게 줄 선물을 사기 위
해 태원성 동문 인근의 번화가를 기웃거리고 있었다. 그러던 중
어느 의방 대문을 나서다 그와 마주치고는 안고 있던 약단지 꾸
러미를 내던짐으로써 애먼 사람 하나를 죄인으로 만들 뻔한 고
약한 시비가 바로 저 소녀였던 것이다.

'이 장원에 사는 아이였나?'

문득 소녀가 해 준 충고가 떠올랐다.

　−천문관 아래 사는 산산이 소개해 줬다고 하면 바가지를 씌
우지는 않을 거예요.

그 '천문관 아래'가 바로 이곳 단천원을 가리키는 말이었음을
깨닫자, 소녀가 한 다른 말들이 연이어 기억 위로 고개를 내밀
었다.

　−여자들 중에는 옷보다 채대를 더 좋아하는 사람도 있다고
요. 우리 아씨도 그렇고요.

석대원은 자신도 모르게 오른손을 올려 명주 채대가 들어 있
는 가슴 자락을 더듬었다. 그렇다면 옷보다 채대를 더 좋아한다
는 소녀의 주인아씨가 바로 그녀란 말인가?

같은 집에 산다는 이유만으로 반드시 그렇다고 확신할 수는
없지만, 왠지 그럴 것 같은 느낌이 들었다. 우연도 겹치면 필연

이 된다고 하지 않던가.

첨벙.

물통이 다 찼는지 돌우물 천장 활차에 걸린 두레박을 우물 안으로 던져 넣은 소녀가 나무 물통의 손잡이를 잡고 끙, 들어 올렸다. 산등성이를 내려가는 비탈진 벽돌 길은 어제 내린 비로 미끄러웠고, 제 몸통만 한 나무 물통을 들고 그 위를 걸어가는 소녀는 걸음마를 처음 배우는 새끼 오리처럼 위태로워 보였다. 다른 곳에서 보았다면 생각도 하지 않고 도와주려 나섰겠지만 이곳은 호굴, 적의 심장부였다. 석대원이 할 수 있는 일이라고는 기척을 숨긴 채 소녀의 뒤를 미행하는 것뿐이었다.

예민해진 신경은 귀 밝은 사냥개처럼 방문이 열리는 작은 소리에도 잠을 쫓아 버렸다. 하지만 무거워진 육신은 깨어난 정신을 가둔 채 침대 바닥으로 가라앉으려고만 했다.

"산산이냐?"

진금영은 침대에 누운 채 물었다. 문가에 머물던 기척이 잠깐 흔들리더니 기어들어 가는 목소리가 들렸다.

"죄송해요, 아씨. 주무시는 동안 세숫물만 살짝 두고 나가려고 했는데……."

사창 너머로 얼핏 비치는 하늘은 새 아침이 오기까지 제법 시간이 남았음을 말해 주고 있었다. 하지만 산산이 공연히 바지런을 떤 것은 아니었다. 본래 아침잠이 없는 진금영이었다. 이맘때에 깨어나 소세를 하는 것은 그녀의 오랜 일과였다. 물론 심신의 상태가 변하기 전의 이야기이긴 하지만.

진금영은 폭신한 금침에 자꾸 눌어붙으려는 등짝을 억지로 떼어 내어 상체를 일으켰다.

"아휴, 더 주무셔도 되는데……."

산산을 향한 진금영의 눈에 이채가 어렸다.

"밖에 아직도 비가 오느냐?"

"아닙니다. 비는 지난 밤새 그친 것 같아요."

"한데 왜 그리 젖은 거냐?"

불을 켜지 않은 실내는 어두웠지만 진금영은 산산의 머리카락과 어깨가 물기에 젖었음을 알아볼 수 있었다. 산산이 양손에 받쳐 든 은 대야를 다탁 옆 나무틀 위에 내려놓더니 제 정수리를 쓸어 보았다.

"정말 그러네요. 이슬인가 보죠, 뭐. 청량정淸凉井에 다녀오는 길이거든요."

청량정은 이곳에서 제법 거리가 떨어진 곳에 있는 우물의 이름이었다.

"가까운 우물 놔두고 왜 먼 청량정까지 가서 물을 길어 온 거냐?"

"주방의 유 씨 아줌마한테 들었는데, 거기 물이 피부에 정말 좋대요. 깊은 곳에서 올라오는 냉천冷泉이라서 특히 소양증搔癢症(몸 안에 열이 많거나 피가 부족해 나타나는 피부 질환)에 효과가 있다나요."

이 말에 진금영은 자신도 모르게 왼쪽 아랫볼을 더듬었다. 손가락 끝에 거스러미처럼 걸리는 까칠한 감촉이 그녀의 눈썹을 찡그리게 만들었다. 동경에 비춰 보면 불긋한 반점들이 줄지어 나 있을 터. 수삼일 전에 돋은 두드러기가 여태 가라앉지 않고 있었다.

"일시적인 현상이다. 어린 네가 굳이 새벽이슬 맞아 가며 청량정을 왕복할 일은 아니야."

진금영의 말에 산산이 고개를 도리도리 젓더니 어른스럽게 말했다.

"약선생 말씀이 그게 아니래요. 아씨께 소양증이 있다고 하니까 아무리 초임初妊이라도 너무 빠르다며 차갑고 깨끗한 물로 자주 씻겨 드리라고 하셨거든요."

"그래도 힘에 부치는 일인데······."

"제가 어릴지는 몰라도 아씨께서 걱정하실 만큼 약하지는 않지요. 이래 봬도 아홉 살 적부터 주방일로 단련된 몸이거든요. 오늘부터 매일 새벽마다 청량정 물을 길어다 드릴 작정이니 아씨께서는 아무 걱정 마시고 그저 예쁘고 좋은 것만 생각하세요."

그러면서 가녀린 팔을 꺾어 올려 있지도 않은 알통까지 잡아 보이니, 진금영은 여러 해를 함께 보낸 시비 아이의 정성에 마음 한구석이 찡 울리는 것을 느꼈다. 그 마음이 전해졌는지 산산이 신이 나서 재잘거렸다.

"그리고 해산물이 잡숫고 싶다고 하셨죠? 유 씨 아줌마에게 물어보니 어제 큰 잔치를 치르느라 건해삼 들여놓은 게 있다고 하더라고요. 아침은 그걸로 죽을 쑤어 올릴게요."

진금영은 미소를 지으며 고개를 끄덕였다.

"무척 기대되는구나."

"유 씨 아줌마 손맛은 아시잖아요. 아마 달아난 입맛이 군침을 흘리며 돌아올 겁니다."

자신이 유 씨 아줌마라도 된 양 어깨를 으쓱거리며 문턱을 넘어간 산산이 방문을 닫기 전 고개를 삐죽 들이밀고 덧붙였다.

"참, 식전에 약고 한 숟갈 드시는 거 잊으시면 안 돼요."

"알았다, 요 잔소리쟁이야."

"에헤헤."

남자아이의 것 같은 웃음소리를 남기고 산산이 떠났다. 갑자기 조용해진 침실 안에서 진금영은 한숨을 쉬었다.

"약고라……."

침대 머리맡에 놓인 자개장 안에 한 단지의 약고가 들어가게 된 것은 어젯밤의 일이었다. 약단지를 들고 온 사람은 산산이지만, 동문로의 약선생에게 주문을 넣어 그것을 만들게 한 사람은 따로 있었다. 동생과 상전의 경계를 넘나들다가 어느 날 갑자기 사내 냄새를 풍기며 성큼 다가선 이군영. 산산은 돈이 있어도 못 구하는 귀한 약이라며 침을 튀겼지만, 그 진귀함보다 더 부담스러운 것은 약단지 주변을 맴도는 약향처럼 그녀 주변을 맴도는 이군영의 마음이었다.

진금영이 이군영을 마지막으로 본 것은 역천뢰 앞에서였다.

─누님, 정말 왜 이러는 겁니까! 소제가 화병으로 죽는 꼴을 보고 싶은 겁니까!

그렇게 부르짖던 이군영은 정말로 화병이 나 죽을 것 같은 얼굴을 하고 있었다. 그는 진금영으로부터 어머니를 찾고 있었다. 어린 시절부터 모성애에 목말라한 그이기에, 이제는 한 사람의 당당한 남성으로서 그녀를 차지하고자 하는, 그럼으로써 목말라하던 모성애를 충족시키고자 하는 그 마음을 이해 못 하는 바는 아니었다. 또한 그녀는 그 마음을 실천하기 위해 그가 어떤 노력을 쏟아부었는지도 알고 있었다. 그녀를 좇아 역천뢰에 스스로를 가두었고, 각의 상벌을 집행하는 역천뢰주 자리에서 물러났으며, 큰 공을 세울 기회인 산월월 작전에도 참가하지 않았다. 그 모든 일들이 그녀를 지키기 위한 마음에서 비롯된 것이었으니, 실로 지극한 순정이 아닐 수 없었다.

그러나 진금영은 이군영의 마음에 응할 수 없었다. 이전에도 그랬거니와 배 속에 다른 남자의 아이를 잉태한 지금은 더더욱 그랬다. 무엇보다 그녀는 아이의 아버지를 사랑하고 있었다. 남녀 간의 사랑은 금강석처럼 단단하여 타인에게 나눠 줄 수 있는 성질의 것이 아니었다. 그녀는 은인의 아들이자 친동생처럼 보듬어 키워 온 이군영에게 그녀의 모든 것을, 심지어는 목숨까지도 내줄 수 있지만, 남녀 간의 사랑만큼은 예외였다. 어떤 당위도 사랑을 움직이지는 못했다.

그 움직이지 않는 사랑이, 슬프고도 아픈 사랑이 하나의 이름을 이끌어 냈다. 진금영은 입술을 벌려 그 이름을 뇌까려 보았다.

"석대원."

작은 여운이 어두운 방 안을 떠돌았다. 그 이름의 주인이 당장이라도 저 어둠을 헤치고 나타날 것만 같았다. 진금영은 자조했다.

'어리석구나.'

그러나 사랑이란 본디 어리석은 것. 진금영은 다시 한 번 그 이름을 부르고 말았다.

"석대원."

그러자 마법처럼 방문이 열렸다. 그리고 석대원이 나타났다.

…….

두 사람은 말을 잊었다. 남자에게서 흘러나온 무엇인가가 여자의 눈동자를 붙들어 매고, 호흡을 멈추게 하고, 머릿속을 하얗게 비워 버렸다. 썰물처럼 빠져나간 의식의 구멍을 메운 것은 충만감, 믿을 수 없을 만큼 강렬한 충만감이었다.

"당신이군요."

진금영이 말했다.

"그렇소."

석대원이 말했다.

그 순간 진금영 안에 있던 여성이 깨어났다.

"나가요."

"음?"

"당장 이 방에서 나가라고요."

"아, 알았소. 그러리다."

뾰족이 튀어나온 진금영의 말에 석대원이 당황해하며 뒷걸음질을 쳤다.

"내가 들어오라고 할 때까지 절대로 들어와선 안 돼요."

석대원은 착한 어린아이처럼 침실에서 나갔다. 방문이 닫히기가 무섭게 침대에서 몸을 일으킨 진금영은 산산이 두고 간 은대야를 향해 총총히 걸어갔다.

'이 얼굴을 보여 버렸어.'

울고 싶을 만큼 속이 상했지만 이미 일어나 버린 일이었다. 침실에 불을 밝혀 두지 않은 점을 그나마 다행으로 여기며, 진금영은 산산이 청량정에서 길어 온 차갑고 깨끗한 우물물로 재빨리 얼굴을 씻었다.

'정말로 소양증에 효과가 있는 걸까?'

육십 평생을 이 집에서 살아온 유 씨 아주머니의 말인 만큼 신뢰는 가지만, 그것만으로는 부족했다. 그녀는 자개장 서랍 안에 있는 분갑을 꺼내어 얼굴에, 특히 왼쪽 아랫볼 부위에 찍어 발랐다. 그런 다음 흐트러진 머리카락을 정돈하고 속이 비치는 얇은 침의를 단정한 나군으로 갈아입은 그녀가 문 쪽을 향해 말했다.

"들어와요."

말이 끝나기도 전에 석대원이 방 안으로 들어섰다. 방문 너머에 붙어 서서 이 말이 나오기만을 기다리고 있었던 눈치였다.

"미안하오."

석대원이 고개를 푹 숙이며 말했다. 그러나 진금영은 정작 미안해할 사람이 따로 있음을 알고 있었다.

"기분 나빴다면 사과할게요. 하지만 여자 방에 함부로 들어온 당신 잘못도 커요."

"물론 내 잘못이오. 언제나 내 잘못이지."

그래도 자존심은 꺾기 싫어 부린 억지인데, 그 억지가 무슨 금옥이라도 되는 양 받아들이는 석대원을 보며 진금영은 실소를 참아야만 했다.

"언제나는 아니지요."

진금영의 말에 석대원이 한숨을 쉬었다.

"다행이오."

"뭐가 다행인가요?"

"나는 내가 언제나 잘못한다고 생각했소. 특히 당신과의 관계에서 말이오."

진금영은 미간을 찡그렸다.

"나와 관계를 맺은 것이 잘못되었다는 뜻인가요?"

"그, 그럴 리가! 오해 마시오. 그런 뜻은 아니었으니까."

석대원은 서까래를 들이받을 것처럼 펄쩍 뛰며 부정했지만, 사실 그럴 필요까지는 없었다. 진금영은 석대원이라는 남자를 잘 알고 있었고, 그에 관한 어떤 오해도 하고 있지 않았다. 그는 대체로 그녀가 예측하는 범위 안에서 행동했고, 설령 그것으로부터 벗어나는 행동을 보인다 해도 나중에 돌이켜 보면 결국 석대원이라는 남자에게 부합되었다. 사천의 강상에서도, 동해의 금부도에서도, 그리고 안개 낀 복건의 해변에서도.

마음이 연상하자 몸이 연동했다. 진금영은 그날 그 해변에서처럼 눈물이 차오르는 것을 느꼈다. 그녀는 석대원에게 눈물을 보이고 싶지 않았다. 그날 그 해변에서 그를 뒤로하고 발길을 떼어 놓으면서, 그녀는 그 앞에서는 두 번 다시 눈물을 흘리지 않겠다고 결심했다. 하지만 이를 어쩜담. 금방이라도 눈물이 나올 것 같은데.

"이리 와요."

진금영이 갈라진 목소리로 말했다. 석대원이 진금영에게 다가왔다. 진금영은 그의 품에 살며시 얼굴을 기댔다. 건장한 남자의 체취가 때와 먼지와 빗물 냄새를 끌어안고 그녀의 콧속으로 밀려들어 왔다. 아기도 이 냄새를 맡은 걸까? 아랫배로부터 가녀린 진동이 느껴졌다.

"보고 싶었어요."

상체를 약간 뺀 어정쩡한 자세로 서 있던 석대원이 그제야 두 팔을 들어 진금영의 등을 감싸 안았다. 그러나 여전히 어색한 포옹. 이 남자가 여자를 제대로 끌어안는 것은 침대 위에서나 가능한 모양이었다.

'아무렴 어때.'

포옹이야 어떠하든 진금영은 만족할 수 있었다. 그녀는 꼭두새벽에 찾아온 이 거짓말 같은 상황에 완벽히 만족할 수 있었다.

언제나 그랬듯이, 두 남녀의 포옹은 진금영이 몸을 물리는 것으로써 끝났다. 그녀가 감추고자 한 눈물은 석대원이 알아차리지 못하는 새 그의 옷자락에 닦여 나간 뒤였다. 그녀는 여전히 행복감에 사로잡혀 있었지만, 아까처럼 주체 못 할 정도는 아니었다. 그녀는 고개를 숙이고 자신에게 명령했다.

'바보처럼 굴지 마.'

자제력을 무너뜨리지 않아야 했다. 아니면 자신이 임신한 사실을 털어놓을지도 모르니까. 그녀는 그의 짐이 되고 싶지 않았다. 그도 그녀의 짐이 되고 싶지 않을 것이다. 비록 하나의 미래를 공유하기는 힘들망정, 현재 두 사람의 관계는 동등하다고 볼 수 있었다. 그 동등함을 깨트려서는 안 된다. 진금영은 그렇게 생각했다.

진금영이 품에서 벗어나자 석대원은 갑자기 허전해진 두 손을 어디에 두어야 할지 모르는 것 같았다. 그 손들로 머리를 매만지고 수염을 긁적이고 주먹을 쥐었다 펴더니, 마침내 엉덩이 뒤로 돌려 뒷짐을 지고는 말했다.

"얼굴이 백지처럼 하얗구려. 어디 아픈 데라도 있소?"

분칠을 한 거라고, 이 멍청한 남자야.

"난 괜찮아요. 하지만 당신에게선 안 좋은 냄새가 나는군요."

여자라면 얼굴이 빨개질 만한 핀잔이지만 석대원은 별로 개의치 않는 듯했다.

"그럴 거요. 몸을 씻은 지가 보름 가까이 되었으니까."

"왝."

진금영이 구역질을 하는 시늉을 하자 석대원이 씩 웃었다.

"원래 남자란 게 그렇소. 좀 더럽지."

진금영은 저 말에 동의할 수 없었다. 그녀는 어떤 여자보다 정결한 남자를 알고 있었다. 하지만 그 남자에 관한 얘기를 석대원에게 들려 줄 마음은 없었다. 그녀는 화제를 돌리기로 했다.

"그런데 이곳엔 왜 온 거죠?"

석대원이 얼른 대답하지 못하고 진금영이 다시 물었다.

"설마 나를 만나려고 온 것은 아닐 테고, 지금 이곳에 누가 와 있는 줄 알고 온 건가요?"

"고자들 말이오?"

석대원이 심각한 얼굴로 반문했다. 잠시 어리둥절해하던 진금영이 어느 순간 웃음을 터뜨렸다.

"왜 웃는 거요?"

"아하하, 하하…… 맞아요. 분명히 고자들도 오긴 했지요. 하지만 당신이 조심해야 할 사람은 그들이 아니에요."

"그럼 누가 또 왔단 말이오?"

진금영은 웃음을 멈췄다. 이 이름을 입에 담을 때, 그녀는 감히 웃을 수 없었다.

"노각주."

잠시 굳어 있던 석대원이 확인하듯 물었다.

"잠룡야가 이곳에 있단 말이오?"

"이틀 전에 왔어요. 잔치를 위해서죠."

"잔치?"

"그래요. 고자들을 환영하는 잔치이자 제남에서 치른 작전의 성공을 축하하는 잔치. 그런 대단한 잔치를 주재할 사람이 노각주 말고 누가 있겠어요."

석대원의 표정이 한층 더 딱딱해졌다.

"신무전을 친 곳이 천산철마방이란 얘기는 들었소. 곧바로 비각이 떠오르더구려."

"천산철마방은 강호육사의 한 곳이죠. 당신의 영웅적인 활약 덕분에 이제는 몇 군데 남지 않은."

진금영은 이 말을 하고 나서 금세 후회했다. 석대원으로 인해 무너진 강호육사는 모두 세 곳, 염련과 낭숙과 동해뇌문인데, 공교롭게도 두 사람의 관계는 그들의 괴멸을 양분 삼아 점점 자라났다고 할 수 있었다. 석대원은 몰라도 그녀로서는 여간 껄끄러운 일이 아닐 수 없었다. 그녀는 말머리를 돌렸다.

"자, 영웅 양반, 이제 적진 한가운데 왜 들어왔는지 솔직히 얘기해 봐요."

석대원은 잠시 머뭇거리다가 입을 열었다.

"나는 아이를 데려가려고 왔소."

이 대답을 들은 순간, 진금영은 자신이 느끼는 감정이 실망은 아닐 거라고 애써 자위했다.

"아이라고요?"

"무양문주의 손녀요, 당신들의 사주를 받은 정파의 얼간이들이 납치해 간."

진금영은 불쾌감을 감추지 않았다.

"'당신들'이라는 표현은 듣기 거북하군요. 나는 어떤 덩치 큰 영웅 덕분에 비영 자리에서 쫓겨났으니까요. 지금은 이 장원 밖으로 마음대로 나가지도 못하는 신세가 되었죠."

석대원은 '누가 감히!'라는 듯이 얼굴을 험악하게 우그러뜨렸다가 곧바로 활짝 웃었다.

"그렇다면 당신은 이제 비각과 무관한 몸이 되었구려!"

"꿈 깨시죠. 관계란 그렇게 단순한 것이 아니니까."

"아……."

따지고 보면 '당신들'이라는 소리를 들었다 하여 불쾌해할 일도 아니었다. 진금영은 여전히 스스로를 비각의 일원이라고 믿고 있었으니까. 그러나 이 얘기를 이어 나가다 보면 비참하던 그날의 그 해변으로 돌아가야 했다. 그러고 싶지는 않았다.

"무양문주의 손녀가 건정회 소속 정파인들에게 납치되었다는 얘기는 들었어요. 하지만 그 아이가 이 장원에 있는지는 알 수 없군요."

진금영이 진지한 얼굴로 말했다. 미간을 찡그리며 잠시 생각하던 석대원이 물었다.

"혹시 이 장원 내에 누군가를 가둬 두는 장소는 없소? 예를 들면 감옥 같은……."

"감옥은 있지만 아이를 가둘 만한 장소는 아니에요."

"그건 누구도 장담할 수 없소. 세상에는 그런 짓을 저지르고도 눈 하나 깜짝하지 않는 악인들이 얼마든지 있으니까."

저 말만으로도 석대원이 비각에 품은 증오심을 짐작할 수 있었다. 때문에 진금영은 마음이 아렸다. 그녀에게 생명을 준 것은 얼굴도 기억나지 않는 부모였지만, 그녀에게 인간다운 삶을 준 것은 바로 이곳 비각이었다. 비영의 지위를 유지하든 유지하지 않든, 그녀는 비각을 저버릴 수 없었다.

"그 감옥이 어디요?"

석대원은 역천뢰의 위치를 묻고 있었다. 알려 주면 당장이라도 달려가 그 밑바닥까지 훑을 기세였다. 그러나 무모한 짓이었다. 진금영은 역천뢰가 얼마나 엄중히 감시되고 있는지를 알고 있었다.

"당신에게 제안을 하고 싶군요."

진금영이 말했다.

"해 보시오."

"내게 오늘 밤 자정까지 시간을 주세요. 만일 아이가 이 장원에 있다면, 아이가 있는 위치를 당신에게 알려 주겠어요. 그러나 아이가 이 장원에 없다면……."

"없다면?"

"그 즉시 떠나세요."

석대원이 진금영의 두 눈을 뚫어져라 쳐다보았다. 만일 그녀가 한 말의 진위를 파악하기 위함이라면, 그녀는 무척 실망했을 것이다. 다행히 그런 것은 아닌 모양이었다.

"그 일로 인해 당신에게 위험이 닥치지는 않겠소?"

석대원이 걱정하는 목소리로 물었다. 진금영은 입술 사이로 새어 나오려는 안도의 한숨을 애써 참으며 고개를 저었다.

"도와줄 사람이 있으니 내 걱정은 하지 않아도 돼요."

"그러면 됐소. 당신의 제안을 따르리다."

석대원이 선선히 수락했다.

"고마워요. 이제 오늘 밤 자정까지 당신이 숨어 있을 만한 곳을 알아봐야겠군요. 음……."

단천원은 충분히 넓은 곳이었고, 진금영은 오래지 않아 적당한 장소를 떠올릴 수 있었다. 그곳의 위치를 석대원에게 일러 준 뒤 그녀가 덧붙였다.

"동이 트기 전에 숨어들어야 할 테니 어서 가요."

석대원이 골난 아이처럼 입술을 비죽거렸다.

"나를 빨리 쫓아내지 못해 안달이 난 것 같구려. 당신을 보려고 수천 리 길을 온 사람에게 너무한다는 생각은 안 드오?"

진금영은 코웃음을 쳤다.

"무양문주의 손녀를 데려가려고 왔다는 말은 농담이었나 보군요."

"일석이조라는 말도 있지 않소. 사람이 반드시 한 가지 목적만으로 움직이는 것은 아니라오."

말을 마친 석대원이 품속에서 뭔가를 꺼내어 진금영에게 내밀었다. 진금영은 눈을 깜빡이다가 물었다.

"이게 뭐죠?"

"선물이오."

석대원이 쑥스러운 얼굴로 덧붙였다.

"당신에게 뭔가를 주고 싶었소. 이건 진심이오."

진금영은 아랫입술을 꾹 깨물었다. 안 그랬다가는 심중의 감정이 얼굴에 그대로 드러날 것 같았기 때문이다.

"고마워요."

진금영은 애써 담담히 말하며 석대원이 내민 꾸러미 쪽으로 손을 뻗었다. 다음 순간 그 손은 두 배는 커다란 석대원의 손에 의해 덥석 잡히고 말았다. 두 쌍의 시선이 마주치고, 그녀는 자신의 얼굴을 향해 천천히 내려오는 거칠고 투박한 입술을 떨리는 눈길로 올려다보았다.

처음처럼 강렬하지는 않지만 친밀한 정감이 깃든 입맞춤이 끝나고, 진금영은 달아오른 얼굴을 들킬까 두려워 고개를 돌렸다.

"오늘 밤 자정에 당신을 찾아가겠어요."

"기다리겠소."

이 말 뒤로 방문 여닫는 소리가 딸깍딸깍 들렸다. 진금영은 고개를 황급히 제자리로 돌려 석대원의 자취를 좇았다. 그러나 석대원은 이미 그녀의 침실을 떠난 뒤였다.

오랜만에 돌아온 서재는 먼지 한 톨 없이 깔끔히 정돈되어 있

었다. 변한 것은 아무것도 없었다. 한 가지를 제외한다면 말이다.

문강은 서탁 위에 놓인 청자화병青瓷花瓶을 내려다보았다. 바다색 바탕에 백금이 상감된 화병 안에는 샛노란 꽃술 주위로 두 겹의 붉은 꽃잎들이 방사형으로 난 국화 세 송이가 꽂혀 있었다.

"웬 꽃이냐?"

문강이 책장을 정리 중인 서동을 돌아보며 물었다.

"노야께서 보내셨습니다. 올해 국립장에서 재배하는 데 성공한 진귀한 신품종이라고 합니다."

이 단천원에서 노야라는 호칭은 오직 한 사람만이 들을 수 있었다. 비각의 노각주 이악이 바로 그 사람이었다.

"공사로 바쁘실 텐데도…… 감사한 일이군."

우연의 일치겠지만, 산월월 작전을 성공리에 끝마치고 단천원으로 복귀한 뒤 문강은 세 송이 꽃에 대해 줄곧 생각하고 있었다. 이악이 보낸 세 송이 꽃은 형체가 있지만 문강이 생각하는 세 송이 꽃은 형체가 없었다.

세 송이 꽃.

세 가지 정보.

그리고 누군가의 정수리에 내리꽂힐 하나의 덫.

"삼화취정三花聚頂……."

세 송이 국화를 향한 문강의 두 눈이 심유한 빛으로 가라앉았다.

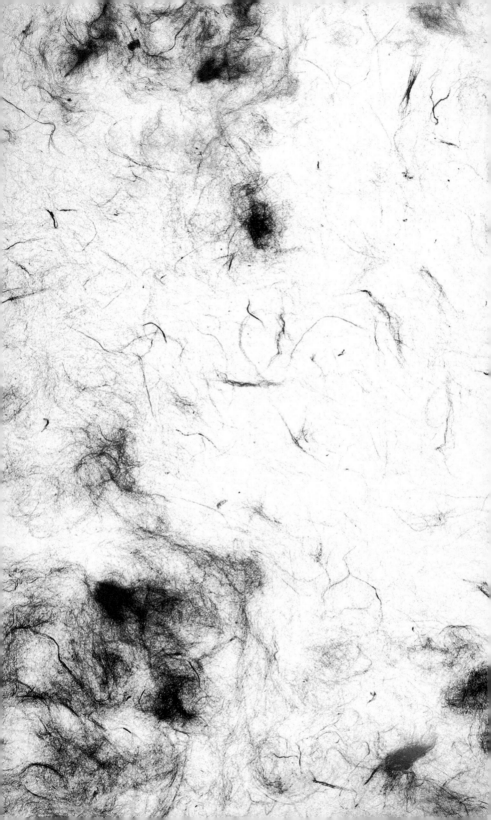

담부擔夫

(1)

자고로 혼군이 나타나 시류가 어지러워지면 각지에 세 가지 인면해충人面害蟲이 창궐한다고 하는데, 첫째는 모리배요, 둘째는 불한당이요, 셋째는 사이비다. 이 중 사이비란 외양은 비슷하게 꾸몄으되 본질은 완전히 다른 사기꾼을 뜻한다.

사실 한 인간의 표리가 완전히 일치하기를 바라기란 어려운 일이다. 공자는 안영晏嬰(춘추 시대 제나라의 명재상, 안자)의 가장 큰 덕목을 표리일체라 했지만, 그 또한 부드러운 낯빛으로 내민 두 알의 복숭아로써 세 명의 이름난 장사를 죽이는[二桃三殺士] 궤계를 부리지 않았던가. 비록 그들의 교만이 폐단을 불러와 주군을 위해 불가피하게 숙청할 필요가 있었다고는 하나, 일인지하 만인지상의 자리에 앉은 몸으로 상벌을 엄히 세워 집법을 행하지는 못할망정 호의를 칼날 삼고 우정을 독약 삼은 기만술로써 잘 못을 뉘우칠 기회마저 주지 않고 목숨을 앗아 간 행위만큼은 결코 표리일체한 처사라 할 수 없을 것이다.

표리일체가 이처럼 어렵다고는 해도, 그 어떤 대의도 없이 오로지 자신의 저급한 이익을 위해 세상을 속이는 사이비는 일고할 여지도 없이 가증스러운 족속임에 분명했다. 저잣거리 좌판 장사로 아홉 식구의 생계를 이어 가면서도 양심 하나만을 신조로 삼고 살아온 장팔莊八에게는 더욱 그러했다. 문제는…….

'그 가증스러운 족속에게 이 개고기를 팔아도 되느냐는 거지.'

장팔은 넙데데하게 퍼진 콧방울을 다시 한 번 벌름거렸다. 아궁이 위 대나무 찜기에서는 개고기 특유의 누릿하면서도 구수한 향기가 피어오르고 있었지만, 이십 년 개고기 장사 경력으로 얻은 예민한 후각은 그 속에 숨어 있는 시큼한 쉰내를 맡을 수 있었다. 어쩔 수 없는 것이, 남곽 마을에서 오래전부터 눈독 들여 놓았던 송아지만 한 황구를 큰맘 먹고 사다가 잡은 것이 사흘 전이었다. 일교차가 큰 요맘때 날씨로 이틀이면 고기가 쉴 수 있다는 점을 모르지는 않았지만, 대동 인근에 열린다는 마시 문제로 외지인들이 득실거리는 터라 못 팔고 버리는 일은 없을 거라 믿었다.

첫날은 그 믿음이 빛을 발했다. 장팔의 개 삶는 솜씨는 태원 제일이었고, 그는 가마솥 가득 삶아 낸 황구의 절반 이상을 그날 중에 팔아 치울 수 있었다.

'그때 만족했어야 했는데.'

그 생각을 하면 지금도 입맛이 썼다. 세 배는 남기는 장사인 만큼 첫날 수입만으로도 본전 이상은 뽑은 셈. 거기서 만족하고 남은 고기를 싸다가 아홉 식구 저녁 한 상으로 푸지게 먹었으면 좋았을 것을.

하지만 넉넉하지 못한 삶이라는 게 어디 그렇다던가. 벌 수 있을 때 한 푼이라도 더 벌어 궁한 시기 대비하려는 게 장팔의 심정이었고, 그래서 팔고 남은 개고기를 마르거나 불지 않게 연잎으로 말아 하룻밤 잘 묵혀 두는 쪽을 선택했다. 만일 어제 날씨만 좋았다면 개고기는 이미 다 팔려 나갔을 테고, 그는 묵직한 전낭을 두드리며 자신의 선택에 만족했을 터였다. 하나……야속한 하늘이 도와주지 않았다. 어제 아침부터 먹장구름이 심상치 않게 끼더니만 종일토록 가을비가 추적추적 뿌리고, 그에 따라 외지인들은 물론 단골손님들 발길마저 뚝 끊겼다. 사그라진 아궁이 불씨를 돋워 남겨 둔 개고기를 부랴부랴 쪄 보았지만 물이 가기 시작한 음식을 인력으로 막기란 불가능한 일. 만으로 하루하고도 한나절이 지난 지금에 이르자 마침내 걱정하던 쉰내가 콜콜 스며 나오기 시작한 것이다. 남은 수순은 좌판 걷어 치우고 상한 개고기를 내버리는 일인데, 굳이 상도의를 내세우지 않더라도 음식 장사 하는 사람이라면 당연히 그래야 했고, 양심을 신조로 삼아 온 장팔은 그런 면에서 꽤나 철저한 편이었다. 그런데…….

좌판 앞에 선 사이비가 가뜩이나 짝짝이인 눈을 더욱 짜부라트리며 투덜거렸다.

"아니, 얼굴이 왜 그 모양이야? 거저 달라는 것도 아니고, 개고기 장수에게 개고기 좀 팔라는 소리가 그리 못마땅한가?"

저잣거리란 그야말로 인간 군상의 전시장과도 같아서 장팔은 지난 이십 년 사이 온갖 종류의 사이비를 만날 수 있었다. 개중에는 과거장 한 번 구경해 보지 못한 주제에 육선문 인끈을 매고 다니는 사이비 관원도 있었고, 도덕경 한 줄 읽어 보지 못한 주제에 말코 상투를 틀고 다니는 사이비 도사도 있었으며, 백팔배 한 순 올려 보지 않은 주제에 염주 승포 걸치고 다니는 사이비 승려도 있었다. 오늘 본 사이비는 마지막 부류였다. 이른바 땡추. 그것도 몹시 추괴한.

장팔이 뜨악한 목소리로 물었다.

"스님이 개고기를 드셔도 되오?"

"없어서 못 먹지 있다면 얼마든지 먹지."

장팔은 차일 너머에 펼쳐진 상오의 밝은 하늘을 슬쩍 올려다 보고는 다시 물었다.

"부처님께서 내리실 벌이 두렵지도 않소?"

"별걱정을 다 하는군. 그 부처님이 바로 여기 계시는데 벌은 뭔 놈의 벌?"

추괴한 땡추가 제 가슴을 두드리며 낄낄거렸다.

이 한마디가 결정타로 작용하여, 장팔의 마음속에서 치열하던 가증과 양심의 싸움은 가증의 승리로 끝났다. 상한 개고기를 파는 것은 분명 양심적이지 못한 짓이지만 먹을 놈이 저 땡추라면 가책 따위 없을 것 같았다.

"한 근에 육십 문이오. 얼마나 드릴까?"

장팔이 도마에 꽂아 둔 큼직한 칼을 뽑아 들며 묻자 땡추가 뒤를 돌아보았다.

"한 근에 육십 문이란다. 얼마나 있니?"

땡추에게는 일행이 있었다. 훤한 대낮, 보는 눈 많은 시장 통 한복판에서 계율을 어기려는 동행이 부끄러웠던 것일까? 서너 발짝 떨어진 곳에 제미곤齊眉棍을 짚고 서 있는 황색 가사의 승려는 오관이 단정하고 위의가 엄정해 사이비로 보이지는 않았다. 그러나 근묵자흑에 유유상종이라, 중년 승려를 향한 장팔의 시선이 고울 리 없었다.

"돈은 넉넉히 있습니다."

황색 가사의 승려가 공손히 대답하자 땡추가 장팔을 쳐다보며 메기입을 길쭉하게 찢었다.

"들었지? 몽땅 줘."

찜기 안에 남은 개고기는 어림잡아 열다섯 근 가까이 되었다. 이 정도면 작은 잔치를 벌일 수도 있는 양이어서 장팔이 의아해하며 물었다.

"이걸 전부? 저분이랑 같이 드셔도 많을 텐데⋯⋯."

"아미타불, 소승은 먹지 않을 겁니다."

황색 가사의 승려가 듣는 것만으로도 죄가 된다는 양 불호를 외우며 도리질을 쳤다.

"쟤는 안 먹지. 하지만 둘이 먹을 건 맞아."

땡추의 말에 장팔은 주위를 둘러보았다.

"일행은 두 분이 전부잖소?"

"아니, 짐꾼이 하나 더 있거든."

"짐꾼?"

땡추가 못 생긴 얼굴을 어깨 위로 슬쩍 비틀며 말했다.

"나와라."

다음 순간 좌판 앞에 한 사람이 나타났다.

"헉!"

장팔은 헛바람을 들이키며 뒤로 물러나다가 의자에 걸려 엉덩방아를 찧을 뻔했다. 땡추가 말한 짐꾼으로 짐작되는 자. 하늘에서 뚝 떨어진 듯한 출현이 너무 갑작스럽기도 하거니와, 하고 있는 모양새가 실로 기괴하기 때문이었다.

불로 지진 듯 흉하게 일그러진 정수리와 한쪽 눈을 가린 시커먼 안대는 그렇다 치자. 햇빛 한 번 못 쬔 양 파리한 낯빛과 얼굴 곳곳을 뒤덮은 검버섯까지도 봐줄 만했다. 하지만 안대로 가리지 않은 멀쩡한 눈알, 그것으로부터 줄줄이 뿜어 나오는 검붉은 안광 앞에서는 제아무리 담력 큰 개장수라도 가슴이 오그라들지 않을 수 없었던 것이다. 장팔이 그러거나 말거나, 땡추는 김이 펄펄 나는 찜기 속에 손을 쑥 집어넣더니 하나 남은 황구의 다리를 꺼내 짐꾼에게 내밀었다.

"제일 맛있어 보이는 놈으로 주는 거니까 고맙게 알아라."

땡추가 생색을 냈지만 장팔이 보기에 짐꾼은 전혀 고마워하지 않는 것 같았다. 그렇다고 거부한 것도 아니었다. 짐꾼은 예의 검붉은 외눈으로 땡추를 한 번 쳐다본 뒤 아무 말 없이 개 다리를 받아 입으로 가져갔다.

끄드득. 빠직.

여섯 살 먹은 황구의 뒷다리 뼈가 못도 때려 박을 만큼 단단하다는 점은 개장수들에게 상식이나 다름없었다. 한데 짐꾼의 이빨이 그런 상식을 무너뜨렸다. 거무튀튀한 잇몸에 달린 싯누런 이빨로 살점과 뼛조각을 함께 씹어 먹는 짐꾼에게 땡추가 흡족한 미소를 보냈다.

"그렇게 고분고분하니 얼마나 예뻐."

짐꾼이 씹기를 멈추고 땡추를 노려보았다. 그 외눈으로부터 검붉은 소용돌이가 굽이치며 뿜어 나오는 것 같았다. 저처럼 흉악한 눈빛을 대한다면 누구라도 간담이 서늘해질 터인데, 땡추는 예외인 모양이었다. 땡추가 성난 소를 진정시키듯 손바닥을 내리누르며 말했다.

"워워, 약속한 것 잊지 말라고. 수틀리면 돌아가 버리는 수가 있으니까."

저들 사이의 약속이란 게 무엇인지는 몰라도 그것이 효과를 본 것은 분명했다. 살벌하던 눈빛을 가라앉힌 짐꾼이 오른손에 쥔 개 다리를 얼굴로 가져가고, 이윽고 뼈를 바스러뜨리는 소리가 다시금 울려 나오기 시작했다. 땡추는 태연한 얼굴로 좌판을 향해 돌아섰다.

"짐꾼 배 채워 줬으니 이젠 내 차렌가?"

그러더니 찜기 속 살코기들을 양손으로 퍼 올려 입으로 가져가는데, 그 기세가 흡사 굶주린 거지 다섯이서 동시에 손을 놀리는 것 같았다. 장팔은 짐꾼과 땡추를 번갈아 쳐다보며 내심 혀를 내두르지 않을 수 없었다.

'한 놈은 마귀고 한 놈은 아귀로구나!'

태원성 남문 시장에 좌판을 연 이래 저런 식으로 개고기를 먹는 손님들은 맹세코 처음이었다.

그렇게 얼마를 먹었을까? 수북하던 개고기가 거의 사라지고 찜기가 바닥을 드러낼 즈음, 땡추가 기름 범벅이 된 손을 멈추고 귀를 쫑긋거렸다. 무슨 소리를 듣고 저러나 싶어 장팔 또한 귀를 기울여 보았다.

"두부 사세요! 방금 눌러 낸 두부 있어요!"

"수레 나가요! 비켜요, 비켜!"

어제 하루 공친 탓인지 상인들 대부분이 일찍부터 장사판을 벌였고, 정오를 지나기 전임에도 시장 통은 인파로 북적거리고 있었다. 그 위를 떠도는 온갖 종류의 소음들 중에서 장팔의 귀에 잡힌 별난 것 하나가 있었다.

"……아주아주 크다오. 그런 사람 못 보았소?"

내용을 얼핏 들어 보니 사람을 찾는 모양인데…….

"아, 못 봤다니까 그러시네."

성의 없는 목소리는 건너편에서 건어물 집을 하는 황 씨의 것이었고.

"잘 좀 생각해 보시오. 이 자리라면 분명 한눈에 보였을 거요."

단념하지 않고 되묻는 목소리는 당장이라도 고꾸라질 것처럼 초췌한 행색을 한 노인의 것이었다.

"나 참, 요사이 이 앞을 다니는 사람이 얼마나 많은데, 오늘 지나간 것도 아니고 지나간 지 며칠 되었을지도 모르는 사람을 내가 어떻게 기억한단 말이오? 공연히 남의 장사 방해하지 말고 안 살 거면 얼른 비키쇼."

황 씨란 위인이 원래 매정한 면이 있긴 하지만, 이번만큼은 그의 말이 틀리지 않았다. 북적거리는 시장에서 며칠 전 지나간 사람을 탐문하는 일은 그리 영리한 행동이라 할 수 없었다. 그때 묘한 표정으로 그쪽을 쳐다보던 땡추가 탄식하듯 중얼거렸다.

"짐이 하나인 줄 알았는데 하나가 더 늘어날 모양이구나."

개 다리를 해치운 짐꾼이 땡추를 내려다보았다.

"그렇다면 저자가……?"

땡추가 고개를 작게 끄덕였다. 짐꾼의 외눈이 낙심한 얼굴로 건어물 가게에서 몸을 돌리는 초췌한 노인을 향했다. 백반을 바른 것처럼 시허연 입술 사이로 음산한 한마디가 흘러나왔다.

"검 없는 검동이군."

그러더니 훅, 그 자리에서 사라져 버렸다. 곁눈질로 두 사람을 훔쳐보던 장팔은 어이가 없어졌다.

'이게 대체 무슨 일이람?'

하지만 나타남이 그러했던지라 사라짐은 그리 놀랍지 않았다. 아니, 그래 주는 쪽이 차라리 마음 편했다.

그러는 사이, 지팡이 한 자루에 몸을 의지한 노인이 오가는 사람들을 헤치며 비척비척 길을 건너왔다. 방향은 장팔의 좌판. 장팔은 고개를 푹 숙였다. 괴상한 일에 더 이상은 엮이고 싶지 않았기 때문이다. 그러나 눈밭에 머리를 묻는다고 몸통까지 사라지는 것은 아니었다.

"말 좀 묻겠소, 주인장."

장팔은 천천히 고개를 들었다. 흙먼지에 꼬질꼬질 전 강퍅한 얼굴이 그의 눈길을 기다리고 있었다.

"물으나 마나 나도 모르오."

엮이고 싶지 않은 마음에 장팔이 앞질러 말했지만 노인은 오불관언, 제 할 말을 늘어놓기 시작했다.

"사람을 찾고 있소. 서른이 안 된 남자고, 남부 말투를 쓰고, 여자 하나와 동행한다고 하고 아니라고도 하는데, 덩치가 아주 크다오. 아주아주 크다오. 그런 사람 못 보았소?"

얼마나 여러 차례 반복했는지 질문에 가락까지 배어 있었다.

"미안하지만 못 보았소, 영감님."

장팔이 고개를 젓자 노인의 메마른 입술을 비집고 장탄식이 새어 나왔다.

"우리 소주, 나 없이는 밥 한 끼 못 챙겨 먹고 잠 한숨 편히 못 자는 우리 불쌍한 소주는 대체 어디 계신단 말인가?"

넋두리를 듣다 보니 슬그머니 부아가 치밀었다. 서른 가까운 나이에 아주아주 큰 덩치를 가지고도 저 비리비리한 노인네 수발 없이는 끼니와 잠자리도 해결하지 못하는 빙충이가 꼴에 사내랍시고 계집까지 끼고 다니다니! 그런 놈이라면 무슨 봉변을 당하든 전혀 불쌍하지 않았다. 아니, 눈앞에 있다면 장팔이 앞장서서 봉변을 당하게 만들어 줄 용의도 있었다. 하지만 그 마음을 입 밖에 꺼내어 저 맹목적인 충성심의 표적이 되고 싶지는 않았다.

그때 땡추가 노인에게 말했다.

"보아하니 아침도 거른 모양인데 고기나 좀 먹고 가지?"

장팔은 당황했다. 땡추가 말하는 고기가 자신이 파는 개고기를 가리키는 것이라면, 이건 좀 문제가 있었다. 노인은 땡추와 달리 가증스러운 사이비가 아니었다. 상하기 시작한 고기를 먹고 탈이라도 나는 날에는 이제껏 자부해 온 양심에 커다란 상처가 생길지도 몰랐다.

"영감님, 그 고기는…… 그 고기는……."

일단 내뱉었지만 뒷말을 붙일 수 없었다. 조금 전까지 그 고기를 신 나게 퍼먹던 땡추가 두 눈 시퍼렇게 뜨고 있는 자리에서 고기가 상했다는 소리를 어찌 꺼낼 수 있겠는가. 땡추가 짝짝이 눈을 끔뻑거리며 장팔에게 물었다.

"고기가 뭐 어때서?"

장팔은 적당한 변명을 생각해 내기 위해 필사적으로 머리를 굴렸다.

"그, 그게, 오랫동안 굶주린 사람에게 개기름이 좋지 않다는 얘기를 들은 적이 있어서……."

"원, 친절하기도 하지. 하지만 걱정 말라고. 부처님 뒤편에는 약사여래가 계시니까."

히죽 웃은 땡추가 찜기 속에 남아 있는 마지막 고깃덩이를 집어 노인에게 내밀었다.

"자, 먹으라고."

제발 사양하기를 바랐지만 노인은 장팔의 바람을 저버리고 땡추가 내민 고깃덩이를 받아 들었다. 한 근가량 되는 개고기를 선 자리에서 허겁지겁 먹어 치우는 노인을 땡추는 흐뭇한 시선으로, 장팔은 걱정스러운 시선을 지켜보았다.

"잘 먹었소이다."

먹기를 마친 노인이 손에 묻은 기름을 옷자락에 문지르며 땡추에게 사례했다.

"이제 약사여래가 나설 차례군."

땡추가 뒷전에 있는 황색 가사의 승려를 돌아보았다.

"약낭에 오매정비환烏梅淨脾丸 있지?"

"예."

"하나 줘."

황색 가사의 승려가 등에 멘 봇짐을 내려 뒤적거리더니 약복지 하나를 꺼내어 땡추에게 건넸다. 땡추가 그것을 내밀자 노인의 얼굴에 미심쩍어하는 기색이 떠올랐다.

"이게 뭐요?"

"상한 고기 먹고 생긴 배탈 설사에 즉효인 약이지."

질문한 사람은 노인이건만 땡추가 의미심장한 눈빛을 던진 사람은 따로 있었다. 그 눈빛을 대한 장팔은 등덜미에 식은땀이 솟는 것을 느꼈다.

'젠장, 들켰구나!'

이제 저 땡추가 신출귀몰한 짐꾼을 불러내 양심 없는 개고기 장수를 족치는 것은 시간문제 같았다. 심장이 오그라드는 기분이었지만 반발하는 마음도 없지 않았다. 솔직히 내가 양심 없는 사람은 아니잖아! 장팔의 조바심을 알 길이 없는 노인이 좌판에 기대 둔 지팡이를 집어 들며 말했다.

"생면부지인 사람에게 약까지 챙겨 주니 정말 고맙소. 나중에라도 부처님 전에 들르게 되면 향과 초를 올려 스님의 공덕에 보답하리다."

"부처님 전에 가는 게 그리 나중 일은 아닐 게야."

땡추가 히죽 웃으며 대꾸하자 노인이 고개를 갸웃거렸다.

"그게 무슨 뜻이오?"

"무슨 뜻인지는 곧 알게 되겠지. 살펴 가라고."

땡추가 볼일이 끝났다는 듯 손을 내둘렀다.

노인은 그렇게 떠났다. 땡추의 시선이 다시 장팔에게로 향했다. 장팔은 될 대로 되라는 심정으로 말했다.

"그래요, 내가 스님에게 상한 개고기를 팔았소. 하지만 양심을 걸고 말하는데, 스님이 아니라면 팔지 않았을 거요. 불제자의 신분으로 개고기를 탐한 것이 잘한 일이라고는 할 수 없지 않소."

땡추가 콧방귀를 뀌었다.

"자식이 이제 와서 착한 놈 행세를 하려고 하네. 양심 얘기 나왔으니, 그래, 그 양심에 걸고 다시 말해 봐라. 정말로 나 아니었으면 안 팔 생각이었니?"

"그야 당연한……."

"이놈이 그래도 자신을 속여!"

땡추가 눈을 부릅떴다. 번갯불 같은 광채가 그 눈을 통해 뿜어 나왔다. 그 순간…….

'어?'

장팔은 이상한 기분에 빠져들었다. 이 기분을 어떻게 표현할 수 있을까. 마치 새파란 하늘빛이 가슴을 관통하는 기분이랄까. 그는 찰나지간 자신이 오늘 하루 한 행동들을 돌아보았고, 찜기에서 풍기는 쉰내를 처음 맡은 것이 땡추가 온 이후가 아니었음을 떠올렸다. 삶이란 아무리 소박해도 갈등의 연속이었고, 매순간이 선택의 기로일 수밖에 없었다. 개고기가 이미 쉬었다는 사실은 이른 아침 좌판을 열 무렵부터 알고 있었지만, 없는 살림에 한 푼이라도 보태고자 하는 마음에 후각이 보내는 신호를 애써 외면했다. 그리고 땡추가 찾아왔다. 땡추가 개고기를 팔라고 했을 때 내심 얼마나 기뻤던지. 사이비에 대한 가증은 이미 저버린 양심을 합리화시키는 방편에 지나지 않았던 것이다.

오늘 하루 머릿속에서 벌어진 갈등과 선택과 합리화의 모든 과정을 찰나지간 속속들이 들여다본 장팔이 어깨를 부들부들 떨다가 의자 위에 풀썩 주저앉았다. 이윽고 그의 입에서는 탄식 섞인 고백이 흘러나왔다.

"스님 말씀이 옳소. 스님이 아니라도 나는 그 고기를 팔았겠지. 나쁜 것은 스님이 아니라 나였소."

땡추가 노한 표정을 거두고 근엄한 목소리로 말했다.

"이제야 솔직해졌구나. 고개 좀 들어 봐라."

장팔이 슬그머니 고개를 들었다. 이제는 추해 보이지 않는 짝짝이 눈이 그를 내려다보고 있었다. 그 짝짝이 눈을 둥글게 접으며 땡추가 말했다.

"살煞이 빠졌구나. 이제 됐다."

"살……이라고요?"

"지나다가 보니 네놈 얼굴에 오늘 망신살亡身煞이 끼었더구나. 눈이 크고 얼굴이 모난 우상牛相이라 양심에 거리끼는 짓은 하지 않고 살아온 자일 텐데, 작은 탐욕으로 말미암아 큰 액을 입게 생겼으니 이 어찌 안타깝다 하지 않겠느냐. 하여 이 부처님께서 나서서 화근을 제거해 준 것이니라."

뒷전에 있던 황색 가사의 승려가 조심스럽게 끼어들었다.

"며칠 전부터 구육狗肉을 잡숫고 싶다고 말씀하신 것과는 조금 어긋납니다만."

"넌 닥치고 가만있어."

"……예."

땡추가 헛기침을 한 뒤 장팔에게 훈계했다.

"천자에게는 천자로서의 도리가 있듯이 개고기 장수에게는 개고기 장수로서의 도리가 있다. 큰 도리가 무너지면 세상이 위태로워지지만 작은 도리가 무너지면 인간끼리 불신하게 되지. 일개 민초로서 큰 도리를 붙들어 세우기란 어려운 일이란 것을 안다. 하나 아무리 높은 파도도 잔잔한 수면 없이는 만들어지지 못하는 법. 자신의 자리에서 묵묵히 도리를 지키는 자들이 남아 있는 한 세상은 반드시 나아질 것이다."

저 훈계를 들은 것이 조금 전이었다면 장팔은 코웃음을 치고 말았을 것이다. 그러나 반구성찰反求省察의 놀라운 경험을 한 지금은 아니었다.

"명심하겠습니다, 스님."

장팔이 고분고분하게 머리를 조아렸다.

"적통, 고깃값을 줘라."

땡추의 말에 승려가 다가와 반 냥 조금 더 나가는 은 막대를 좌판 위에 올려놓았다. 장팔이 기겁을 하며 손을 내저었다.

"아, 아닙니다! 저는 그 돈을 받을 자격이 없습니다!"

"쓸모가 있을 테니 받아 둬라. 그리고 네겐 자격이 있다. 알면서도 뉘우치지 못하는 놈들이 지천인 세상이니까."

땡추가 마지막으로 남긴 말이었다.

땡추가 떠나고 한 식경쯤 지난 뒤.

아궁이 속 불씨를 정리하고 차일을 걷던 장팔은 길 건너 건어물 집 앞에 모여 있는 한 무리의 남자들을 보았다. 잠시 후 황씨가 밖으로 나와 장팔의 좌판 쪽을 가리켰고, 남자들이 행인들을 밀어젖히며 시장 길을 성큼성큼 건너왔다. 일견하기에도 예사 민초들은 아닌지라 장팔은 긴장하지 않을 수 없었다.

목적이 따로 있음은 피차 충분히 알 만한데도 선두에 선 잘생긴 남자가 의뭉을 떨었다.

"저런, 벌써 영업을 걷는 모양이오. 이 집 개고기가 일품이라는 말을 듣고 일부러 찾아왔건만."

물빛 장포를 단정하게 차려 입은 그 남자는 장팔과 비슷한 연배로 보였다.

"보시다시피 고기가 다 팔렸습니다, 나리."

"소문난 집은 과연 다르군. 아쉽게 되었소, 나 형."

잘생긴 남자가 뒤를 돌아보며 말하자 함께 온 탑삭부리 장한이 입맛을 다시며 고개를 끄덕였다.

"그러게 말이오. 지금 같아서는 한 마리라도 통째로 먹을 수 있을 텐데."

만일 땡추 아니, 그 스님이 다녀가지 않았다면 찜기 속 개고기는 저들의 배 속으로 들어갔을 것이다. 저들이 상한 개고기를 모른 체 먹어 줄까? 한눈에 봐도 강호인임을 짐작할 수 있는 자들이 그래 줄 것 같지는 않았다.

'화근을 제거해 주었다는 게 바로 이 뜻이었나?'

섬뜩해진 가슴을 남몰래 쓸어내리는 장팔에게 잘생긴 남자가 말했다.

"기왕 온 김에 주인장에게 묻고 싶은 것이 있소."

그러더니 푸한 소매에서 한 장의 종이를 꺼내어 장팔의 눈앞에 들이미는 것이었다. 그 종이에는 한 사람의 얼굴이 생생하게 그려져 있고, 장팔은 누군지 금세 알아보았다. 빙충맞은 젊은 주인을 찾아 헤매는 충성스러운 노인이 바로 그 사람이었다.

잘생긴 남자가 가늘게 접은 눈으로 장팔의 안색을 살피며 물었다.

"덩치가 큰 청년을 찾아다니는 모양인데 행색이 무척 남루하다고 하오. 이런 사람을 본 적이 있소?"

장팔은 잠깐 망설이다가 고개를 끄덕였다.

"그렇습니다. 한 식경쯤 전에 이곳을 다녀갔지요."

"한 식경이라, 무슨 특이한 사항은 없었소?"

"말씀하신 대로 덩치가 아주 큰 청년을 찾는다고 했지요. 못 보았다고 하니 그냥 가더군요."

"그냥 갔다고? 건너편 건어물 집 주인 말은 꽤 오랫동안 머물렀다고 하던데……."

잘생긴 남자는 미소를 지었지만 미소보다는 눈빛에 본심을 실은 것 같았다. 오랫동안 권력의 단맛을 누려 온 부류만이 가질 수 있는 거만하면서도 위압적인 눈빛. 건어물 집 황 씨를 욕해 봐야 소용없었다. 당면한 문제는 저 눈빛으로부터 벗어나는 것이었다. 장팔은 목소리가 떨려 나오지 않도록 애를 쓰며 더욱 공손한 목소리로 말했다.

"너무 굶주려 보였는지 손님 한 분이 고기를 사 주셨습니다. 그걸 먹느라 조금 머물러 있었지요."

"흠, 비렁뱅이나 다름없는 외지 늙은이에게 육보시를 베푸는 자비로운 손님이라……."

잘생긴 남자가 천천히 팔짱을 꼈다. 장팔의 대답이 사실인지를 미심쩍어하는 눈치였다. 그 순간 장팔의 머릿속에 어떤 물건 하나가 떠올랐다.

―쓸모가 있을 테니 받아 둬.

장팔은 허리춤 전낭에서 그 물건을 재빨리 꺼내 잘생긴 남자에게 보여 주었다.

"이게 그 손님이 치르신 고깃값입니다. 덕분에 이처럼 이른 시간에 장사를 걷게 되었지요."

그 물건에 기이한 도력이라도 실린 듯, 잘생긴 남자의 눈빛이 스르르 가라앉았다. 곁에 있던 탑삭부리 장한이 어깨를 으쓱거렸다.

"거짓말을 하는 것 같지는 않구려."

이에 동의한 듯 잘생긴 남자가 팔짱을 풀었다.

"좋소, 주인장의 말을 믿으리다. 마지막으로 묻겠소. 그 늙은이는 어디로 갔소?"

"저쪽입니다."

장팔이 급히 한 방향을 가리켰고, 그쪽을 돌아본 잘생긴 남자가 혼잣말처럼 중얼거렸다.

"하긴 남쪽에서 왔으니 북쪽으로 갔겠지."

"이곳을 떠난 지 오래되지 않았다고 하니 속도를 내면 해거름 안에 따라잡을 수 있을 거요."

탑삭부리의 말에 잘생긴 남자가 고개를 끄덕였다.

"반드시 그래야 할 거요. 이 비영께서 무척 반가워하실 선물이니까. 갑시다."

잘생긴 남자가 앞장서자 좌판을 빙 둘러싼 남자들이 우르르 빠져나갔다. 그들을 상대한 시간은 그리 길지 않았지만 장팔은 자신의 의복이 땀으로 흠뻑 젖었다는 사실을 깨달았다. 그들이 은연중에 풍기는 압박감은 그만큼 강했고, 담대하네 뭐네 해 봤자 장팔은 저잣거리에서 개고기를 파는 장사치에 불과했다.

"그 스님 말씀이 맞았어. 망신살이 이렇게 지나가는구나."

맥 풀린 혼잣말을 중얼거리며 의자에 주저앉는 장팔의 손안에서는 반 냥 조금 더 나가는 작은 은 막대가 반짝거리고 있었다.

(2)

ㅡ좋은 경쟁자는 좋은 스승보다 낫다는 말이 있소.

가을비에 젖어 가는 정원을 바라보며 이렇게 운을 띄운 이비영은 평소와 달리 피곤해 보였고, 그래서인지 외로워 보이기도 했다. 제남에서의 작전을 성공리에 끝마치고 귀환한 것이 전날 밤의 일이니 어쩌면 여독이 풀리지 않은 탓일지도 몰랐다.

ㅡ좋은 스승이 성공을 향한 이정표라면 좋은 경쟁자는 성공의 문을 여는 열쇠가 될 수 있기 때문이오.

이 말과 함께 창가에 졸대처럼 서 있던 이비영이 천천히 몸을 돌렸고, 남립은 시선을 살짝 아래로 숙였다.

ㅡ남 총탐에게는 조 총탐이 바로 그런 경쟁자가 아니었나 싶소. 조 총탐이 강동에서 죽은 뒤 남 총탐의 마음이 눈에 띄게 해이해진 것 같으니 말이오.

만일 저 말이 이비영이 아닌 다른 자의 입에서 흘러나왔다면 남립은 노기를 참지 못하고 옥장 요대 속의 연검을 뽑아 들었을지도 몰랐다. 과대망상증에 걸린 노독물의 수발을 들다가 노중에서 개죽음을 당한 조명무는 공사도 구분 못 하는 주제에 욕심만 부릴 줄 아는 어리석은 탐관오리에 지나지 않았다. 그런 졸자를 단지 같은 총탐 자리에 앉았다는 이유만으로 자신과 동급으로 거론한다는 것은 남립에게 참기 힘든 모욕이 아닐 수 없었다.

그러나 상대는 이비영, 일비영보다 권위 있고 노각주보다 두려운 어둠 속의 책사였다. 남립은 감히 어떤 말로도 토를 달 수 없었다.

　─각에서 지금과 같은 상황을 바라고 남 총탑을 장강으로 파견한 것이 아니라는 점은 남 총탑 본인도 잘 아시리라 믿소.

　남립은 아랫입술을 지그시 깨물었다.

　그날 밤, 강 건너편에 파견한 비이목을 통해 무양문이 부교 건설 준비를 마쳤다는 정보를 보고받은 남립은 칠성채를 뒤따라 건정회의 진영을 은밀히 이탈하면서도 자신이 떠나온 자리에 삼협의 격류를 붉게 물들일 참혹하고도 장렬한 전투가 벌어지리라는 것을 의심하지 않았다. 건정회의 전력이 무양문의 것에 비해 열세인 점은 분명하지만 그 격차의 큰 부분은 지형적인 이로움이 메워 줄 터. 그래도 본바탕의 우열은 바꾸지 못해 종래에는 무양문의 승리로 끝나겠지만, 그 과정에서 양측 모두가 심대한 타격을 입으리라는 점은 충분히 예측할 수 있었다.

　사실 무양문의 경우는 전혀 타격을 입지 않아도 상관없었다. 무양문에 대한 천하의 공분을 이끌어 내기에는 건정회 측만 피해를 입는 쪽이 오히려 나을 테니까. 무양문 측에서 받은 타격이 어떠하든 간에, 장강을 지키던 건정회가 괴멸되면 천하인들은 과거 백련교 마귀들에 의해 자행된 수많은 악행들─비록 그중 일부는 조작된 것일지라도─을 떠올리게 될 테고, 무양문 타도에 미지근한 반응을 보이던 많은 문파와 가문 들에게는 참전을 강요하는 유무형의 압박이 가해질 수밖에 없었다.

　바로 그 시점에 신무전에 변고가 벌어진다!

　전격적으로 감행된 산월월 작전을 통해 신무대종과 그 후계자가 함께 제거된 신무전은 강호 대의에 보다 적극적인 인물의 수중으로 들어가게 된다. 장강 전선에서 입은 타격으로 인해 만신창이가 되어 버린 건정회는 비각의 개입 없이도 마치 자석에 달라붙는 철가루처럼 자연스레 그 인물을 구심점 삼아 무너진 전열을 재정비하려 들 테고, 남은 것은 북진하는 무양문을 상대로 한 강호사에 길이 남을 대회전! 전 강호가 거대한 공멸의 해일에 휩쓸리게 되는 것이다. 이것이 남립이 감히 엿본 이비영의 복안이었다.

그런데 연쇄적으로 벌어진 이 복안의 첫 번째 단추가 제대로 끼워지지 않았다. 장강 전선이 양측 간의 별 피해 없이 너무도 허무하게 돌파당한 것이다. 그리고 이비영은 그에 대한 책임을 남립에게 지우려고 하고 있었다. 이제는 세상에 없는 어리석은 탐관오리까지 들먹여 가면서 말이다.

솔직히 남립의 입장에서는 억울한 면이 없지 않았다. 양측의 전의는 충분해 보였고, 피를 보지 않고 상황이 종료되기란 불가능하다는 것을 모두가 알고 있었다. 그런 마당에 적절한 시점—그 시점이 다소 안전한 쪽으로 기울었을지라도!—을 잡아 칠성채의 전력과 더불어 전선을 이탈하는 것은 결코 나쁘지 않은 판단이었다. 하지만 그 판단은 결과적으로 오판이 되었다. 객관적으로 볼 때 아무 문제도 없는 판단을 한순간에 오판으로 전락시킨 결정적인 요인이 한 송이 꽃이라는 이야기를 전해 들었을 때, 남립은 놀랐다기보다는 어처구니가 없어 한동안 아무 말도 할 수 없었다.

한 자루 철검이 그려 낸 한 송이 매화꽃.

남립은 강호의 영웅담을 좋아하지 않았다. 하늘에서 뚝 떨어지듯 등장한 초인적인 고수가 경천동지할 한 수를 발휘하여 국면의 판세를 바꾸어 놓았다는 이야기는 객잔의 술 냄새에 실린 낭만쯤으로 여겼다. 그러나 무양문 측의 주장인 고검 제갈휘가 그런 생각을 무너뜨렸다. 제갈휘가 한 자루 철검으로써 그려 낸 매화꽃은, 마치 신선이 펼친 소맷자락이라도 되는 양 건정회가 끌어 올린 모든 투지와 적개심을 한순간에 빨아들여 버렸고, 무양문으로 하여금 가장 작은 대가만을 지불하고도 원하던 강북 땅을 밟을 수 있도록 만들어 주었다. 영웅담은 이루어졌고, 낭만이 현실이 된 것이다.

—짐작컨대 당시의 상황은 일촉즉발, 불똥을 기다리는 불쏘시개와 다름없었을 것이오. 약간의 수고만 더해졌다면 훌륭한 성과를 거둘 수 있는 완성 직전의 단계까지 갔다는 뜻이오.

남립은 다시 한 번 아랫입술을 깨물 수밖에 없었다.

이비영의 말은 틀리지 않았다. 제갈휘가 아무리 천외천의 검법을 가졌다 한들 일단 난전이 시작된 후에 전면전으로 확대되는 것을 막기란 지난한 일이었으리라. 그래서 후회했다. 조금만 더 늦게 전선을 이탈하였다면, 불똥이 불쏘시개에 옮겨붙는 것을 확인한 뒤에 이탈하였다면……. 그리고 아쉬웠다. 유사 이래 얼마나 많은 전쟁들이 이름도 알려지지 않은 자의 활에서 쏘아진 한 대의 화살로부터 시작되었던가! 이른바 화룡점정. 남립에게는 용의 눈동자를 그려 넣을 여유가 충분히 있었던 것이다.

—이번 작전에서 가장 실망스러웠던 점은 매사에 몸을 사리는 남 총탑의 지나친 신중함이오. 신중함 자체는 악덕이 아니지만, 지나치면 무엇도 이루지 못하오. 공이 없음에도 녹을 바라는 것은 천하의 커다란 위태로움이라는 성현의 말을 기억하기 바라오.

이비영의 목소리는 시종 물처럼 담담했지만 남립은 그 목소리에 실려 자신에게 다가오는 어떤 낙인을 감지할 수 있었다. 그가 가장 바라지 않는 낙인이자 그가 가장 경멸하는 자에게 찍히는 그 낙인의 이름은…….

'패배자의 낙인.'

지금으로부터 만으로 하루 전, 이비영의 면전에서 맛본 씁쓸함이 또다시 입안을 맴돌고 있었다. 잠시의 휴식을 위해 의자 대용으로 사용하던 등걸이 갑자기 엉덩이에 배기는 것 같았다. 기분이 좋을 리 없었다.

각 내에서 남립의 현 위치는 비이목 조직을 총괄하는 남북총탐이자 비영 서열 십 위. 대단한 위치임에는 분명하지만 그의 최종 목표가 되기에는 부족함이 있었다. 그는 지금의 위치를 디딤돌 삼아 더욱 높이 올라갈 작정이었고, 그러기 위해서는 단 한 번의 실패도 허용되지 않는다고 생각해 왔다. 때문에 서문숭의 손녀가 헝겊 인형으로 바꿔치기 되었음을 알았을 때 그가 느낀 당혹감은 이루 말할 수 없었다. 다행히 그 건은 비각과 무양문, 보다 정확하게는 이비영과 서문숭 간의 필요가 맞아떨어지는 과정에서 성공으로 위장되었지만, 그래서 있지도 않은 공로를 인정받아 십영회의에 참석할 수 있는 자격도 얻게 되었지만, 남립은 자신의 어깨에 얹혀 있던 이비영의 도타운 신임이 부쩍 희석되었음을 느낄 수 있었다. 그래서 그날 이후 더욱 노력한 것이다. 천하를 동분서주하면서, 심지어는 하왕채의 천한 수적 놈에게 훈계를 당하는 수모까지 감내해 가면서.

'그런데 다시 실패라니!'

이비영은 실패라는 표현 대신 실망이라는 보다 완곡한 표현을 사용했다. 하지만 장강 전선 건에 대한 이비영의 평가가 실패로 결정 났음은 굳이 묻지 않아도 충분히 짐작할 수 있었다. 때문에 남립의 마음은 조바심으로 바짝바짝 타들어 갔다. 그가 아는 이비영은 빙벽처럼 냉정한 자였다. 그런 이비영이 올해에만 두 차례의 실패를 거듭한 그에게 또 한 번의 내려 줄 것인가?

하지만…….

'그래도 추풍선처럼 쉽사리 팽개치진 못할 거야.'

남립은 무릎 위에 얹어 둔 주먹을 힘주어 말아 쥐며 두 눈을 빛냈다. 비각에는 자신보다 강한 고수들은 여럿 있어도 자신보다 쓸모 있는 수완가는 없다고 그는 자부했다. 그는 문무를 겸전한 인재였고, 무엇보다도 이비영 휘하의 인물로는 매우 드물게 양지에서도 활용할 수 있는 백도의 실력자였다. 그에게는 상산팔극문의 문주라는 새하얀 가면이 있었고, 지금처럼 천하를 암중에서 움직여야 하는 상황에서 그 가면은 신무대종을 무너뜨렸다는 검왕의 검만큼이나 강력한 무기가 될 수 있었다.

'이제부터 잘하면 된다. 더 이상은 실패하지 않겠어.'

마음속으로 굳게 다짐한 남립은 주위를 둘러보았다. 그는 패배자의 낙인을 몸뚱이에 새긴 채 하루하루 쪼그라드는 삶을 살고 싶지 않았다. 그런 삶을 사는 것은 방금 비탈 위로 모습을 드러낸 저자 하나로 충분했다. 그자가 패배자의 낙인이 새겨진 오른쪽 다리를 절룩거리며 남립에게로 다가왔다.

"물을 떠 왔습니다."

얼굴 앞에 내밀어진 대나무 물통을 쳐다본 남립은 난처하다는 표정을 지었다.

"이런 민망한 경우를 보았나. 아랫것들이 없는 것도 아닌 마당에 굳이 다리도 불편하신 이 비영께서 직접 물을 뜨러 다녀오실 필요는 없지 않았소?"

하지만 이 말은 쭉정이처럼 내용 없는 공치사에 지나지 않았다. 남립은 이곳에 자리를 잡으며 그자가 들으라는 듯이 목이 마르다는 말을 꺼냈고, 그자가 아랫것으로부터 물통을 받아 비

탈 아래로 절룩절룩 내려가는 모습을 기꺼운 마음으로 지켜보
았던 것이다.

남립에게 물통을 내민 왜소한 남자, 작은 눈에 작은 코에 작
은 입을 지닌 이무가 고개를 천천히 저었다.

"십비영 님의 갈증을 풀어 드리는 일에 제 다리가 도움이 될
수 있다면 아무리 불편해도 움직여야 마땅하겠지요. 요행히 멀
지 않은 곳에 차고 깨끗한 샘물이 있었습니다. 어서 드시지요."

낭인 출신으로 비각에 투신하여 사십구비영의 끝자락에 올
라 있는 혈안편복血眼蝙蝠 이무李無는 본래 이렇게 고분고분한
자가 아니었다. 그는 아무에게나 이빨을 드러내는 사나운 들개
였고, 남립처럼 백도의 냄새를 풍기는 인물 앞에서는 그러한
경향이 더욱 두드러졌다. 그러나 한 번 패배한 개―비록 그 개
가 사나운 들개라 할지라도―는 자신을 패배시킨 인간 앞에서
꼬리를 말기 마련이었다. 남립은 작전 중 주장에게 불손히 대
드는 들개의 오른쪽 다리에 패배자의 낙인을 깊숙이 새겨 주었
고, 그것으로써 둘 사이의 관계는 결정되었다. 졸지에 절름발
이가 되어 버린 이무는 보기에 애처로울 만큼 남립에게 매달리
게 되었고, 남립은 겉으로는 부담스럽다는 듯 공치사를 늘어놓
으면서도 속으로는 즐거이 저 들개 같은 사내로부터 제공받는
봉사를 누렸다.

그런데 두 사람의 변화된 관계를 그리 유쾌하지 못한 시선으
로 보는 사람도 없지는 않은 모양이었다.

"나라면 그 물통 안에 침이라도 뱉었을 거요."

칠성채의 무곡성武曲星 나계제였다. 물통의 주둥이를 입가로
가져가던 남립이 눈썹을 살짝 찡그리며 그를 돌아보았다.

"무슨 뜻인지?"

"무슨 뜻인지는 남 형이 더 잘 아실 텐데."

나계제는 아니꼬워서 더는 못 봐주겠다는 듯 콧방귀를 뀌며 고개를 돌렸다. 그는 이 일행 중에서 남립에게 불손할 자격이 있는 유일한 인물이라고 할 수 있었다. 녹림살성綠林煞星으로서의 무공도 그렇거니와 그의 배후에 웅크린 태행산의 늙은 구렁이는 노각주마저도 예의를 갖춰 맞이하는 녹림의 대조종. 게다가 저번의 복건행 이후 둘 사이는 무척이나 가까워진 상태였다. 물론 진심이라고는 눈곱만큼도 찾아볼 수 없는, 오로지 필요에 의해 형성된 교분이긴 하지만, 아무려면 어떤가! 어차피 인간관계란 오직 필요에 의해서만 결정된다고 믿는 남립일진대.

남립은 눈앞에서 착한 시녀처럼 두 손을 모은 채 공손히 서 있는 이무를 올려다보았다.

"정말로 나 형의 말처럼 침을 뱉지는 않았겠지요?"

이무의 얼굴이 시커메졌다.

"서, 설마……! 부실한 이 몸뚱이를 가지고도 오히려 두 단계나 승급할 수 있었던 것이 십비영 님의 바다 같은 은혜 덕분임을 똑똑히 아는 제가 어찌 감히 그런 미친 짓을……."

남립은 이무를 의심하지 않았다. 개와 들개는 백짓장 한 장 차이였다. 길들여졌느냐 아니냐. 그는 자신이 길들인 개를 믿었다. 아! 좋아하기도 했다. 물론 그만의 방식으로.

꿀꺽꿀꺽.

절름발이의 발품이 담긴 물은 차고 깨끗했다. 갈증을 만족스럽게 풀고 소매로 입가를 훔치던 남립은 토라진 소년처럼 팔짱을 낀 채 곁눈질로 이쪽을 살피는 나계제의 시선을 느낄 수 있었다. 그는 나계제가 왜 저런 반응을 보이는지 알 것 같았다. 나계제는 녹림의 살성이기 이전에 남자였다. 남자라면 마땅히 지켜야 하는 덕목이 있다고 믿는 순진한 남자. 다만 그 덕목 중에 들개를 길들이는 방법은 포함되지 않는 모양이었다.

'이번 기회에 그 방법을 가르쳐 주는 것도 나쁘지 않겠지.'

그럼으로써 자신의 권위를 드러내고 싶었다. 남립은 절반쯤 남은 물통의 주둥이에 대고 침을 뱉었다. 끈적끈적한 꼬리를 매단 침 덩어리가 작은 소리와 함께 물통 안으로 떨어졌다. 그는 물통을 슬쩍 흔든 뒤 이무에게 내밀었다.

"목마른 사람이 나 혼자만은 아닐 텐데 급한 참이라 내 욕심만 채웠구려."

이무가 땅콩만 한 눈을 동그랗게 뜨고 물통과 남립을 번갈아 쳐다보았다. 남립이 빙긋 웃었다.

"부디 사양 마시길."

길들여진 들개는 오래 망설이지 않았다. 이무가 남립의 침이 섞인 물을 받아 마시는 동안, 남립은 나계제의 얼굴이 보기 흉하게 일그러지는 것을 보았다. 이비영으로 인해 가라앉은 기분이 조금은 풀리는 것 같았다.

그때 수풀 헤치는 소리가 버석버석 울리더니 앞쪽에서 한 사람이 튀어나왔다. 피를 바른 듯 붉은 머리카락에 얼굴엔 여러 줄기의 칼자국이 난 홀쭉한 장년인이었다. 그의 오른손에는 검붉은 피떡이 덕지덕지 엉겨 붙은 커다란 양인부兩刃斧가 들려 있었다.

"나 사형, 북쪽에서 홍연紅鳶이 올랐습니다! 늙은이를 발견했나 봅니다!"

적발자면赤髮刺面의 장년인이 까마귀의 울음소리 같은 탁성으로 나계제를 향해 외쳤다. 칠성노조의 막내 제자로 비영 서열 이십삼 위를 차지하고 있는 적살귀赤殺鬼 오독추吳獨秋. 본래는 그보다 서너 단계 위 서열인데, 작년에 개방 방주를 제거하는 작전에서 실패한 뒤 강급을 당한 것으로 알려진 자였다. 누가 청하지도 않았건만 이번 일에 자진해서 따라 나온 것도 공을 세워 과거의 실패를 만회하려는 의도에서일 텐데, 그런 점에서 본다면 남립과 다를 바 없는 처지라고 볼 수 있었다. 물론 오독추의 몫으로 돌아갈 공은 그리 크지 않을 것이다. 이번 일의 주장은 엄연히 따로 있기 때문이었다.

그 주장이 앉아 있던 등걸에서 천천히 몸을 일으켰다.

"슬슬 움직여 볼까요."

취회지력吹灰之力이라는 말이 있다. '재를 불어 날릴 만한 힘'이라는 뜻이니, 작은 노력으로도 쉽게 이룰 수 있는 일을 가리키는 말이다.

이번 일이 딱 그래 보였다. 종적을 탐문하는 데 수고로움은 있을지언정 늙은이의 신병을 확보하는 것 자체는 전혀 어렵지 않을 것 같았다. 따지고 보면, 비각의 안방이나 다름없는 태원에 들어와 이 대 혈랑곡주로 추정되는 청년을 수소문하고 다니는 늙은이가 있다는 사실이 비이목의 정보망에 걸린 시점에서 이번 일은 성공한 것이나 마찬가지였다. 혼자서 너무 기분을 내는 것 아니냐고? 무슨 섭섭한 말씀을! 늙은이의 꼬락서니를 본 사람이라면 누구라도 그렇게 생각할 터였다. 병색이 완연한 안색에 제대로 서 있지도 못해 비실거리는 저 꼬락서니를 본다면 말이다.

비이목의 밀정들이 근거리 신호용으로 종종 사용하는 붉은 연이 꽁무니에 길게 매단 지네발을 나풀거리는 새파란 하늘 아래, 그 늙은이는 그리 나이 차도 나지 않을 것 같은 두 명의 늙은이에게 앞뒤로 포위되어 있었다. 가운데 위치한 늙은이와 달리 번쩍거리는 안광과 혈색 좋은 얼굴을 자랑하는 두 늙은이는 남립에게 수족과도 같은 이들이라고 할 수 있었다.

상산팔극문의 두 호법인 포박노인捕縛老人 사운독査雲篤과 상산초부常山樵夫 호혁胡赫.

올해 초 이 대 혈랑곡주에게 양팔과 갈비뼈가 각각 부러지는 중상을 입었지만 타고난 기력과 심후한 내공으로써 오래지 않아 예전의 모습을 회복한 노익장들이기도 했다.

백도에서는 나름 알아주는 상산팔극문의 두 호법에게 앞뒤를 가로막힌 것으로도 모자라 그 바깥으로 비이목 소속 밀정 여섯에게 빙 둘러싸인 늙은이는 낭패한 기색이 역력해 보였다. 손때 묻은 지팡이를 중단에 치켜세움으로써 저항할 의사를 나타내고 있기는 하지만, 흘러내린 소매 위로 드러난 저 앙상한 팔뚝을 가지고 과연 몇 번이나 휘두를 수 있을지 의심스러웠다.

남립이 온 것을 발견한 사운독이 반색을 하며 말했다.

"문주, 자칫 함부로 손을 썼다가 송장 치우는 건 아닌지 염려되어 오시기를 기다리고 있었소이다."

포박노인 사운독은 두 가지 기문병기를 잘 쓰는 것으로 유명한데 하나는 강조鋼爪를 감춘 사슬 달린 철구, 용아비조龍牙飛爪요, 다른 하나는 천산록天山鹿의 힘줄을 꼬아 만든 갈고리 그물, 대라금구망大羅金鉤網이었다. 그러나 두 가지 기문병기 모두 주인이 이 대 혈랑곡주에게 격퇴당한 현장에서 무참히 파손되었고, 때문에 지금은 급조한 대용품들로써 그것들을 대신하고 있었다. 그런 면으로 본다면 상산초부 호혁이 조금 낫다고 할 터였다. 이 대 혈랑곡주가 으스러뜨린 도끼는 비록 비정상적으로 무겁기는 해도 기문의 묘용이 담긴 병기는 아니었으니까.

남립은 왼손을 살며시 들어 두 호법에게 가만히 있으라는 의사를 표한 뒤 늙은이를 향해 천천히 걸음을 옮겼다. 둘 사이의 거리가 열 걸음 남짓까지 좁혀졌을 때 늙은이의 눈이, 낭패감에서 이제 막 벗어나 모종의 결의를 다지는 듯한 눈이 남립을 향했다. 그 결의가 어떤 종류의 것인지 짐작하기란 그리 어려운 일이 아니었다.

남립은 헛기침을 하는 체 손등을 들어 올려 입을 슬쩍 가리면서 사운독에게 전음을 보냈다.

-신호를 보내면 곧바로 손을 쓰시오.

저급한 대용품이라도 재 가루를 불어 날리는 데에는 부족함이 없을 터. 사운독의 고개가 보일 듯 말 듯 까딱여지는 것을 확인한 남립이 특유의 기품 있는 미소를 지으며 늙은이에게 말을 걸었다.

"소생은 상산팔극문의 문주인 남립이라고 합니다."

늙은이로부터 돌아온 대답은 없었지만 남립이 무안해할 상황은 전혀 아니었다.

"노인장께서 누군가를 찾고 계신다는 얘기를 우연찮게 들을 수 있었습니다. 태원이라면 소생에게는 고향과 다름없는 곳이지요. 바라신다면 도움을 드릴 용의도 있습니다만."

늙은이의 표정이 가볍게 변했다. 그럼에도 흔들리지 않는 작고 새까만 눈동자는 그 주인의 강단이 예사롭지 않음을 보여 주고 있었다. 하기야 이 대 혈랑곡주 정도 되는 인물을 주인으로 받드는 자가 곤궁에 빠졌다고 벌벌 떨기만 한다면 그쪽이 오히려 실망스러운 일일지도 몰랐다.

이윽고 늙은이가 허옇게 갈라진 입술을 달싹거렸다.

"이날 이때까지 단 한 번도 내가 할 일을 남에게 맡기지 않고 살아왔다. 도움 따위는 필요 없으니 다른 의도가 없다면 저 떨거지들을 데리고 썩 물러가라."

남립은 짐짓 놀란 듯 눈썹을 올렸다.

"자존심이 이토록 강한 분인 줄은 몰랐습니다. 소생은 단지 어려움에 처한 존장분께 호의를 베풀려고 했을 뿐인데…… 기분이 상하셨다면 사과드리겠습니다."

남립은 퇴장을 앞둔 배우처럼 우아한 동작으로 고개를 숙였다. 그러면서 사운독에게 전음을 보냈다.

-지금!

짜라랑-

자잘한 금속들끼리 부딪치는 소리를 울리며 사운독의 손을 떠난 그물이 허공을 갈랐다. 그와 동시에 사운독과 호혁이 노성을 터뜨리며 늙은이를 앞뒤로 덮쳐 갔다.

두 호법의 갑작스러운 출수에도 늙은이는 일말의 당황한 기미도 드러내지 않았다. 마치 남립이 사운독에게 보낸 전음을 엿듣기라도 한 것처럼, 그물이 뿌려진 즉시 몸을 움직였다. 그 대응이 어찌나 즉각적인지, 심지어는 세 늙은이가 사전에 짠 각본대로 움직이는 것은 아닌가 하는 생각마저 들 정도였다.

찌아아악!

앙상한 팔에 쥐어진 지팡이가 섬전 같은 속도로 그물의 중심부를 찔러 들어갔다. 그 접점에서 발생한 한 줄기 와류가 그물을 안으로부터 가닥가닥 찢어발기는 광경을 목격했을 때, 남립은 자신의 판단이 지나치게 성급했음을, 늙은이를 잡는 게 재가루를 불어 날리는 것처럼 만만한 일이 아니었음을 인정할 수밖에 없었다.

단 한 초식으로써 그물을 무력화시킨 늙은이가 다음 목표로 잡은 것은 그물을 뒤따라 쳐들어온 사운독이었다. 밀어낸 지팡이의 끝이 부르르 떨리는가 싶더니…….

까가강!

어금니를 시큰하게 만드는 소리와 함께, 사운독이 용아비조의 대용품으로 내세운 구절강편九節鋼鞭이 늙은이의 뒤편 빈 공간에 주인의 뜻과는 무관한 호선을 그렸다. 그것이 뒤쪽으로부터 늙은이를 도모하던 호혁에게는 예상치 못한 악재로 작용했다.

"헙!"

헛바람을 삼킨 호혁이 수중의 도끼를 어지러이 휘둘러 동료로부터 비롯된 강편 공격을 막아 내는 사이, 사운독은 왼팔을 가슴 앞으로 움츠리며 황급히 뒷걸음질을 쳤다. 수천 리 길바닥을 짚고 다니느라 끝이 말뚝 머리처럼 뭉툭해진 지팡이로 대체 무슨 조화를 부린 것일까? 방금 전 기세 좋게 그물을 뿌려 대던 사운독의 왼팔은 어느새 피투성이로 변해 있었다. 그 지팡이가 더 이상 전진하지 못한다는 점은 사운독으로서는 천만다행한 일. 재빨리 따라붙은 호혁의 도끼가 늙은이의 발길을 붙잡은 것이다. 시커먼 오금철부烏金鐵斧가 쾅쾅 떨어져 내리고, 그에 장단 맞추듯 지팡이는 영활한 뱀처럼 꿈틀거렸다.

'저것이 천하제일의 마검이라는 혈랑검법인가?'

남립은 호혁과 한 덩이로 엉켜 돌아가는 늙은이의 움직임을 유심히 관찰했다. 늙은이가 지팡이를 사용해 펼치는 수법에는 검법의 고수가 아니라도 단번에 알아볼 수 있는 맹렬하면서도 흉포한 기세가 실려 있었다. 마기라고까지 부르기에는 부족한 감이 있긴 하지만, 정상이라고 보기 힘든 늙은이의 몸 상태를 고려하면 무서운 검법임에는 의심할 여지가 없었다.

'이비영에게 넘기기 전에 캐내야 할 게 생겼군.'

늙은이의 검법을 직접 보기 전까지는 한 번도 품어 본 적이 없는 강렬한 탐심이 남립의 반듯한 입술 위에 비틀린 미소를 맺히게 만들었다. 남립은 다재다능한 수완가인 동시에 뛰어난 검객이었고, 상승의 무공에 대한 열정도 여느 강호인들 못지않았다. 생각해 보라! 상산팔극문에 전해 내려오는 승광검법勝光劍法에다 비각과 손을 잡은 대가로 받은 밀종의 황금신공黃金神功, 거기에 천하제일 마검이라는 혈랑검법까지 더해진다면?

'이 남립이 오대고수나 신오대고수의 경지를 뛰어넘지 말라는 법도 없겠지.'

그러려면 가장 먼저 저 늙은이를 수중에 넣을 필요가 있었다. 그것도 머릿속에 담고 있는 비밀을 충분히 캐낼 수 있을 만큼 온전한 상태로.

"저 늙은이의 수법이 괴이해 아무래도 두 분만으로는 힘들어 보이는군요."

적살귀 오독추가 목 근육을 뿌드득 풀며 한 발짝 앞으로 나섰다. 남립은 그의 눈알 위에서 번들거리는 욕망의 빛을 읽을 수 있었다. 통나무처럼 단순한 머리로 설마하니 혈랑검법을 탐하는 것은 아닐 테고, 늙은이를 잡은 공에서 혹시라도 빠질까봐 못내 염려하는 것 같았다.

"오 비영께서는 저자를 추적하는 과정에서 이미 충분한 공을 세우셨소. 뒷일은 주장인 이 사람에게 맡겨 주시오."

좋은 말로 오독추를 달랜 남립이 마침내 움직이기 시작했다. 사실 늙은이에게 더 이상 시간을 주는 것은 문제가 있었다. 상황이 세불리로 판가름 날 경우. 저 늙은이에게는 아까 뭉쳐 놓은 결의를 실행에 옮길 만한 강단이 있을 테니까.

홍양미종보洪洋迷踪步.

광막한 바다 위에서 종적을 감춘 조각배처럼 남립의 후리후리한 신형이 하오의 햇살 아래에서 부옇게 흐려졌다. 결코 가깝다고만은 할 수 없는 십 보의 거리를 단숨에 지워 버린 남립이 비이목 밀정들의 포위망을 뚫고 늙은이의 뒷전에 모습을 드러냈다. 옥장 요대 속에 감춰 둔 연검을 굳이 뽑을 필요는 없었다. 지금의 늙은이는 처음 선보였던 그 기경할 일 초가 무색하리만치 기진한 상태였고, 상대하는 호혁 쪽에서 늙은이를 상하게 만들지 않으려고 노력하는 눈치였으니까.

남립은 눈앞에 놓인 늙은이의 어깨가 순간적으로 움찔거리는 것을 놓치지 않았다. 일대일 전장의 권역 안으로 제삼자가 끼어들었음을 알아차린 듯했다.

인지와 결단과 행동이 거의 같은 순간에 이루어졌다.

"끼이악!"

늙은이가 별안간 비명 같은 기합을 내지르며 수중의 지팡이를 힘껏 내찔렀다. 비단 폭이 찢겨 나가는 듯한 날카로운 파공성이 울리고, 지팡이 끝에서 일어난 한 줄기 맹렬한 와류가 호혁을 두 걸음 물러나게 만들었다. 사운독의 그물을 무력화시킨 바로 그 수법. 그러나 마무리는 달랐다. 일자로 뻗어 낸 손목을 휘돌려 자신의 머리통을 후려쳐 가는 그 단호함이라니! 만일 사전에 눈치채고 대비하지 않았다면 남립은 필시 복건에서와 같은 실수를 한 차례 더 반복하게 되었을 것이다.

"목숨마저도 초개처럼 여기니 이 어찌 눈물겨운 충성심이라 아니 할쏜가."

남립의 감탄이 끝났을 때, 등덜미의 마혈을 짚여 나무토막처럼 뻣뻣이 굳은 늙은이가 앞으로 고꾸라졌다. 여력을 못 이겨 흙바닥 위를 맴돌던 지팡이가 움직임을 서서히 멈췄다.

"축하드리오, 문주!"

"십비영 님께서 성공하셨군요."

다가온 자들이 분분히 건네는 찬사를 건성으로 흘려 넘기며, 남립은 자신에게 저 늙은이의 소유권이 얼마나 오랫동안 주어질지에 대해 생각해 보았다. 적당한 이유만 댈 수 있다면 시간을 늘리는 일도 그리 어렵지는 않을 것 같았다. 그는 나계제를 쳐다보았다.

"나 형도 보았겠지만 자해도 서슴지 않는 독종이오. 이비영 님께 데려가기 전에 기를 꺾어 놓을 필요가 있을 것 같소."

오독추 정도는 아니겠지만 나계제도 단순한 축에 드는 사람이었다. 그로서는 남립에게 다른 꿍꿍이가 있다는 사실을 꿈에도 생각하지 못할 터였다.

"고깃값을 정하는 사람은 푸줏간 주인이 아니겠소. 이번 일의 주장은 남 형이고, 그를 직접 생포한 사람도 남 형이오. 뒤처리에 굳이 내 허락을 구할 필요는 없소."

나계제가 팔짱을 끼며 말했다.

"고깃값을 정하는 사람은 푸줏간 주인이라……. 과연 나 형다운 담백한 말씀이오."

남립은 싱긋 웃었다. 그러나 득의가 담긴 그의 웃음은 그리 오래가지 못했다.

"으헤헤! 고깃값을 정하는 일에 한 발 걸치고 싶은 사람이 여기 또 있는 걸 어쩌나."

(3)

가래 끓는 소리가 섞인 그 탁성을 들었을 때, 남립은 자신이 조울증에 걸린 게 아닌가 하는 의심이 잠시 들었다. 그게 아니라면 그리 길지 않은 시간 사이 기분이 이렇게 들쭉날쭉하지는 않을 터였다. 이비영으로 인해 떨어진 기분이 이무의 비굴함 덕분에 조금은 회복되었고, 이 대 혈랑곡주의 노복을 통쾌히 생포함으로써 정점을 찍을 수 있었지만, 지금은 놀라우리만치 뚝 떨어져 저 밑바닥에 납작하게 짜부라져 버린 것 같았다. 이 기분을 다시 끌어 올리려면 꽤나 특별한 노력이 필요할 것 같았다. 그런 생각을 하면서, 남립은 탁성의 주인을 찾아 시선을 천천히 돌렸다.

한마디로 추물이었다.

작달막한 키에 비쩍 마른 몸뚱이, 정수리가 훌랑 벗겨진 흰머리는 광인처럼 산발했는데, 두 눈은 크기가 안 맞는 짝짝이요, 길쭉한 메기입은 지저분한 수염에 덮여 있었다. 그런 주제에도 불제자 흉내를 내려는 듯 더럽고 누덕누덕한 승복에 염주 목탁까지 갖추었다. 게다가 나이는 또 얼마나 많은지. 두 볼의 주름살은 칼집을 낸 것처럼 촘촘했고, 혈색 나쁜 잇몸 위에는 온전한 이빨을 찾기 어려웠다. 그런 추물이 예의 듣기 거북한 탁성으로 말을 이었다.

"푸줏간 주인 혼자만 고깃값을 정할 수 있다면 먹여 키운 사람이 너무 억울하지 않겠느냐?"

추물의 뒤편에는 오관이 단정하고 차림새도 깔끔한 중년 승려가 근엄한 표정을 하고 서 있었다. 추물이 더욱 추해 보이는 데에는 둘 사이의 외적 대비도 한몫을 차지하는 듯했다.

"먹여 키우셨다고요?"

남립이 가소로움을 참으며 반문하자 추물은 열 개의 손가락 중 아홉 개를 펴 올렸다.

"오냐, 한 근에 구십 문이나 하는 귀한 고기를 먹여 키웠지."

추물의 큰소리에, 뒷전에 있던 승려가 추물의 어깨 위로 고개를 기울였다.

"한 근에 육십 문이었습니다. 그리고 상한 고기였지요."

"넌 조용히 있어라."

"아, 소승은 그저 태사부께서 개고깃값을 잘못 기억하고 계신 줄 알고……."

"조용히 있으라니까."

"……예."

추물과 승려 사이에 오가는 대화 같지 않은 대화를 들으며, 남립은 두어 시진 전 남문 저잣거리의 개고기 장수로부터 들은 진술을 떠올릴 수 있었다.

―너무 굶주려 보였는지 손님 한 분이 고기를 사 주셨습니다.

짐작컨대 이 대 혈랑곡주의 노복에게 개고기를 사 준 손님이 바로 저 추물인 모양이었다. 하지만 일행도 아니고 그저 우연히 만난 사이라고 아는데, 그게 아니었단 말인가?

그때 곁에 있던 사운독이 남립에게 전음을 보냈다.

―앞에 있는 못생긴 늙은이는 누군지 모르겠지만, 뒤에 있는 중은 소림에서 나온 인물 같소이다.

남립의 편편한 이마에 굵은 주름이 잡혔다. 이곳 태원 일대가 그에겐 아무리 안방 같은 곳이라 해도 상대가 소림승이면 껄끄럽지 않을 수 없었다. 소림은 문자 그대로 와룡복호지처臥龍伏虎之處. 저 승려가 비록 혈색이 좋고 살갗이 팽팽하여 중년을 넘기지 않은 것처럼 보이긴 해도, 턱 밑이 쭈글쭈글하고 수염에 흰 털이 더 많은 것을 보면 얼굴 나이보다 연장일 가능성이 컸다. 그렇다면 '해' 자 항렬은 아닐 테고, 현임 방장과 동배인

'적' 자 항렬일 가능성도 크다는 얘긴데…….

'사대무보四大武寶라도 왔다면 참으로 고약한 일 아닌가.'

사대무보란 소림의 불법을 수호하는 네 가지 병기인 동시에 적 자 항렬에 속하는 네 사람의 무승을 가리키는 말이었다. 다행인지 불행인지 남립의 우려는 절반만 들어맞았다.

−면식이 있으니 노부가 상대해 보리다.

남립에게 전음을 보낸 사운독이 한 발 앞으로 나서더니 승려를 향해 포권을 올렸다.

"소림사 약왕당주이신 적통 대사 아니십니까. 참으로 오랜만에 뵙습니다."

추물이 '이건 또 뭐냐?'라는 듯 짝짝이 눈을 뒤룩거리며 사운독을 살피더니 승려를 돌아보았다.

"아는 애냐?"

사운독을 살피던 승려가 고개를 흔들었다.

"아닙니다."

있다는 면식을 면전에서 부인당한 사운독이 당황한 얼굴로 급히 말했다.

"십여 년 전 숭산을 지나던 중 여기 있는 호 아우가 독사에게 얼굴을 물려 큰 곤경에 빠진 적이 있었지요. 당시 소림의 약왕당주께서 번거로움을 무릅쓰고 은혜를 베풀어 주신 덕택에 목숨을 건질 수 있었습니다. 기억 못 하십니까?"

그 일에 관해서는 남립도 들은 바가 있었다. 상산초부 호혁은 입을 벌려 말을 하는 경우가 무척 드물었다. 특별히 과묵해서 그런 것은 아니고 과거에 입은 독상으로 설근舌筋이 망가졌기 때문인데, 그나마 곧바로 치료를 받았기에 망정이지 아니었다면 지금 사운독은 다른 인물과 더불어 상산팔극문의 호법

노릇을 하고 있을 공산이 컸다.

각설하고, 사운독과 호혁으로서는 야속하게도 소림사 약왕당주의 머릿속에는 두 사람과 관련된 기억이 전혀 남아 있지 않은 모양이었다. 게다가 적통이라는 그 승려는…… 묘하게 고지식하기까지 했다.

"범부가 고꾸라져 병의 뿌리 깊으니[凡夫顚倒病根深] 약사여래 못 만나면 죄를 씻기 어렵네[不遇藥師罪難滅]. 만일 동료분께서 은혜를 입었다면 소승이 아니라 약사여래불께서 베푸신 것입니다. 그러므로 이래서는 안 되는 것입니다. 법력을 입어 온전해진 몸으로 도를 휘둘러 타인을 핍박하는 것은 결코 올바른 행실이라 할 수 없는 것입니다. 자, 소승이 인도해 드릴 테니 약사여래불께 나아가 죄과를 뉘우치도록 하십시오."

딱딱딱딱, 목탁 소리가 울리고.

"제근구족諸根具足 제병안락際病安樂 약사여래불, 안립정견安立正見 제난해탈際難解脫 약사여래불, 약사여래불 약사여래불 나무 약사여래불……."

때아닌 염불이 장내에 퍼져 나갔다.

이 황당한 상황 한복판에서, 남립은 이마에 잡힌 주름 골을 더욱 깊이 만들었다. 세상 물정에 저토록 어두운 소림사 약왕당주가 이 자리에 나타난 이유를 아무리 생각해도 짐작할 수 없었기 때문이다. 그래서 내린 결론이 누군가를 그저 따라왔으리라는 것인데, 그 누군가가 누구인지는 금세 알 수 있었다.

소림사 약왕당주를 시종처럼 부리는 저 추물!

추물을 향한 남립의 눈초리가 실처럼 가늘어졌다.

'저자 또한 소림승일까?'

적통은 저 추물을 '태사부'라고 불렀다. 하지만 선종의 본산이요, 강호의 태두인 소림에 저런 요상하고 경박한 존장이 있다는 것은 믿기 어려운 일이 아닐 수 없었다. 그래서 남립은 더욱 궁금해졌다. 저 추물은 대체 누구일까?

"귀 따가워 성불하시겠다, 그놈의 약사여래 좀 그만 찾아라."

영원히 끝날 것 같지 않은 적통의 염불을 인상 한 번으로 틀어막은 추물이 남립을 돌아보며 물었다.

"내가 누군지 궁금한가 보지?"

"그렇습니다."

남립이 선선히 인정하자 추물이 히죽 웃었다.

"부처를 팔아먹고 사는 분이시다."

'부처를…… 팔아먹어?'

저 말로부터 떠오르는 명호가 하나 있었다. 남립은 경직된 낯빛을 즉시 온화하게 꾸민 뒤 추물을 향해 정중히 포권을 올렸다.

"소생의 안목이 천박하여 큰 결례를 범했군요. 공문삼기空門三奇의 한 분이신 매불…… 대성大聖께서 왕림하신 줄은 미처 몰랐습니다."

매불이란 이름 뒤에 대성이라는 존호를 붙이기 위해 남립은 생각할 시간이 약간 필요했다.

공문삼기란 강호와 민간의 사정에 두루 박식한 몇몇 경륜가의 입을 통해 전해 오는 공문의 기인 세 사람을 가리키는 말로서, 사바를 떠돌며 자비와 보시를 베푸는 소림의 성승聖僧 광비, 도가 수행의 전범으로 추앙받는 태백관의 진도眞道 한운자, 그리고 반도반승半道半僧의 기구한 삶을 산 탓에 결국에는 비도비승非道非僧의 신세가 되어 버린 괴인 매불이 바로 그들이었다. 저 추물이 광비나 한운자라면 대사나 진인이라는 존호를 붙이면 그만이지만, 반도반승에 비도비승인 매불이라면 얘기가 달랐다. 대성이라는 존호는 그래서 동원한 일종의 임기응변인데, 매불 본인은 그 존호가 꽤나 마음에 든 모양이었다.

"크헤헤! 살다 보니 대성 소리를 듣는 날이 다 찾아오는구나! 아깝구나, 아까워! 늙은 낙타와 늙은 말코 놈이 이 자리에 있어야 하는 것을."

볼품없는 수염을 흔들며 즐거워하던 매불이 돌연 한숨을 푹 쉬었다.

"하아! 아무리 나쁜 놈이라도 대성 소리까지 들은 마당에 불문곡직 밟아 죽일 수는 없는 노릇이고…… 난 언제나 이게 문제란 말이지. 여려도 너무 여리다니까."

저게 얼마나 가당치 않은 소리인지 제대로 받아들이기도 전에 매불이 툭 던지듯 덧붙였다.

"가라."

남립은 누구 못지않게 머리 좋은 사람이지만 이때만큼은 바보처럼 눈을 끔벅거릴 수밖에 없었다.

"……예?"

"귀한 고기 처먹인 보람도 없이 맥없이 자빠진 저 못난 종놈만 놔두고 물러간다면, 구층탑처럼 쌓인 네놈의 악행을 오늘 문제 삼는 일은 없을 것이다."

그러면서 날벌레라도 쫓는 양 오른손을 휘휘 내저으니, 남립의 준미한 얼굴에 떠오른 표정이 서서히 차가워지기 시작했다.

'이 미친 늙은이가 보자 보자 하니까…….'

자비와 수행과 기행으로 한 갑자 넘는 세월을 풍미한 공문삼기라지만 그들 중에 자신과 이 일행을 어찌할 만한 무공 고수가 끼어 있다는 말은 들어 본 적이 없는 남립이었다. 뒷전에 선 소림사 약왕당주의 존재가 마음에 걸리지 않는 것은 아니지만, 강호 도상에는 그런 종류의 문제를 해결하는 데 특효인 훌륭한 수단이 있었다. 그 수단이란 다름 아닌……

'살인멸구殺人滅口!'

약사여래의 광대한 신통력도 죽은 입을 움직이게 만들지는 못할 터였다.

마음을 정한 남립은 몇 발짝 떨어진 곳에 팔짱을 끼고 선 채 상황의 추이를 묵묵히 지켜보고 있는 나계제에게 슬쩍 눈짓을 보냈다. 나계제가 진심이냐고 묻듯이 고개를 갸웃거렸고, 남립은 물론이라고 대답하듯이 고개를 끄덕였다.

"흐으음."

나계제가 의미를 짐작하기 힘든 긴 콧소리를 내며 끼고 있던 팔짱을 천천히 풀더니 등에 맨 호아도虎牙刀의 손잡이를 잡아갔다. 이제야 주장의 뜻을 눈치챈 듯, 적살귀 오독추와 혈안편복 이무가 거리를 벌리며 손을 쓸 채비를 갖췄다.

짝짝이 눈으로 남립의 일행이 하는 양을 지켜보던 매불이 탄식하듯 말했다.

"탐진치貪瞋痴(불가에서 말하는 세 가지 나쁜 마음. 욕심과 성냄과 어리석음)의 사슬에 꽁꽁 묶였으니 구명줄을 쥐여 줘도 알아보지 못하는구나. 총명이 과인하고 재주가 승하면 뭐할꼬? 저잣거리 개고기 장수보다도 못한 놈이거늘."

남립의 얼음 같은 눈이 매불을 향했다.

"소생이 개고기 장수보다 못하다고요?"

매불이 고개를 주억거렸다.

"암, 그 개고기 장수에게는 구명줄을 알아보는 눈이 있었으니까. 하기야 그 위인은 천품이라도 선했지. 네놈은 아니야. 뿌리부터 잎사귀까지 몽땅 글러먹은 독초 중에서도 독초거든."

마음을 정한 뒤라 그런지 매불의 신랄한 말에도 불쾌하지 않았다. 그저 유언이라고 여기면 못 들어 줄 말도 별로 많지 않을 터였다. 남립은 곁에 어정쩡히 서 있는 사운독과 호혁을 돌아보며 말했다.

"과거의 인연 때문에 손을 쓰기 곤란하다면 물러나셔도 되오."

그러나 자신들이 모시는 문주가 어떤 성정인지 잘 아는 두 사람이기에 이 말을 곧이곧대로 받아들일 수는 없었을 것이다.

"은혜를 원수로 갚게 되어 유감이오, 대사."

사운독이 내키지 않은 얼굴로 적통에게 배덕背德을 통보했다. 반벙어리 호혁은 아무 말 없이 늘어뜨린 도끼를 치켜세웠다.

애당초 상대가 안 되는 전력이었다. 이쪽은 자신을 포함한 비영이 넷, 상산팔극문의 호법이 둘 그리고 비이목 밀정 중 무공 방면에 재주 있는 자들로 아홉이었다. 반면에 저쪽은 달랑 둘. 그것도 하나는 무승도 아닌 의승醫僧이 아니던가. 남립의 미소 띤 입술이 슬쩍 떨어졌다.

"자, 이제 소생을 밟아 죽일 그 대단한 고인이 어떤 분인지 궁금해지는군요."

그리고 상대가 안 되는 전력임에도 동요하지 않는 매불의 저 태연함이 어디에서 연유하는지 궁금하기도 했다. 남립의 시선이 슬쩍 적통을 향했다.

"설마하니 불덕 높으신 소림사 약왕당주께서 살계를 깨트리실 것 같지는 않고……."

"용서하소서, 아미타불."

적통이 눈을 내리감고 불호를 읊조렸다. 대체 무엇을 용서하라는 것일까? 오활한 중의 짓거리에 낮게 코웃음을 친 남립이 이번에는 매불에게 물었다.

"하면 대성께서 몸소 나서시겠습니까?"

매불이 심드렁하게 대꾸했다.

"내가 아니야. 쟤도 아니고."

남립이 고개를 갸웃거렸다.

"그렇다면 누가?"

"짐꾼."

"짐꾼?"

매불은 그 이상의 대답은 필요 없다는 듯 몸을 돌렸다.

이제 와서 달아나려는 건가 싶어 앞으로 내달리려던 남립이 어느 순간 어깨를 움찔 떨었다.

……무슨 소리를 들은 것 같았다. 하지만 그 소리에는 소리라고 규정할 만한 어떠한 울림도 담겨 있지 않았다. 하지만 느낌은 있었다. 소슬한 그믐밤, 머리 위 야공으로 정체 모를 그림자가 지나가는 것을 본 듯한 느낌이랄까. 으슥한 산길, 짙은 숲 그늘 아래 웅크린 무엇인가에 의해 샅샅이 주시당하는 듯한 느낌이랄까.

그것은 고막이 아니라 마음을 진동하는 소리였다. 이성이 아니라 직감을 두드리는 경고였다. 바람 한 점 불지 않건만 주위의 기온이 갑자기 떨어진 것 같았다. 남립은 목덜미 위로 좁쌀 같은 소름이 오톨도톨 돋아나는 것을 느꼈다.

그때 시야의 한쪽 귀퉁이에 이상한 장면이 잡혔다. 나계제가, 녹림의 칠성장군 중에서 가장 많은 사람을 죽인 것으로 알려진 희대의 살성이 뱀을 본 처녀처럼 허옇게 질린 얼굴로 굳어 있었던 것이다. 그 뒤편에 날개처럼 펼쳐 선 두 명의 비영도 이상한 반응을 보이기는 마찬가지였다. 오독추는 양손으로 움켜 올린 양인부를 덜덜 떨고 있었고, 이무는 불편한 한쪽 다리를 끌며 비척비척 뒷걸음질을 치고 있었다.

그리고 그 모든 이상함의 근원에는 한 사람이 있었다!

그 사람이 자신의 존재를 드러내는 방식은 무척이나 특이하면서도 단순했다. 응시. 하나뿐인 눈으로 주위의 외물을 그저 바라보기만 할 뿐이었다. 그럼에도 그 시선이 미치는 범주 안의 모든 생명들은 서리에 덮인 어린잎처럼 속절없이 오그라들고 있었다. 그것은 기세가 아니었다. 무공이라고 하기도 힘들었다. 굳이 표현한다면 마기. 그러므로 그것은 마공이라고 해야 옳을지도 몰랐다. 진정한 의미에서의 마공!

"밟아 죽이라고?"

눈이 물었다.

"손은 짐 들 때를 대비해 남겨 둬야 하니까."

매불이 대답했다. 그러자 눈이 웃었다.

"처음으로 마음에 드는 소리였어, 원숭이."

눈의 웃음을 대한 순간, 남립은 백금 동곳으로 단단히 고정해 놓은 머리카락이 쭈뼛 곤두서는 기분을 느꼈다. 맞서서는 안 된다는 생각이, 그러므로 피해야 한다는 생각이 두개골을 터뜨릴 것처럼 부풀어 올랐다. 하지만 사고와 행동의 공허한 경계선 위에서, 남립은 그 눈이 자신을 향해 밀려오는 광경을 멍하니 지켜볼 수밖에 없었다. 그는 자신이 왜 움직이지 못하는지 알지 못했다.

"맛있는 고기는 아껴 먹어야 제 맛이지."

음산한 목소리가 남립의 얼굴 앞에서 울렸다. 눈이 남립을 정시하고 있었다. 남립은 크고 검은 소용돌이 속으로 빨려들어가는 듯한 기분을 느꼈다. 눈까풀조차 내리감을 수 없는 극단적인 마비에 전신이 숙박당한 속박한 가운데, 지독한 추락감이 남립의 의식을 위협하고 있었다.

'사술이로구나!'

남립은 휘청거리는 정신을 수습하고 밀종의 황금신공을 급히 끌어 올렸다. 안력과 신지를 강화시켜 주는 황금신공에는 각종 사술과 금제에 저항하는 공능이 담겨 있었다. 그러면서도 남립은 저 무시무시한 눈의 주인이 황금신공에 관한 사항을 눈치채지 못하기를 간절히 기원했다.

남립의 기원은 통했다. 눈이 남립에게서 떨어져 나간 것이다.

"배덕한 개들아, 너희들에게는 이것으로도 과분하다."

눈의 주인, '짐꾼'이 보랏빛으로 갈라진 입술을 오므리더니 남립의 좌우를 향해 뭔가를 뱉었다.

퓨퓽-

가늘고 높은 소성簫聲이 울리고, 남립의 좌우 전방에 벌려 서 있던 사운독과 호혁이 풀썩풀썩 무릎을 꿇었다. 두 팔을 축 늘어뜨리고 고개를 뒤로 꺾은 두 호법의 뇌문에는 짐승의 뼛조각으로 보이는 작고 하얀 물체가 깊숙이 박혀 있었다. 남립은 이 상황을 현실로 받아들이기 힘들었다. 설마 죽었다고? 이렇게 간단히?

짐꾼이 주위를 둘러보았다.

"열둘이군."

열둘은 남립과 두 호법을 제외한 일행의 숫자였다. 황금신공을 암암리에 운용하여 신체를 속박한 금제를 풀어내던 남립이 그 사실을 깨달았을 때, 짐꾼은 이미 그의 앞자리를 떠나 움직이고 있었다.

짐꾼의 움직임에 가장 먼저 반응한 사람은 가장 무공이 강한 녹림의 살성이었다. 모든 이들이 천적을 만난 작은 동물처럼 꼼짝 못 하거나 오히려 물러서는 가운데에도 나계제는 아랫입술에 깊숙한 이빨 자국을 새기며 짐꾼을 향해 몸을 마주 날리는 놀라운 투지를 발휘했다.

"이 녀석도 맛있을 것 같군."

짐꾼이 입술을 비틀었다. 남립은 그 보라색 입술을 따라 번들거리는 악의에 찬 기대감을 엿볼 수 있었다. 다음 순간, 나계제가 일직선으로 찔러 낸 호아도를 허깨비 같은 몸놀림으로 슬쩍 흘려보낸 짐꾼이 오독추의 코앞에 모습을 드러냈다.

"어어……."

처음 선 자리에 못 박혀 있던 오독추는 그제야 퍼뜩 정신을 차린 듯했다. 그의 두 손 안에서 덜덜 떨리기만 하던 양인부가 크고 거친 호선을 그리며 짐꾼의 몸통을 횡으로 쪼개 갔다. 그러나 그 호선이 끝났을 때, 어찌 된 영문인지 짐꾼은 수평으로 누운 양인부의 날을 딛고 곧게 서 있었다. 오독추는 누군가 자신의 병기에 올라탄 것도 의식하지 못한 듯 토끼 눈을 하고서 전방을 두리번거리고 있었다.

"하나."

끄직!

짤막한 셈 소리와 섬뜩한 파골음이 거의 동시에 울렸다. 그 두 소리들의 여운이 가셨을 때, 남립은 오독추의 신체가 이전과는 약간 달라졌다는 사실을 알아차릴 수 있었다. 보다 정확히 표현하면 키가 한 뼘가량 줄어 있었다. 그리고 한 인간이 키를 한 뼘 잃어버린 대가는 작지 않았다. 오독추는 양쪽 빗장뼈가 만나는 위치에 콧구멍을 박은 채 두 개의 눈구멍과 두 개의 귓구멍으로 붉은 피를 줄줄 흘리고 있었다. 일견하기에도 즉사.

한 토막의 비명, 한마디의 신음도 허락되지 않는 무자비한 죽음이었다.

이에 남립은 입안이 바짝 마르는 것을 느꼈다. 이제껏 적지 않은 수의 시체를 보았지만, 목뼈가 척추로부터 어긋나 얼굴 하관이 흉강 안으로 깊숙이 파묻힌 시체를 보는 것은 이번이 처음이었다. 살인은 현실 속에 얼마든지 있었고, 그 또한 살인의 경험이 없지 않았지만, 저런 방식의 살인은 너무 이질적이었다. 악몽이라도 꾸는 기분이었다.

'어서 금제를 풀어야 해!'

저런 살인을 아무렇지도 않게 자행하는 자와 이런 몸으로 마주하고 싶지는 않았다. 남립은 오독추의 끔찍한 죽음으로 흔들린 마음을 추스르고 황금신공을 더욱 바삐 운용했다.

"사제!"

그때 나계제가 비통히 외치며 몸을 솟구쳤다. 오른발로는 오독추의 정수리를, 왼발로는 오독추의 왼쪽 어깨를 각각 딛고 있던 짐꾼이 나계제를 힐끗 돌아보더니 보랏빛 입술을 또 한 번 비틀었다.

"너는 나중이라니까."

나계제가 노호를 터뜨렸다.

"이놈!"

나계제의 전력이 실린 호아도가 검푸른 도기를 꼬리처럼 매달며 짐꾼을 베어 갔다. 하지만 호아도가 얻은 것은 대기 중으로 헛되이 퍼져 나가는 드센 파공성뿐. 표적으로 삼은 짐꾼은 머물던 오독추의 몸 위에서 이미 사라진 뒤였다.

"둘."

상방으로부터 눌러 주던 힘을 잃은 오독추의 몸뚱이가 바닥에 고꾸라진 것과 그곳으로부터 삼 장쯤 좌측에서 짐꾼의 목소리가 들려온 것은 거의 동시에 벌어진 일이었다. 그 목소리가 저승사자의 최명호催命號라도 되는 양 또 하나의 목숨이 끊어지고…….

"셋, 넷……."

비이목의 남북총탐이 이번 일을 위해 차출한 유능한 밀정들이 맹견에 쫓기는 암탉들처럼 사방으로 흩어졌다.

"다섯, 여섯, 일곱……."

그러나 밀정들이 흩어지는 속도보다 짐꾼이 날아다니는 속도가 훨씬 빨랐다. 그가 지면 대신 인간의 정수리를 밟으며 동에 번쩍 서에 번쩍하는가 싶더니, 잠깐 사이에 여섯 명의 밀정이 오독추와 같은 신세로 바닥에 쓰러져 버렸다.

"지루하군."

잿빛 연기 덩이처럼 허공을 자유롭게 오가며 밀정들을 밟아 죽이던 짐꾼이 어느 순간, 하던 장난에 흥미를 잃은 개구쟁이처럼 투덜거리며 땅 위에 모습을 갖추었다. 위치는 살아남은 밀정 셋의 한복판. 기겁을 한 그들이 짐꾼으로부터 멀어지려고 몸을 돌렸다.

짐꾼이 지루함을 해소하는 방식은 그가 존재를 드러내는 방식만큼이나 특이하면서도 단순했다.

"적통, 나한낙귀羅漢踏鬼를 알고 있겠지?"

이 물음과 함께 짐꾼이 오른발을 굴렀다.

쿠웅!

토표를 뚫고 장딴지까지 파묻힌 그 오른발이 다시금 위로 솟구친 순간.

그어어엉!

반경 일 장의 대지가 발광하듯, 고통스러워하듯, 그 발바닥에 달라붙어 두 길 위로 솟아오르더니 절규를 내지르며 폭발했다. 묵직한 살기를 품고 퍼져 나간 흙덩이와 돌가루 들이 살아남은 세 명의 밀정을 단숨에 휩쓸었다.

"므으으……."

두꺼운 솜이불 속에서 지른 듯한 답답한 비명이 울리는가 싶더니 적갈색과 회흑색이 뒤엉킨 흙 사태 위로 시뻘건 얼룩이 팍, 팍, 팍, 세 차례 피어올랐다.

"이것이 노납과 사제들이 새롭게 만든 나한냑귀다. 어떠냐, 나약하기만 한 이전의 나한냑귀보다 훨씬 낫지 않느냐?"

짐꾼이 멀찍이 물러나 있는 적통을 돌아보며 다시 물었다. 참괴함에 물든 얼굴로 장내를 지켜보던 적통이 눈을 감고 다시 불호를 읊조렸다.

"아아! 세존이시여, 아미타불, 아미타불."

이제는 남립도 알 것 같았다. 이 학살이 벌어지기 직전 적통이 부처에게 용서를 구한 까닭을 말이다. 저 짐꾼은 일단 고삐만 풀리면 누구라도 가차 없이 죽일 수 있는 살인마였고, 그 살인마의 고삐를 풀어 준 것은 적통과 같은 일행인 매불이었다. 불제자로서 큰 살업이 일어남을 알면서도 막지 못한 죄. 적통은 그 죄에 대한 용서를 미리 구했던 것이다.

"죄란 업인 동시에 순리다. 인간은 숨을 쉬듯 밥을 먹듯 죄를 짓고 산다. 마魔란 그 죄를 담는 그릇이다. 범업 사형이 떠나고 스승님께서 입적하신 뒤로, 노납은 영원히 채워지지 않는 커다란 마기魔器를 이마 위에 얹고 살아야만 했다. 그 마기로써 죄를 담아 다른 죄를 파하는 것이 세존께서 이 부정한 몸에 내리신 업이요 순리일진대, 너 같은 어린 사미가 노납의 이마에 얹힌

겁화의 마기를 굳이 나눠 이려고 나설 필요 없다."

적통을 향해 차갑게 말한 짐꾼이 걸음을 슥 내디뎠다. 길쭉이 늘어난 그 무시무시한 눈이 멈춘 곳에는, 더 이상 투지를 유지하지 못하고 호아도를 아래로 축 늘어뜨린 나계제가 서 있었다. 살기도 상대적인 것일까? 작은 살기가 큰 살기를 만나 길 잃은 아이처럼 망연해하고 있었다.

"이제 네 차례다. 그냥 죽겠느냐?"

짐꾼이 말했다. 나계제가 찬물을 뒤집어쓴 사람처럼 온몸을 부르르 떨었다. 호아도의 도첨刀尖이 위로 올라오고, 흐트러져 있던 눈의 초점도 절반 넘게 되돌아온 것 같았다.

"애써 아껴 두었는데 당연히 그렇게 나와야지."

짐꾼이 기특하다는 표정으로 나계제를 바라보았다. 나계제가 이빨을 딱딱 부딪치며 말했다.

"이, 인간의 탈을 쓰고…… 어찌 이렇게 잔인한 짓을……."

녹림살성에 걸맞지 않은 이 말에 짐꾼이 다시 한 번 입술을 비틀었다.

"오십 년 전이라면 모를까, 지금의 노납은 자비와 잔인의 경계를 잊은 지 오래다."

"이 악마…… 죽엇!"

나계제가 비명 같은 고함을 내지르며 호아도를 휘둘렀다. 그와 짐꾼 사이의 거리는 불과 여덟 자. 호아도의 새파란 날 빛이 그 사이의 공간을 맹렬하게 난자했다. 난무하는 도기에 갇힌 짐꾼이 산산조각으로 흩어졌다. 하지만 그것이 잔상에 불과하다는 것을 남립은 모르지 않았다. 악마라는 나계제의 말은 옳았다. 인간의 칼이 악마에게 통할 리 없었다.

"큽!"

나계제가 신음을 삼키며 빠르게 뒤로 물러섰다. 검푸른 비단 같은 도기를 줄줄이 뿜어내던 호아도의 도첨이 흙바닥에 끌리며 긴 자국을 남기고 있었다. 그럴 수밖에 없었다. 팔꿈치 관절이 으스러진 팔로는 병기를 제대로 들어 올릴 수 없었을 테니까.

그런 나계제로부터 일 장쯤 떨어진 허공에서, 짐꾼이 공중제비를 한 바퀴 넘었다. 승포 자락이 활짝 펴지며 공기를 가르는데도 아무 소리도 울리지 않았다. 그래서일 것이다. 뒤로 물러난 나계제는 저 한 번의 공중제비로 짐꾼에게 따라잡혔다는 사실을 알아차리지 못한 눈치였다. 지금 남립의 눈에 비친 나계제와 짐꾼은, 상처 입은 들짐승과 그 들짐승을 노리고 공중을 선회하는 날짐승 같았다.

날짐승의 발톱이 들짐승에게 내리꽂혔다.

"끄억!"

이번에는 오른쪽 어깨. 뿌드득, 하는 제법 요란한 파골음과 그보다 조금 더 큰 비명이 연달아 울렸다. 철퇴에 가격당한 것처럼 어깨 부위가 움푹 함몰된 나계제가 고통으로 일그러진 얼굴을 들어 위를 올려다보았다. 짐꾼의 몸놀림은 면면부절綿綿不絕했다. 나계제의 어깨를 부순 반동으로 솟구쳐 올라 또 한 번의 공중제비를 넘은 짐꾼이 아예 끝장을 내려는 듯 나계제의 얼굴을 향해 오른발 발바닥을 내리꽂았다.

하지만 녹림을 대표하는 살성의 근성은 녹록치 않았다. 죽음이 목전에 닥쳤음에도 포기하지 않았고, 더 이상 물러서지도 않았다. 나계제에게는 뼈와 근육이 망가져 맥없이 덜렁거리는 오른팔을 대신할 왼팔이 남아 있었고, 그는 그 점을 망각하지 않았다.

"끼야압!"

나계제가 하방으로 떨어지는 짐꾼의 오른발 용천혈湧泉穴을 향해 왼손 인지를 곧게 뻗어 올렸다. 남립은 저 수법이 무엇인지 알고 있었다.

칠성노조의 정수라고 할 수 있는 고목인枯木印!

거죽이 벗겨지고 손톱이 빠지는 고통을 무릅써야 하는 난공이긴 하지만, 일단 전개되면 반드시 상대의 목숨을 앗아 간다 하여 일지탈명一指奪命이라는 별칭이 붙은 사파 최강의 지법!

'저 수법이라면 혹시?'

그러나 이러한 기대감이 실망감으로 바뀐 것은 순식간이었다. 고목인의 지법이 강호에 이름 높은 절학임에는 분명하지만, 악마를 어찌하기에는 턱없이 부족했던 것이다. 나계제가 머리 위로 곧게 뻗어 올린 고목인 끝에 오른발 발바닥을 얹은 채 대나무처럼 꼿꼿이 허리를 세운 짐꾼이 아래를 굽어보며 말했다.

"괜찮은 음공陰功이긴 하다만 노납의 불루진신不漏眞身을 깨트리기엔 화후가 많이 모자라구나."

이 말이 끝난 순간, 고목인을 딛고 선 짐꾼이 천천히 하강하기 시작했다. 두부 속으로 파고드는 꼬챙이의 형국이랄까. 두부는 땅, 꼬챙이는 나계제였다. 남립은 왼손 인지로 짐꾼을 떠받친 나계제가 땅속으로 점차 사라지는 광경을 흡뜬 눈으로 똑똑히 지켜보았다. 발목이 사라지고, 무릎이 사라지고, 아랫배가 사라지고, 가슴이 사라지고, 이어 목과 얼굴이 사라졌다. 지상에 남겨진 것이라고는 끝끝내 인지를 곧추세운 왼손 하나뿐.

짐꾼이 그 인지로부터 내려서며 작게 중얼거렸다.

"열하나."

나계제의 생명이 끊어진 것은 언제쯤이었을까? 무릎이 사라질 무렵에 흐르기 시작한 코피가 가슴이 사라질 무렵에는 뇌수 섞인 허연 곤죽으로 변했으니, 아마도 그사이 어디쯤이 아닐까 싶었다. 땅속으로 파묻히기 직전에 본, 세상을 향해 마지막으로 열린 공허한 눈이 남립의 머릿속에 박제처럼 생생히 남아 있었다.

그 눈…….

눈?

남립은 자신이 눈을 깜빡거리고 있다는 사실을 깨달았다. 장시간 눈을 감지 못해 피로에 지친 눈이 기다렸다는 듯이 눈물을 흘리고 있었다. 마비되었던 사지 혈관을 따라 뜨거운 핏물이 돌며 전신이 찌르르 저리고 있었다. 밀종의 황금신공이 짐꾼의 금제를 마침내 뚫어 낸 것이다!

'안심하기는 일러. 지금부터가 중요해.'

남립은 짐꾼의 눈치를 살폈다. 다행히 짐꾼은 남립에게 금제를 풀 능력이 있으리라고는 예상하지 못한 듯했다. 짐꾼이 주위를 둘러보며 고개를 갸웃거렸다.

"이상하군. 열둘이었는데."

조금 전 짐꾼은 '열하나'라고 했다. 열둘과 열하나의 차이는 딱 하나. 그 하나에 해당하는 사람은 바로…….

'이무! 그자는 어디로 간 거지?'

적어도 남립이 볼 수 있는 시야 안에는 없었다. 남립은 맨 처음 짐꾼이 등장했을 당시, 불구인 오른발을 질질 끌며 뒤로 물러서던 이무의 모습을 기억해 냈다. 그렇다면 짐꾼의 눈을 속이고 달아나는 데 성공한 걸까? 그 다리로는 멀리 가지도 못했을 텐데? 아니, 중요한 점은 그런 것들이 아니었다. 남립의 눈동자

속으로 새파란 불꽃이 피어올랐다.

'감히 나를 버리고 혼자 달아나?'

개가 주인을 버리고 달아나는 것은 결코 용서받을 수 없는 커다란 죄였다.

'반드시 찾아내서 죽지도 살지도 못하는 신세로 만들어 주마.'

그 방면에는 발군의 재능이 있는 남립이기에 이무에게 적당한 형벌을 잠깐 사이에 십여 가지나 떠올릴 수 있었다. 그것들을 행하기 위해서라도, 고통에 빠져 제발 살려 달라고, 아니, 제발 죽여 달라고 울부짖는 이무의 모습을 보기 위해서라도 이 위기에서 무사히 벗어나야만 했다. 다행히 남립은 머리가 좋았고, 극도로 불리한 상황임에도 쓸 만한 계획을 세울 수 있었다.

장내를 두리번거리며 이무를 찾던 짐꾼이 포기한 듯 남립을 향해 시선을 돌렸다. 남립은 짐짓 두 눈을 부릅뜨고 금제에 여전히 걸린 체 미동조차 하지 않았다.

짐꾼이 남립을 향해 걸음을 옮겼다. 남립은 암암리에 공력을 극성으로 끌어 올렸다. 둘 사이의 거리가 일곱 걸음으로 좁혀졌을 때…….

"음?"

짐꾼이 하나뿐인 눈에 이채를 떠올리며 걸음을 멈췄다. 목석처럼 굳은 채 죽음을 기다려야 할 제물에게서 뭔가 이상한 점을 발견한 듯했다. 다행스러운 사실은, 현재의 일곱 걸음 거리가 남립이 바라던 거리라는 점이었다. 공중을 훌훌 날아다니던 인간 같지 않은 신법을 감안하건대, 만일 그 전에 간파당했다면 남립의 계획이 성공할 가능성은 훨씬 낮아졌을 터였다. 물론 더 가깝더라도 마찬가지였다.

"핫!"

남립은 재빨리 몸을 낮추며 양팔을 좌우로 뻗어 양옆에서 무릎을 꿇은 채 죽어 있는 사운독과 호혁의 등짝을 후려쳤다. 두 구의 시신이 끈 떨어진 인형처럼 사지를 덜렁거리며 짐꾼에게 날아갔다. 물론 그것으로써 짐꾼을 막을 수 있으리라고는 생각하지 않았다. 단지 약간의 짬만 벌어 주면 되었고, 실제로도 그렇게 돌아갔다. 그 약간의 짬을 활용해 남립은 바라던 것을 수중에 넣을 수 있었다.

"마침내 고깃값을 흥정할 때가 온 것 같군요."

의식을 잃은 이 대 혈랑곡주의 노복을 가슴 앞에 일으켜 세운 상태에서, 남립이 멀찍이 떨어져 있는 매불에게 말했다. 그러면서도 그의 모든 신경은 열 걸음 거리로 벌어진 짐꾼에게 집중되어 있었다. 짐꾼은 산문을 지키는 사천왕상처럼 좌우의 두 발로 사운독과 호혁의 시신을 각각 밟은 채 서 있었다. 그 괴이한 얼굴로부터 속내를 짐작하기란 여전히 쉬운 일이 아니었지만, 남립은 짐꾼의 하나뿐인 눈 속으로 지나가는 작은 흔들림을 놓치지 않았다.

"부디 그 자리에 얌전히 계시길. 두 발바닥이 우리 호법들로부터 떨어지는 순간, 소생은 이 오른손을 주저 없이 움직일 테니까요."

남립은 옥장 요대 속에서 뽑아 든 연검, 승광검勝光劍을 노복의 목젖 밑에 바짝 갖다 붙였다. 종잇장처럼 얇은 승광검의 예리함은 일반 철검의 것에 비할 바가 아니었다. 노복의 늙은 목은 벌써부터 가느다란 핏물 한 줄기를 흘리고 있었다.

매불이 떨떠름한 얼굴로 말했다.

"과연 간교한 놈이로다. 좋다, 불러 봐라."

"소생이 고이 돌아갈 수 있도록 저분을 설득해 주신다면, 이 노인을 대성께 바치겠습니다.”

남립의 제안에 매불이 짝짝이 눈을 찌푸리다가 고개를 가로 저었다.

“젊은 고기와 늙은 고기를 맞바꾸자는 거냐? 얼핏 봐도 젊은 쪽이 싱싱하고 무게도 서른 근은 더 나갈 것 같은데, 그런 손해 보는 흥정은 하고 싶지 않다.”

선선히 받아들이리라고는 기대하지 않았지만, 막상 단칼에 거절당하고 나니 그 후가 막막해졌다. 인질을 확보하는 데는 성공했지만 상황은 여전히 나아지지 않았다. 아니, 어쩌면 더 나빠졌을지도 몰랐다. 남립이 취한 일련의 행동이 저 짐꾼을 더욱 위험한 존재로 만든 것 같으니 말이다.

“흥정 따위는 필요 없다.”

음산한 목소리로 선언한 짐꾼이 한 손을 들어 왼쪽 눈을 가린 안대를 붙잡았다. 안대를 벗으려는 눈치였다. 그러자 매불과 함께 있던 적통이 퍼렇게 질린 낯으로 크게 부르짖었다.

“안 됩니다, 사숙! 녹옥불장綠玉佛杖의 지엄한 영을 어기실 작정입니까!”

짐꾼의 손길이 우뚝 멈췄다. 녹옥불장이라는 말이 그렇게 만든 것 같았다. 그 모습을 지켜보던 남립은 마음이 다급해졌다. 지금까지 보여 준 능력만으로도 기절초풍할 지경인데, 저 안대를 벗으면 또 어떤 경천동지할 조화가 일어날 것인가! 시간을 끌다가 그 조화의 희생양이 되고 싶지는 않았다. 이제는 막무가내로 나갈 수밖에 없었다.

“흥정을 깨고 싶다면 마음대로 해라! 지금부터 나는 이자와 함께 떠날 것이다! 만일 저 마귀 같은 늙은이가 따라오는 것이 내 눈에 띄는 날에는 그 즉시 이자를 죽이고 나도 함께 죽을 것이니 그렇게 알아라!"

입으로는 엄포를 놓으면서도 속으로는 간절히 믿고 싶었다. 저 짐꾼이 이 대 혈랑곡주의 노복을 자신의 생각만큼 귀하게 여겨 주기를. 먹구름처럼 넘실거리는 공포를 그 믿음 하나로 이겨 내며, 남립은 가슴 앞에 세운 인질을 방패 삼아 한 걸음 한 걸음 물러나기 시작했다.

피와 살로 이루어진 인간 방패의 효과는 남립이 생각한 것 이상으로 훌륭했다. 짐꾼은 두 구의 시신 위에서 꼼짝도 하지 않았다. 매불과 적통 또한 장내를 빠져나가는 남립의 모습을 그저 지켜보기만 할 따름이었다.

'좋아. 잘돼 가고 있어.'

남립은 가장 위험한 존재인 짐꾼에게 시선을 고정한 상태로 조금씩, 하지만 꾸준히 멀어지는 중이었다. 죽음으로부터 멀어지는 중이라고도 할 수 있었다. 그러면서도 그의 두뇌는 다음에 해야 할 일을 생각해 내기 위해 분주히 돌아가고 있었다. 이 대 혈랑곡주의 노복이 비록 지금은 고마운 방패가 되어 주기는 해도, 본격적으로 도주를 시작한 뒤에는 처치 곤란한 짐으로 바뀔 것이 분명했다. 천하제일 마검법의 비밀이 탐나지 않는 것은 아니지만, 이비영의 신임을 회복하는 일 또한 중요하기는 마찬가지지만, 지금 당면한 과제는 일신의 안전을 확보하는 것이었다. 목숨이 붙어 있어야 고수도 될 수 있고 출세도 할 수 있는 것이다.

남립은 고개를 옆으로 툭 꺾은 채 자신에 의해 질질 끌려오는 인질을 일별한 뒤 다음에 할 일을 정했다.

'딱 죽지 않을 정도로만 벤다.'

데려가지 못할 바에야 죽여 버리고 싶은 마음이 굴뚝같았지만, 목숨을 붙여 두는 것은 반드시 필요한 조치였다. 관도가 보이는 위치쯤에서 팔과 다리 하나씩을 자른 뒤 던져 놓고 달아난다면, 이 대 혈랑곡주의 노복을 소중히 여기는 저들이 사경에 처한 그를 팽개친 채 자신을 추격하려 들지는 않을 것이기 때문이었다. 더구나 신법에는 누구 못지않게 자신 있는 남립이 아니던가! 공포의 먹구름이 서서히 걷히고, 비로소 살길이 보이는 듯했다.

'이제 거의 다 됐어.'

관도가 멀지 않았다. 짐꾼은 어느새 한 뼘도 안 되는 크기로 멀어져 있었다. 남립은 비로소 특유의 여유 있는 미소를 지을 수 있었다.

이번에도 남립의 미소는 오래 이어질 수 없었다. 그의 모든 주의력을 잡아끈 짐꾼이 있는 곳과는 반대 방향인 후방으로부터, 불의의 공격이 날아들었기 때문이다.

퍽!

둔탁한 소리와 함께 오른쪽 허벅지 뒤편에 거센 충격이 가해지고, 폭죽처럼 터진 섬뜩한 이물감에 남립은 오랫동안 참고 있던 숨을 놓치고 말았다.

"흐헉!"

그 공격은 너무나도 갑작스러웠기에, 고통에 앞선 당혹감이 남립의 머릿속을 뒤흔들어 놓았다. 순간적으로 공황에 빠진 남립은 절대로 놓쳐서는 안 될 소중한 인질마저 놓치고 뒤로 자빠지고 말았다.

'안 돼! 저자를 몸에서 떼어 놓으면 안 돼!'

남립은 승광검을 움켜쥔 오른손을 짚어 바닥에 자빠진 몸을 급히 뒤집었다. 그때 오른쪽 허벅지 뒤쪽에 박혀 있던 무엇인가가 핏물을 꼬리처럼 매단 채 쑥 빠져나가는 것이 눈에 들어왔다.

'저것은……?'

앙증맞은 양 날개를 활짝 펴고 허공을 빠르게 날아 남립이 그토록 바라던 후방의 도주로 옆 수풀 속으로 모습을 감춘 그 물체는 마치 박쥐처럼 보였다.

'박쥐라고?'

다음 순간, 남립은 소스라치게 놀랐다. 방금 자신의 허벅지에서 빠져나간 물체가 진짜 박쥐가 아니라 박쥐 모양을 한 기문병기임을 깨달은 것이다. 그때 그 물체를 삼킨 수풀 속에서 누군가의 득의에 찬 웃음소리가 흘러나왔다. 남립은 그 웃음소리의 주인을 알고 있었다.

"너는…… 이무로구나!"

그러자 수풀 아래쪽이 살짝 열리며 이무의 오종종한 얼굴이 나타났다. 유달리 작은 이무의 두 눈은 지금 이 순간 피를 머금은 듯 붉게 충혈되어 있었다.

"복건에서 진 빚을 이제야 갚게 되었군."

"너…… 천한 낭인 새끼 주제에 감히……."

바닥에 엎드린 채 부들부들 몸을 떠는 남립에게 이무가 딱하다는 투로 말했다.

"아무리 천한 낭인도 불쾌하다는 이유만으로 동료의 다리에 칼질을 하지는 않아. 하지만 빚을 갚는 일은 전혀 다른 문제겠지. 아는지 모르지만 나는 빚을 지고 살지 않기로 유명한 사람이라네."

남립은 이무의 말에 대꾸조차 제대로 할 수 없었다. 그는 자존심이 강한 사람이었고, 이제껏 위쪽만 바라보고 살아온 사람이었다. 그런 자신이 저 밑바닥에서 허우적거리는 이무 따위에게 발목을 잡히는 일이 생기리라고는 단 한 번도 생각해 본 적이 없었다. 그는 눈물이 나올 만큼 억울했다. 실제로 눈물을 흘리고 있을지도 몰랐다.

"아, 그리고 자네가 물통에 침을 뱉은 것은 갚아 줄 필요가 없었다는 점을 꼭 알려 주고 싶었네. 사실 그 물통에 침을 뱉은 것은 내가 먼저였거든. 그러니 자네와 나는 이제 아무 빚도 없는 사이가 되었네. 참 공평하지?"

이무가 남립의 뒤쪽을 넘겨보더니 붉은 눈을 빛냈다.

"저기 그가 오는군. 난 이만 가 보겠네. 빚을 청산한 이상 자네와는 아무 감정도 없지만, 그렇다고 함께 죽어 주고 싶은 마음도 없으니까."

열린 수풀 구멍이 덮이고, 이무의 기척이 멀어졌다.

"이건…… 말도 안 돼……. 흐으…… 으흐흐흑……."

개처럼 네 발로 엎드린 남립은 웃음도 울음도 아닌 기괴한 신음을 흘리며 뒤를 돌아보았다. 멀어지는 사람이 있다면 가까워지는 사람도 있었다. 그러나 그 사람은…… 악마였다. 허공을 훌훌 날아오는 무시무시한 악마였다.

공포에 사로잡혀 무력하게 열린 남립의 눈 속으로 악마가 신은 낡은 짚신의 시커먼 바닥이 커다랗게 확대되었다.

다음 권으로 이어집니다